NIKOLA HOTEL

JETZT ODER NILS

atb aufbau taschenbuch

Nikola Hotel wurde 1978 als jüngste von zwei Töchtern in Bonn geboren. In ihrer Jugend streifte sie durch den Wald, staute Bäche und eroberte Dachsbauten. Bereits als Schülerin begann Nikola Hotel erste Kurzgeschichten zu schreiben. Heute lebt sie als freie Autorin mit ihrem Mann und drei Söhnen in Hennef.

Emma Arend ist sich sicher: Sie hat den peinlichsten Job der Welt. Bewaffnet mit einem riesigen Blumenstrauß, steht sie, als Glücksschwein verkleidet, vor dem exklusivsten Wohnhaus Kölns, bereit, dem Bewohner ein saudämliches Gedicht aufzusagen. Und das nur, weil ihr Blumengeschäft diesen speziellen Glückwunsch-Service anbietet. Der Journalist Nils Dannenberg scheint davon allerdings wenig beeindruckt. Er öffnet ihr und wirkt ziemlich müde – lebensmüde. Das denkt zumindest Emma und startet eine großangelegte Rettungsaktion. Dabei merkt sie, dass dieser Nils ihr ziemlich gut gefällt, eigentlich sogar richtig gut – plötzlich ist Emma verliebt und Nils genervt. Schließlich herrscht in seinem Leben schon genug Chaos: Sein Noch-Schwiegervater ist in einen Bauskandal verwickelt, und seine Karriere als Journalist steht auf dem Spiel. Aber Emma ist das egal, denn Liebe will riskiert werden.

NIKOLA HOTEL

JETZT ODER NILS

ROMAN

aufbau taschenbuch

FSC
www.fsc.org
MIX
Papier aus verantwortungsvollen Quellen
FSC® C083411

ISBN 978-3-7466-3135-6

Aufbau Taschenbuch ist eine Marke der
Aufbau Verlag GmbH & Co. KG

1. Auflage 2015

Umschlaggestaltung Mediabureau Di Stefano, Berlin
unter Verwendung eines Motivs
von © John Lund / Getty Images
Gesetzt aus der MinionPro und der CWG Sans
durch Greiner & Reichel, Köln
Druck und Binden CPI books GmbH, Leck, Germany
Printed in Germany

www.aufbau-verlag.de

Für Adri, Julchen und Flo

»You may be a puzzle,
but I like the way the parts fit.«
Frank Sinatra

1

Ich habe den peinlichsten Job der Welt: In meinem Gesicht prangt eine rosa Schweinsnase, und auf meinem Kopf steckt ein Haarreif mit schlackernden Schweineohren. Jeder, der mich sieht, wird denken, dass ich eine schreckliche Sünde begangen habe, für die ich nun bestraft werde. Oder dass ich einen besonders schlechten Schulabschluss habe. Denn mal ehrlich, wer außer mir muss sich in seinem Job als Glücksschwein verkleiden?

»Zwei Komma vier«, murmele ich, in Gedanken immer noch bei meiner Abi-Note, und knalle die Hecktür des kleinen Lieferwagens zu.

Der ältere Herr, der neben mir auf das imposante Gebäude zugeht, schüttelt den Kopf. »Diese Apartmentnummer gibt es hier meines Wissens nicht. Am besten, Sie fragen den Concierge.«

Mit einem monströsen Blumenstrauß in den Händen schiebe ich mich an dem freundlich lächelnden Herrn vorbei und bedanke mich. Neugierig blicke ich mich um. Ich habe mich schon oft gefragt, wie die Neubauten im Rheinauhafen, die wegen ihrer Form Kranhäuser genannt werden, wohl von innen aussehen. Meine Erwartungen werden nicht enttäuscht: Eine beeindruckende weiße Theke bildet den Mittelpunkt der Lobby, an deren Wänden der Marmor glänzt. Aus allen Ecken wird die Eingangshalle dezent beleuchtet. So dezent, dass dem

Mann hinter der Theke ein samtener Schimmer ins Gesicht fällt.

»Schönen guten Tag«, grüße ich möglichst lässig, denn ich will mir nicht anmerken lassen, wie aufgeregt ich bin. »Emma Arend von Daisy Düfte, ich bringe einen Blumenstrauß für Herrn ...«, ich ziehe einen zerknitterten Lieferzettel aus der Tasche, »... Dannenberg. Können Sie mir sagen, in welchem Stock er wohnt?«

Der Concierge muss nicht einmal im Computer nachschauen. »Herr Dannenberg bewohnt das Penthouse in der 18. Etage. Ich melde Sie an.« Er greift nach dem Telefon und tippt eine Zahlenkombination ein. Nach wenigen Augenblicken legt er den Hörer wieder auf.

»Tut mir leid. Anscheinend ist er gerade nicht zu sprechen.« Jetzt wirft er doch einen Blick auf seinen Bildschirm. »Möchten Sie warten? Sie können den Strauß aber auch bei mir abgeben.«

Unwillkürlich umklammere ich die Blumen fester. »Ich muss sie persönlich überbringen«, sage ich. »Zusammen mit einer Nachricht.«

Eigentlich ist es nicht bloß eine Nachricht. Es handelt sich um ein elendes Gedicht! Ein Gedicht, das so peinlich ist, dass sich Heinz Erhardt im Grabe umdrehen würde. Ich habe nur den Anfang gelesen, aber der war schon schlimm genug. Das verrate ich dem Concierge natürlich nicht.

Auf seinem Namensschild steht Winkel. Seltsamer Name. Ob er sich deshalb oft Witze anhören muss? Mir würden da einige einfallen ... Ein wenig schuldbewusst betrachte ich das Muster des Eichenparketts zu meinen Füßen. Herr Winkel kann ja nichts für seinen Namen. Außerdem sieht er trotz seines steifen Anzugs eigentlich recht nett aus.

An die Wand gepresst, versuche ich, mich unsichtbar zu machen, denn in meiner Aufmachung fühle ich mich alles andere als wohl. Leider stößt mein Handy genau in diesem Moment den gellenden Hilfeschrei der Beatles aus und macht meine Bemühungen mit einem Schlag zunichte. *Help!* meine Schwester Heidi.

»Du weißt, dass ich Ärger bekomme, wenn ich während der Arbeitszeit privat telefoniere«, fahre ich sie an.

»Warum lässt du dann dein Handy an?«

»Das ist ...«, beginne ich viel zu laut, was mir einen strengen Blick von Herrn Winkel einbringt. »Das ist auch mein Diensthandy«, fahre ich wispernd fort. »Ich muss das immer anhaben.«

»Dann beschwer dich auch nicht, wenn es klingelt. Außerdem rufe ich dienstlich an.«

»Wirklich?« Ich weiß nicht, ob ich erleichtert sein soll oder ob das eher eine Drohung ist.

»Wir stecken gerade mitten in der Planung für den EMPFANG.« Das Wort erscheint in Großbuchstaben vor mir. Sie sagt Empfang, als handele es sich um eine höchst offizielle Angelegenheit, mindestens so wichtig wie eine Veranstaltung des Bundeskanzleramts.

»Für welchen Empfang denn?«

»Bist du verrückt? Seit Wochen redet die ganze Familie von nichts anderem als dem Sektempfang zu meiner Promotion. Es kommen mehr als dreißig Gäste. Sogar Professor Reifenhäuser hat zugesagt. Es muss einfach perfekt werden. Und du weißt genau, dass ich deshalb Blumenschmuck brauche. Und zwar etwas ganz Besonderes, nicht bloß langweilige Rosen.«

Langweilige Rosen! Ich fasse es nicht, dass sie das gerade gesagt hat. Als ob Rosen langweilig wären. Als ob die Rosen, die *ich* für sie aussuche, langweilig wären.

Ich hole tief Luft und setze zu einer Erwiderung an, als Herr Winkel sich lautstark räuspert.

»Können wir das vielleicht später besprechen? Ich habe hier noch zu tun.« Und dann, weil ich auch einmal etwas in Großbuchstaben sagen möchte, füge ich hinzu: »Ich bin nämlich gerade im KRANHAUS.«

Nichts.

»Hast du gehört? Ich bin gerade in DEM KRANHAUS. Am Rheinauhafen.« Und als immer noch keine Reaktion kommt: »Das mit den Superluxuswohnungen.«

»Aha«, sagt Heidi und ich höre, wie sie im Hintergrund mit Papieren raschelt. »Dann schick mir doch bis spätestens morgen früh deine Entwürfe. Mit Bildern. Drei verschiedene müssen es mindestens sein. Und vergiss den Kostenvoranschlag nicht, inklusive Freundschaftsrabatt.« Ohne ein weiteres Wort legt sie auf.

Ich bin von Heidi schwer enttäuscht. Es kommt nicht häufig vor, dass ich bei meiner Arbeit etwas wirklich Interessantes erlebe, sie hätte ruhig mit mehr Begeisterung reagieren können.

Ungeduldig trete ich von einem Fuß auf den anderen. Der Strauß ist ganz schön schwer. Blumenwasser tropft auf meinen linken Oberschenkel und ich werfe einen hilflosen Blick zu Herrn Winkel. Doch bevor ich ihn noch einmal an mein Anliegen erinnern kann, hebt er beschwichtigend die Hand und greift erneut zum Telefon.

»Hier spricht Winkel von der Rezeption. Eine junge Dame von der Firma *Daisy Düfte* kommt jetzt zu Ihnen. Sie überbringt einen Blumenstrauß.« Er wartet. »Ich werde es ihr sagen.« Nun wendet er sich an mich. »Es tut mir leid, Herr Dannenberg kann den Strauß nicht persönlich in Empfang nehmen. Er bittet Sie, ihn hier zu hinterlassen.«

»Das darf ich leider nicht.« Ich hebe entschuldigend die Schultern. »Ich muss den Strauß persönlich abgeben und eine Nachricht überbringen.« Dass der Auftraggeber dafür extra einen Bonus gezahlt hat, muss Winkel ja nicht wissen.

Seufzend greift er erneut nach dem Hörer. Mein Gott ist das alles umständlich. Ich überlege schon, ob ich nicht einfach in den Aufzug springen und blitzschnell nach oben düsen soll. Das Problem ist: Ich habe riesige Angst vor Aufzügen. Das liegt nicht etwa an der Enge der Kabinen, sondern daran, dass ich bereits mit sieben alle alten James-Bond-Filme gesehen habe. Die Szene mit dem Aufzug, in der der Boden plötzlich aufklappt und die Insassin in ein Haifischbecken rutscht, hat sich in mein Gedächtnis gebrannt. Seitdem fällt mir Aufzugfahren schwer, auch wenn ich weiß, dass Haie hier eher selten sind. Aber ich weiß auch, dass man sich nie sicher sein kann, welche Fallen sich die Architekten sonst noch haben einfallen lassen. Dieses Haus steht schließlich direkt am Rheinufer.

»Sie können jetzt hinauffahren«, unterbricht Winkel meine Gedanken. »Aber bitte fassen Sie sich kurz, Herr Dannenberg ist sehr beschäftigt, und wir legen großen Wert auf die Privatsphäre der Eigentümer.«

»Aber selbstredend«, antworte ich und merke, dass ich schon genauso gespreizt rede wie er. Färbt das etwa ab?

»Es gibt hier nicht zufällig eine Feuertreppe?«, erkundige ich mich.

Herr Winkel hebt das Kinn. »Das Gebäude verfügt über die neuesten Sicherheitstechniken und selbstverständlich auch über eine Feuertreppe. Doch die Benutzung ist nur im Notfall gestattet.«

»Vielleicht können Sie ausnahmsweise …« Unter seinem strengen Blick fällt mein Widerstand in sich zusammen. »Nicht? Na gut.« Ich seufze.

Zögernd betrete ich den vollverglasten Aufzug und beäuge den Boden. Es gibt keine Fugen, die sich in irgendeiner Weise öffnen könnten, und ich entspanne mich. In den Scheiben sehe ich, dass meine Schweinsnase schief sitzt, und rücke sie eilig zurecht. Dann streiche ich meine Haare glatt und bohre mit dem Fingernagel einen Mohnsamen zwischen meinen Schneidezähnen raus, als mein Blick auf das neugierige Auge einer Kamera fällt, die von der Decke herabhängt. Peinlich berührt lasse ich von meinen Zähnen ab und winke. Herr Winkel hat das bestimmt genau gesehen. Vielleicht beobachtet er, ob Gäste des Hauses eine Waffe aus ihrer Tasche ziehen. Entweder das, oder am Türrahmen zum Aufzug war ohnehin schon ein Metalldetektor angebracht. Welch ein Glück, dass ich nicht den schicken Gürtel angezogen habe, den mir Michi neulich geschenkt hat. Den mit der großen Schnalle.

Michi und ich sind seit fast zwei Jahren zusammen und eigentlich ziemlich glücklich. Beide lieben wir italienisches Essen und amerikanische Kinofilme. Er arbeitet in der Gärtnerei, die uns beliefert, und macht nebenbei viel Sport. Na ja, er guckt auch viel Sport. Genauer gesagt schaut er sich die Turniere *aller* Sportarten an. Ich könnte noch verstehen, wenn er nur ein Fußballfan wäre. Doch er guckt außerdem Tennis, Leichtathletik, Biathlon und Schwimmen. Und die Formel 1. Aber alles in allem kann ich doch froh sein, einen Freund zu haben, der so sportbegeistert ist, oder?

Ich bin leider nicht besonders sportlich. Und müsste ich die Stockwerke, die ich gerade hochsause, zu Fuß gehen, käme ich ganz schön aus der Puste.

Ein leises Pling kündigt an, dass ich mein Ziel erreicht habe, und die Fahrstuhltür schiebt sich geschmeidig auseinander. Noch bevor mein Fuß den Boden berührt, erhellt sich der Flur.

Ich brauche nicht lange, um mich zu orientieren, denn es gibt nur eine einzige Tür am Ende des Flurs, durch die Musik dröhnt. »My Way« von Frank Sinatra. Mit einem nervösen Flattern im Magen drücke ich auf die Klingel.

Nichts passiert. Ich befürchte schon, dass dieser Dannenberg aufgrund der lauten Musik das Klingeln nicht hört, da wird die Tür so ruckartig aufgerissen, dass ich unwillkürlich zurückweiche. Ein dunkelblonder Mann, höchstens Mitte dreißig, erscheint im Türrahmen. Er ist unrasiert und trägt ein verknittertes weißes Hemd, dessen Ärmel er bis zu den Ellbogen aufgekrempelt hat.

»Geben Sie schon die Blumen her, und dann verschwinden Sie«, blafft er mich an. Dann heftet sich sein Blick auf meine Schweinsnase. »Ach du Schande.«

Mit der linken Hand stützt er sich am Türrahmen ab. Mit der rechten umfasst er lässig ein Glas, in dem eine bernsteinfarbene Flüssigkeit schimmert.

»Entschuldigung«, hasple ich verlegen und suche vergeblich nach einem Namensschild über der Türklingel. »Ich wollte eigentlich zu einem Herrn Dannenberg.«

»Herzlichen Glückwunsch«, erwidert er. »Sie haben Ihr Ziel erreicht.«

»*Sie* sind Herr Dannenberg?« Der ungläubige Tonfall in meiner Stimme ist nicht zu überhören. Ich hätte nie gedacht, dass jemand, der in einem Penthouse im Kranhaus wohnt, so jung sein könnte!

»Warten Sie«, sagt er. »Ich sehe mal kurz in meinem Pass nach.« Aber er rührt sich nicht vom Fleck, sondern trinkt sein Glas in einem Zug leer, während er mich durch halbgeschlossene Lider mustert.

Mein Blick bleibt an seinen sonnengebräunten Unterarmen hängen. »Wenn Sie Herr Dannenberg sind, dann ist dieser Blumenstrauß für Sie«, sage ich. »Ich bin Emma Arend von Daisy Düfte.« Mit Schrecken spüre ich, wie meine Schweinsohren dabei wackeln.

Seine Augen weiten sich.

»Können Sie vielleicht die Musik etwas leiser stellen? Ich muss Ihnen auch noch ein Gedicht vorlesen.«

»Ein Gedicht.« Es ist nicht als Frage gemeint. Er hat die Stirn in Falten gelegt und schnipst dann zweimal mit den Fingern. Die Musik verstummt. »Nun gut«, sagt er ungeduldig.

Ich halte den Blumenstrauß vor mich, setze ein feierliches Gesicht auf und … erinnere mich, dass ich das Gedicht nicht auswendig kann. Meine hilflosen Bemühungen, mit Blumen im Arm in meiner Hosentasche nach dem Spickzettel zu fingern, quittiert Dannenberg mit einem Seufzen.

»Können Sie mal kurz halten?«, frage ich und reiche ihm den Strauß. Ohne ihn eines Blickes zu würdigen, lässt er ihn hinter sich auf den Boden fallen.

Ich schnappe nach Luft. Weiß er denn nicht, wie teuer Callas in dieser Größe sind? Ganz abgesehen davon: Der Strauß ist wunderschön! Sehr schlicht und geschmackvoll, und – wenn ich es recht bedenke – eigentlich ein Brautstrauß.

»Sie können doch nicht die schönen Blumen einfach so hinwerfen!«, empöre ich mich und dränge mich an ihm vorbei in die Wohnung. Behutsam hebe ich die Blumen auf und richte die abgeknickten Stängel. Danach falte ich mein Notizblatt mit der ausgedruckten E-Mail des Auftraggebers auf.

»*Lieber Nils*«, beginne ich.

»*Was wäre ich denn ohne*
einen Freund wie dich?
Ich legte dir mein Herz
ganz offen auf den Tisch.

Ich schenkte dir nicht nur
mein allergrößtes Vertrauen.
Sondern auch meine Tochter,
um deine Zukunft aufzubauen.«

Es ist furchtbar. Wieso schreibt jemand so etwas? Und weshalb hält er sich dann nicht weiter an das Versmaß?

»*Doch jetzt in dieser Stunde*
da weiß ich, wer du bist.
Wer solche Freunde hat,
braucht … keine Feinde nicht.«

Ach du je. Ich werfe einen schnellen Blick zu Dannenberg, der die Augen halb geschlossen hat und leise atmet. Meine Stimme beginnt zu zittern.

»*I… ich wollte dir nur sagen,*
einschenken reinen Wein.
Du bist nicht mehr mein Schwiegersohn,
du bist ein … mieses Schwein!«

Vor Schreck rutschen mir fast die Schweinsohren vom Kopf.

»Verzeihen Sie«, sage ich tapfer, »ich habe ehrlich gesagt nicht gewusst, was in diesem Gedicht steht. Sonst hätte ich bestimmt nicht ... also ich hätte niemals ... ganz sicher nicht ... diese Verkleidung angezogen«, beende ich mein lächerliches Gestammel und zerre mir die Plastiknase vom Gesicht.

Dannenberg lässt mich, ohne ein Wort zu sagen, stehen. Mir ist das Ganze furchtbar unangenehm. Ich stolpere ihm hinterher und sehe, wie er im Wohnzimmer sein Glas auffüllt. Seufzend lässt er sich auf ein cremefarbenes Sofa nieder. Ich bleibe abrupt mitten im Raum stehen. Nicht nur, weil ich die mit Abstand luxuriöseste und traumhafteste Wohnung aller Zeiten betreten habe. Auch nicht, weil sich mir eine spektakuläre Aussicht auf den Kölner Dom bietet und der loftähnliche Raum durch die bodenlangen Fenster so sehr von Sonnenlicht durchflutet wird, dass ich beinahe erblinde. Und schon gar nicht, weil ein Schnipsen von Dannenberg die Surround-Anlage reaktiviert und Sinatra erneut anfängt, seinen größten Hit zu schmettern. Was mich erschrocken innehalten lässt, sind der riesige Metallhaken, der an der Deckenmitte hängt, und der Stuhl, der darunter steht und nur darauf wartet, dass jemand hinaufklettert.

Erst jetzt fällt mir auf, wie zerzaust Dannenbergs Haare sind. So, als hätte er sie sorgenvoll durchwühlt. Sein weißes Hemd ist halb aufgeknöpft und sein blauer Schlips baumelt merkwürdig verdreht um seinen nackten Hals. Auf dem Tisch liegen ein Stapel zerrissener Fotos und die Überreste mehrerer Kreditkarten, die in Stücke geschnitten worden sind. Aus den Boxen dröhnt: »*And now the end is near* ...«

Fehlt nur noch ein Umschlag mit der Aufschrift »Mein letzter Wille«. Unwillkürlich suche ich den Tisch danach ab, doch Dannenberg fängt meinen Blick auf und fegt im selben Moment alles mit einem Wisch beiseite.

Mein Mund öffnet sich wie von selbst. »Sie … Sie wollen sich doch nicht etwa umbringen?«, quetsche ich heraus.

Dannenberg schaut bei dieser Frage nicht einmal auf, sondern stiert in sein Glas.

»Sie haben Ihre Botschaft vorbildlich überbracht«, sagt er schließlich.

Es wundert mich, dass er das noch so klar formulieren kann, nach den ganzen Drinks.

»Sagen Sie Kreuzbach, dass er mich mal kann.«

Ich suche nach ein paar klugen Worten, frage schließlich jedoch nur: »Sind Sie krank? Haben Sie einen Tumor oder so was?«

Er schüttelt den Kopf. »Was wollen Sie eigentlich noch hier? Verschwinden Sie endlich.«

Ich erstarre. Aber ich kann doch jetzt nicht gehen! Nicht, wenn ich weiß, dass hier ein Mensch in einer Lebenskrise steckt. Wenn ich einfach so abhaue, dann wird er sich erhängen. Das geht doch nicht … Er kann doch nicht … Ich kann das doch nicht zulassen!

»Und dann lese ich morgen in der Zeitung, dass Sie sich umgebracht haben?«

Dannenberg ist wortlos aufgestanden und zu einer lackglänzenden Anrichte gegangen, auf der mehrere Karaffen stehen.

»Aber das dürfen Sie nicht«, rutscht es mir heraus.

Lautstark stellt er eine Flasche ab. »Nur zur Information: Ich weiß schon, was ich tue.«

»Aber …«

Mir schießen tausend Gedanken auf einmal durch den Kopf: … Das dürfen Sie nicht, weil Sie in diesem Penthouse wohnen. Weil Sie verdammt noch mal einen Concierge haben! Weil es eklig ist, wenn hinterher der Tatortreiniger kommen muss. Weil irgendein Arzt an Ihrem nicht gerade unattraktiven Körper rumschnippeln wird. Weil die Sonne scheint …

»Wenn Sie das tun, dann muss ich mir ein Leben lang Vorwürfe machen.«

Habe ich das gerade tatsächlich gesagt? Na toll! Es wird ihn wohl kaum aufbauen, wenn ich bei seinen Suizidplänen nur an mich denke.

Er lächelt schief. »Jetzt übertreiben Sie mal nicht. Und wenn es nur das ist: Ich entbinde Sie gerne von dieser Verantwortung.«

Verzweiflung sprudelt in mir hoch. »Das können Sie gar nicht!« Ich laufe hektisch auf und ab. »Von so etwas kann man nicht entbunden werden! Wissen Sie, als Kind hatte ich einen Goldhamster. Er hieß Julchen. Ich habe ihn so sehr geliebt! Aber ich konnte ja nicht wissen, dass Goldhamster keine Gummibärchen essen dürfen. Jedenfalls – ich habe ihm die ganze Haribo-Tüte ausgeschüttet und Julchen hat immer mehr davon in sich hineingestopft. Er sah anschließend so aus«, ich plustere meine Backen auf. »Und dann wollte er die Gummibärchen partout nicht wieder ausspucken. Er … er ist erstickt.« Gedankenversunken schaue ich zu Boden. »Ich habe mich bis heute nicht davon erholt. Sobald ich nur ein Nagetier sehe, wird mir schlecht. Ich hätte es vielleicht verhindern können, wenn ich ihn sofort zum Tierarzt gebracht hätte, aber ich war zu feige. Und jetzt …« Ich suche nach Argumenten und betrachte Dannenberg genauer: die gerunzelte Denkerstirn, die blauen Augen mit den dichten Wimpern und das kleine Muttermal auf seiner linken Schläfe. »Sie sind so jung«, beginne ich. »Sie sind attraktiv. Und reich sind Sie auch noch. Bestimmt gibt es eine Menge Leute, die Sie lieben und Sie wahnsinnig vermissen würden. Das können Sie denen nicht antun. Schon gar nicht ohne Abschiedsbrief. Und auch nicht mit Frank Sinatra. Eigentlich gibt es nichts auf der Welt, was so schlimm sein könnte, dass man sich mit Frank … Wir werden jemanden finden, der Ihnen hilft. Ich verspreche es Ihnen!«

Der Blick, den Dannenberg mir zuwirft, schwankt zwischen Entsetzen und Faszination. Seine Augenbrauen wölben sich nach oben:

»Sie haben Ihren Goldhamster mit Gummibärchen umgebracht.«

Ich nicke.

»Ich verspreche Ihnen, ich werde keine Gummibärchen essen.« Er zeigt in Richtung Wohnungstür. »Und jetzt raus.«

2

Die Tür fällt ins Schloss. Ich bin mir nicht sicher, ob Dannenberg mir überhaupt richtig zugehört hat. Außer das mit den Gummibärchen, das hat er behalten. Aber auch als ich laut »Denken Sie an Ihre Mutter!« gerufen habe, hat ihn das nicht daran gehindert, mich mit aller Kraft durch die Wohnungstür zu schieben. Er ist wirklich fest entschlossen, und ich bin verzweifelt. Was soll ich bloß machen? Ich kann jetzt unmöglich nach Hause fahren und so tun, als wüsste ich von nichts. Mit zitternden Fingern tippe ich auf meinem Handydisplay herum und wähle die Nummer meiner Chefin. Erika wird wissen, wie man sich in so einem Fall verhält. Bestimmt gibt es eine Art Notfallkatalog. Für einen Verkehrsunfall habe ich in unserem Lieferwagen schließlich auch einen ganzen Aktenordner mit Punkten, die ich nach und nach abarbeiten muss. Unruhig tigere ich über den Flur. Als sie endlich abnimmt, rufe ich in mein Handy: »Erika, der Mann will sich umbringen!«

»Welcher Mann? Wovon redest du?«

»Dieser Auftrag im Kranhaus. Du weißt schon. Rosafarbene Callas und weiße Rosen. Ich musste mich als Schweinchen verkleiden.«

»Ah«, sagt sie gedehnt. »Die Callas. Und wer will sich umbringen?«

»Der Mann, dem ich die Blumen bringen sollte. Dieser Dannenberg. Das waren gar keine Glückwünsche, sondern ein hundsgemeines Gedicht von seinem Schwiegervater. Ich weiß nicht, warum, aber er hat einen Eisenhaken an der Decke und einen Stuhl daruntergestellt. Und er hört Frank Sinatra«, füge ich noch hinzu.

»Verdammt!«, sagt sie.

Ich bin total erleichtert, mit jemandem zu reden, der sofort den Ernst der Lage erfasst. »Was soll ich denn jetzt machen?«

»Was ist mit den Blumen?«

»Wie?«

»Hast du die Blumen schon abgegeben? Sind sie in seiner Wohnung?«

Ich habe absolut keine Ahnung, was an den blöden Blumen jetzt so wichtig sein soll. »Ich habe sie ihm gegeben, aber er hat mich rausgeworfen und den Strauß gleich hinterher.«

»Gott sei Dank!« Sie schnauft erleichtert in den Hörer. »Sieh bloß zu, dass keine Spuren von den Blumen zurückbleiben. Nicht auszudenken, wenn die Polizei Einwickelpapier mit unserem Logo findet. Oh Gott, ich sehe schon die Schlagzeile vor mir: *Daisy Düfte brachte den Tod!* Tu mir einen Gefallen, schnapp dir die Blumen und verschwinde!«

»Aber ich kann ihn doch jetzt nicht allein …«

»Natürlich kannst du das!«, fährt sie mir über den Mund. »Der Kerl ist doch erwachsen. Mensch, Emma, fahr nach Hause! Du hast längst Feierabend. Und je schneller unser Lieferwagen dort verschwindet, umso besser. Und dann mach dir einen schönen Abend. Setz dich mit deinem Freund auf den Balkon und trink ein Glas Wein. Oder geht ein Eis essen. Vielleicht macht ihr einen Spaziergang am Rhein. Ach, euch wird schon was einfallen!« Dann tutet es in der Leitung, Erika hat aufgelegt.

Ich schnappe entgeistert nach Luft. Ich soll mir mit Michi einen schönen Abend machen? Auf der Couch sitzen, wo dieser Mann so verzweifelt ist, dass er sich das Leben nehmen will? Ich kann nicht glauben, dass Erika so herzlos ist. Außerdem bin ich sicher, dass mein Freund Michi niemals in Seelenruhe zu Hause bleiben würde, wenn er wüsste, dass jemand seine Hilfe braucht. Obwohl er auch nicht immer die größte Hilfe ist, wenn etwas Unvorhergesehenes passiert. Erst neulich, als ich mir beim Kochen für seine Eltern in den Finger geschnitten habe, hat er es nicht einmal fertiggebracht, mir ein Pflaster aufzukleben. »Tut mir leid, Emma. Du weißt ja, ich kann kein Blut sehen.« Und dabei hat er so seltsame Würgelaute von sich gegeben.

Auch jetzt weiß Michi keinen Rat:

»Ich fass es nicht, dass du mich deswegen anrufst!«, raunzt er mich an. »Gleich beginnt das Eröffnungsspiel. Hast du das etwa vergessen?«

Ich habe keine Ahnung, wovon er redet. »Fußball?«, tippe ich.

»Nee, Gummistiefel-Weitwurf. Natürlich Fußball! Brasilien gegen Kroatien. Du weißt doch, dass ich mich seit Monaten darauf freue.«

Das hatte ich tatsächlich vergessen. Ich höre, wie es im Hintergrund ploppt und zischt. Offenbar freut Michi sich nicht alleine. Selbst wenn ich einfach so nach Hause fahren könnte, ein gemütlicher Abend würde das bestimmt nicht werden. Ich bekäme nicht einmal mehr einen Platz auf dem Sofa, weil sich der dicke Dirk darauf breitgemacht hat. Und Idioten-Ingo.

Bei diesem Gedanken bekomme ich sofort ein schlechtes Gewissen. Ich weiß, dass man nicht so von den Freunden seines Freundes reden soll. Ich mache das auch wirklich nie, wenn Michi dabei ist. Ihm gegenüber habe ich noch kein einziges negatives Wort über die beiden verloren. Lediglich meine Schwester Heidi weiß, was ich von ihnen halte. Und Monika aus dem Laden. Und meine beste Freundin Judith.

»Dann ruf halt die Polizei! Die Chips sind im Schrank.«

Ich merke erst, dass Michi gar nicht mehr mit mir redet, als er beginnt, noch weitere Knabbereien aufzuzählen: »Salzstangen und Erdnüsse. Doch, da müssen welche sein, ich habe Emma extra daran erinnert, neue zu kaufen.«

Da lege ich schnell auf. Ich habe keineswegs alles eingekauft, was er auf den Zettel gekritzelt hat. Denn manchmal habe ich das Verlangen, seiner Ernährung einen kleinen Schubs in eine gesündere Richtung zu geben. Er wird also gleich drei glänzend rote Paprikas finden. Und eine Salatgurke.

Vor Aufregung pocht mir das Herz bis zum Hals. Mir bleibt wahrscheinlich keine Alternative, als die Polizei anzurufen, überlege ich, denn die Zeit drängt. Vielleicht klettert Dannenberg in diesem Augenblick schon auf den Stuhl. Mit zitternden Fingern wähle ich die 110.

»Emma Arend von Daisy Düfte. Ich bin hier im Zollhafen, und da ist ein Mann, der sich umbringen will.«

Der Polizist ist wesentlich interessierter als Michi und verspricht, sofort vorbeizukommen. Ich weiß nicht, ob mich das erleichtert, denn ein wenig habe ich Angst, dass Dannenberg mir das ganz schön übelnehmen könnte. Er wäre auch nicht der Erste, der mir vorwirft, dass ich mich zu sehr in sein Leben einmische, und in diesem Fall kann ich das leider nicht einmal abstreiten.

Zerknirscht klopfe ich an seine Wohnungstür.

»Herr Dannenberg?« Die Tür fühlt sich an meinem

Ohr ganz kühl an, obwohl wir fast dreißig Grad draußen haben. Bestimmt hat er die Klimaanlage aufgedreht. Dann würde er im Todesfall auch länger frisch bleiben, denke ich und erschauere dabei.

»Ich wollte Ihnen nur sagen, dass die Polizei jeden Moment da sein wird. Es tut mir leid, aber Sie müssen mich verstehen. Ich kann doch nicht einfach so wegschauen.«

Keine Reaktion. Allerdings bilde ich mir ein, dass die Musik leiser geworden ist.

»Herr Dannenberg? Hören Sie mich?« Mit beiden Händen fahre ich über die glatte Oberfläche, als hoffte ich, irgendeine Vibration zu spüren. Als würde ich spüren, wenn dahinter was Schreckliches passiert. »Bitte tun Sie mir das nicht an.«

Täusche ich mich, oder kann ich etwa seinen Atem hinter der Tür hören? Egal. Ich muss es versuchen.

»Ich weiß, dass es Ihnen sehr schlecht geht. Bestimmt haben Sie allen Grund, verzweifelt zu sein. Aber so ein schönes Leben wirft man doch nicht weg!«

Stille.

»Glauben Sie mir, ich kann es auch nicht leiden, wenn man sich in meine Angelegenheiten einmischt, und normalerweise wäre ich wirklich die Letzte …«

Da! Jetzt bin ich fast sicher, ein Schnauben gehört zu haben!

»Also ich würde niemals … geht mich eigentlich auch gar nichts an … aber es gibt so viel Schlimmeres auf der Welt … Krebs … der Welthunger … Aids … Wladimir Putin … könnte man wirklich verzweifeln … als Thomas Gottschalk aufgehört hat, habe ich geweint … ich hab in meinem Leben auch schon ganz schön viel Mist gebaut, deshalb würde ich mich aber doch nicht gleich umbringen. Manchmal muss man einfach mal was aushalten. Es ertragen. Aufstehen, Krone richten, weitergehen. Bevor ich im Blumenladen angefangen habe, habe ich studiert … vier Semester … durch die Prüfung gefallen … dachte wirklich, ich sterbe! Vor allem, da Heidi immer alles besser gemacht hat. Sie durfte immer alles. Sogar reiten. Und zum Kunstturnen und Ballett. Nach der Scheidung … kein Geld mehr da … Und ich? Blockflötenunterricht! Ich meine, was gibt es Schlimmeres als Blockflötenunterricht? Ich wollte immer Klavier spielen lernen und Gesangsstunden nehmen. Aber das war einfach nicht mehr drin. Nur Heidi, die hat vor der Scheidung unserer Eltern noch alles mitgenommen. Natürlich hat sie einen tollen Schulabschluss hingelegt. Hätte ich auch, mit all den Ballettstunden im Rücken. Bei mir hieß es dann immer: Nein, das ist zu teuer, das können wir uns jetzt nicht mehr leisten.« Ich hole tief Luft und merke, dass ich schwitze wie verrückt. Mein pinkfarbenes T-Shirt ist unter den Armen schon ganz nass.

»Die Hauptsache ist doch, man hat etwas zu essen und ein Dach über dem Kopf. Und Ihr Dach hier, das ist einfach atemberaubend. Ich würde sterben für so eine Wohnung!« Ich zucke zusammen, als mir bewusst wird, was ich da gerade gesagt habe. »Also … nicht unbedingt *sterben* … Sie wissen schon, wie ich das meine.«

Hinter mir ertönt ein Räuspern. Ich habe gar nicht gehört, dass die Aufzugtür aufgegangen ist, und mit einem Mal stehen dort zwei Polizisten in blauen Uniformen und blank polierten Schuhen. Einer von beiden trägt einen dicken Schnurrbart und erinnert mich stark an Tom Selleck aus *Magnum*. Ein Funkgerät knistert.

»Sind Sie Frau Arend?«

Jetzt würde ich gerne lügen. Oder im Erdboden versinken. Tom Selleck guckt so furchtbar streng. Aber da taucht ausgerechnet der Concierge hinter ihnen auf, den dunklen Anzug glattgestrichen und nicht den Hauch von Nervosität im Gesicht.

»Er ist da drin.« Ich nicke schnell und deute auf die Tür. »Er hat schon den Stuhl unter einen Deckenhaken geschoben.«

»Das ist einfach nicht möglich«, mischt sich Herr Winkel ein. »Außerdem habe ich Ihnen doch gesagt, dass Herr Dannenberg nicht gestört werden möchte.« Er schüttelt entrüstet den Kopf. »Wir werden mit ihm reden«, sagt der andere Polizist. »Wenn er die Tür nicht öffnet, dann müssen Sie uns aufschließen. Haben Sie den Schlüssel?«

Widerstrebend präsentiert Herr Winkel einen kleinen Knubbel, der an einer Kette baumelt und aussieht wie ein Buzzer in Miniaturformat. »In unserem Hause benutzen wir einen Transponder.«

»Wie auch immer.« Der Polizist drückt auf die Klingel.

Unaufhörlich dröhnt Musik aus der Wohnung. Allerdings, und das fällt mir erst jetzt auf, ist es nicht mehr Frank Sinatra. Ich lausche angestrengt. Und dann fällt mir vor Verblüffung das Kinn herunter. Dieses Lied! Ich kenne es. Das ist … das ist … *Don't worry be happy*!

Singt Dannenberg etwa?

Der Polizist drückt ein weiteres Mal auf die Klingel, und jetzt können wir es alle hören: die Schritte, die sich der Tür nähern, und die gutgelaunte Stimme, die aus voller Kehle die »U-uhs« mitsingt.

Ich habe erwartet, dass die Polizei die Tür aufbrechen muss. Was ich nicht erwartet habe, ist, dass Dannenberg sie freudig strahlend aufreißt und sagt:

»Hallo Liebling, du bist spät dran.«

3

Es fehlt nicht viel, und ich würde mich vor Scham häuten wie eine Mamba. Vor mir steht Dannenberg. Seine Augen blitzen. Er hat sich rasiert und ein frisches Hemd angezogen. Seine Krawatte sitzt perfekt in einem doppelten Windsor-Knoten. Er trägt sogar Manschettenknöpfe. Ich kann mich nicht erinnern, wann ich das letzte Mal Manschettenknöpfe gesehen habe. Ob die wohl echt sind? Jedenfalls sieht Dannenberg aus wie die personifizierte Seriosität. Ich weiß nicht, wie er das in der Kürze der Zeit angestellt hat.

Die Polizisten ignoriert er völlig. Dafür mustert er mich demonstrativ von oben bis unten, bis sein Blick schließlich an meinem Busen hängenbleibt. Oder vielmehr an der Aufschrift »Daisy Düfte« auf meinem Shirt.

»Du siehst müde aus, Daisy«, sagt er.

»Haben Sie nicht gesagt, Sie heißen Emma?«, will Tom Selleck wissen.

»Ich heiße auch Emma«, erwidere ich. »Daisy ist der Name unseres Blumenladens.«

»Was wird hier eigentlich gespielt?«, fragt Polizist Nummer zwei.

Ohne darauf zu antworten, schiebt sich Dannenberg elegant an ihm vorbei und beugt sich zu mir herab. Er schnuppert auffällig. »Du hast es schon wieder getan.« Er seufzt.

»Was soll ich getan haben?«

»Daisy, Daisy, Daisy.« Mitleidig schüttelt er den Kopf. »Wie viele waren es diesmal? Sechs? Acht?« Er wendet sich an die beiden Polizisten. »Sie müssen nämlich wissen, dass Daisy übermäßig viel …«, er macht eine Geste, als führe er ein Glas zum Mund, »… dabei vertragen sich die Cocktails leider überhaupt nicht mit ihren Medikamenten. Es ist nicht das erste Mal, dass sie von wildfremden Menschen nach Hause gebracht wird. Aber dass gleich die Polizei … also so weit ist es noch nie gekommen.« Er seufzt wieder.

Spinnt der?

»Ich heiße nicht Daisy. Und ich habe auch gar nichts getrunken. Ich habe lediglich ein paar Blumen ausgeliefert. Herr Winkel«, hilfesuchend wende ich mich an den Concierge, »sagen Sie bitte, dass ich nur gekommen bin, um Blumen auszuliefern!«

»Also … ja. In der Tat. Die junge Frau hatte einen Blumenstrauß dabei. Obwohl ich nicht mit Sicherheit sagen kann …«

Er wird von Dannenberg unterbrochen. »Sie brauchen mich nicht zu schützen, lieber Herr Winkel. Ich bin ja selbst schuld daran. Diese Rollenspiele …«, er streckt die Hand aus und zupft gedankenverloren an einem meiner Schweinsohren, »… haben Daisy vielleicht etwas verwirrt.«

Rollenspiele? ROLLENSPIELE?

»Herr Dannenberg«, mischt sich der Schnauzbärtige wieder ein. »Diese junge Frau hat uns angerufen, weil Sie ihr gegenüber geäußert haben, dass Sie sich etwas antun wollen.«

Dannenberg hebt eine Augenbraue an. »Wie bitte?« Verdattert schaut er mich an.

»Hören Sie«, wende ich mich an ihn und hole tief Luft.

»Es tut mir leid, dass ich Ihnen einen Strich durch die Rechnung gemacht habe. Es tut mir auch wahnsinnig leid, dass es Ihnen so schlechtgeht. Aber irgendjemand muss Sie doch daran hindern.«

»Du hast recht.« Mit einem unerwartet festen Griff packt Dannenberg mich um die Taille und zieht mich zu sich heran. Dabei ruht sein Blick nachsichtig auf mir. »Reg dich bitte nicht auf. Wie immer hast du vollkommen recht, Kleines.« Mit der anderen Hand streicht er mir liebevoll über das Haar. »Und woran genau wolltest du mich hindern?« Er hebt fragend die Schultern.

Der plötzliche Körperkontakt verschlägt mir die Sprache. Ich bin so perplex, dass ich im ersten Moment nicht einmal wage, seine Hand abzuschütteln. Und wäre der Druck, den er auf mich ausübt, nicht viel zu fest, dann könnte ich daran zweifeln, dass ich die Situation richtig interpretiert habe. Aber sein Griff ist beinahe eine Drohung.

Nachdem er die beiden Polizisten hereingebeten hat, raunt er mir zu: »Damit sind Sie zu weit gegangen.« An seiner Miene lässt sich nichts ablesen. Er lächelt zwar, lässt dann aber abrupt seine Hand fallen.

»Was genau ist denn eigentlich vorgefallen?«, fragt der eine Uniformierte, sein Kollege inspiziert indessen den einsamen Stuhl.

»Ich kann mir nicht erklären, weshalb Daisy so abwegige Gedanken hat.«

Langsam reicht es mir. »Zum letzten Mal: Ich heiße nicht Daisy!« Aber niemand reagiert.

Dannenberg dreht die Musik leiser und sich selbst dann zu Winkel um. »Wo Sie gerade hier sind, halten Sie doch bitte mal den Stuhl fest, damit ich endlich den Kronleuchter aufhängen kann.« Er zeigt in eine Ecke des Raumes, wo ein riesiger Karton steht.

Mir wird ganz schummerig. Ein Kronleuchter? Bitte lass das jetzt nicht wahr sein. Wo zum Teufel hat Dannenberg den auf die Schnelle aufgetrieben? Ich stöhne auf, als er ein monströses Gebilde aus Glastropfen aus dem Karton hievt. Die beiden Polizisten hingegen atmen erleichtert aus.

»Dann handelt es sich einfach nur um ein Missverständnis?«

Nein, will ich rufen. Das ist kein Missverständnis! Ich fasse es einfach nicht, dass alle auf diese Schmierenkomödie hereinfallen. Sehen sie denn nicht, wie schlecht es ihm geht? Sehen sie denn nicht, wie müde Dannenbergs Augen sind und dass sein ganzer Körper nur den Satz »Ich bin am Ende« ausstrahlt? Ich kneife die Augen zusammen. Nein, natürlich sehen sie es nicht. Dannenberg sieht aus, als wäre er frisch aus der Vogue gehopst. Seine Kleidung spiegelt den erfolgreichen Jungunternehmer wieder, allenfalls könnte man ihn für einen Menschen halten, der von seinem eigenen Wohlstand ein wenig angeödet ist.

»Er hat diese ganzen Fotos zerschnitten.« Ich trete an den Tisch und versuche, die Aufmerksamkeit der Polizisten auf die Bescherung zu lenken. »Und Kreditkarten. Das macht man doch nicht einfach so!«

Der Schnauzbärtige nickt mitfühlend. »Sie haben sich also gestritten, und Herr Dannenberg hat in seiner Verzweiflung gemeinsame Erinnerungen zerstört«, resümiert er. »Jetzt haben Sie ein schlechtes Gewissen.«

In diesem Augenblick weiß ich nicht, ob ich lachen oder weinen soll. Hilfesuchend sehe ich mich nach dem einzigen Menschen um, bei dem ich einen Rest Vernunft vermute, doch Herr Winkel hält tatsächlich den Stuhl fest, während Dannenberg hinaufklettert. Sein Angebot, das für ihn zu erledigen, hat dieser freundlich, aber bestimmt abgelehnt. Nachdem der Lüster platziert ist, steigt Dannenberg herab, begutachtet sein Werk und stemmt die Hände in die Hüften. »Wunderbar«, sagt er.

Meine Verzweiflung wächst: Nicht nur, dass Dannenberg gerade mit dem hässlichsten Kronleuchter aller Zeiten seine Wohnung verschandelt hat. Er schwebt in Lebensgefahr, und keiner der hier anwesenden Männer will das sehen oder macht sich auch nur die Mühe, mir richtig zuzuhören. Es ist zum Haareraufen.

Gerade sagt der Schnauzbärtige: »Sie glauben gar nicht, wie oft wir zu solchen Streitereien gerufen werden. Und was sich manche Menschen alles an den Kopf werfen, wenn sie wütend sind.«

Dannenberg nickt und antwortet mit samtweicher Stimme: »Das wird sich schon wieder einrenken. Bisher ist Daisy auch nie aggressiv geworden, da kann ich Sie beruhigen.«

»Aggressiv? Ich?«, rufe ich aus. Alle Blicke fliegen zu mir. Winkels ist mitleidig, Tom Sellecks hingegen sagt mir, dass er ernsthaft überlegt, meinen Geisteszustand überprüfen zu lassen.

»Vielleicht sollte sie blasen?«, wendet er sich an seinen Kollegen und kurz darauf an mich:

»Wie viel Alkohol haben Sie getrunken?«

»Keinen Tropfen. Ich bin doch mit dem Auto gekommen.«

»Sie sind in diesem Zustand gefahren?«

Jetzt habe ich wirklich die ungeteilte Aufmerksamkeit aller Beteiligten. »In welchem Zustand denn?«, frage ich.

»Entschuldigen Sie, wenn ich mich einmische«, Winkel räuspert sich geräuschvoll und wirft einen schnellen Blick zu Dannenberg. »Fräulein Daisy ist nicht selbst gefahren. Ich kann Ihnen versichern, dass sie mit einem Taxi angekommen ist.« Winkel sieht ein wenig betreten aus und vermeidet es, mir in die Augen zu sehen. »Normalerweise würde ich darüber nie ein Wort verlieren, aber in diesem Fall bitte ich Sie, mir diese Indiskretion nachzusehen. Es ist nämlich so, dass Fräulein Daisy kein Bargeld bei sich trug. Und da habe ich … den Taxifahrer für sie bezahlt.« Jetzt, da es heraus ist, sieht er erleichtert aus.

Die Polizisten nicken verständnisvoll. Doch bevor ich dem etwas entgegensetzen kann, sagt Dannenberg: »Ich wäre Ihnen sehr dankbar, wenn nichts davon nach außen dringen würde. Sie wissen sicher … in meiner Position … und Daisy wäre es sehr unangenehm, wenn das an die Öffentlichkeit geriete. Sie ist in dieser Beziehung ein wenig empfindlich.«

»Bin ich das?« Das ist mir herausgerutscht, auch das begleitende Knurren in meiner Kehle, und an Dannenbergs Miene erkenne ich, dass wir uns wohl an einem Wendepunkt befinden. Einen kurzen Moment sehe ich ein leichtes Flackern in seinen Augen.

Ich weiß nicht, was genau Dannenberg vorhat, aber ich würde wahnsinnig gerne erfahren, was eigentlich so Schlimmes passiert ist. Die Polizei wird mir nicht helfen, da bin ich mir sicher. Auch ihm nicht. Ich atme tief ein und sammle mich, um möglichst cool und unbeteiligt auszusehen. Und vielleicht auch ein wenig stupide.

»Ich habe die Situation wohl doch falsch eingeschätzt«, sage ich.

Beide Polizisten inklusive Herrn Winkel nicken, bloß Dannenberg entfährt ein ungläubiges »Ach ja?«.

Ich lasse wirkungsvoll die Schultern hängen. »Es ist mir zwar sehr peinlich, aber ich habe mich bestimmt getäuscht. Es geht mir heute auch nicht so gut.« Leicht schwankend taste ich nach dem Sofa und lasse mich mit einem Seufzen darauf fallen.

»Sollen wir besser einen Arzt für Sie rufen?«, fragt Polizist Nummer zwei.

»Nein danke. Ich denke, ich brauche nur ein wenig Ruhe. Auf diesem …«, ich sehe das blaue Fähnchen eines Luxuslabels und werde schwach, »… auf diesem Designer-Sofa, oh mein Gott!« Ich schließe kurz die Augen und sende ein Gebet an die Zimmerdecke, dass meine dunkelblauen Jeans keine Flecken auf dem cremeweißen Leder hinterlassen werden.

4

Innerhalb von zwei Minuten hat Dannenberg die beiden Polizisten abgewimmelt. Ich höre noch, wie er leise mit dem Concierge flüstert. Wahrscheinlich beschwichtigt er ihn. In diesem Moment würde ich wer weiß was dafür geben, zu Hause auf meinem eigenen Sofa zu sitzen. Wären da nicht Idioten-Ingo, der dicke Dirk und die Fußball-WM. Da könnte ich wenigstens die Füße auf dem Tisch ablegen und müsste keine Angst haben, dass meine Hose abfärbt. Unwillkürlich rutsche ich mit dem Po ein wenig tiefer und streichle mit den Händen über das weiche Leder. Das Gefühl von Samt unter meinen Fingern entlockt mir ein Schnurren.

Dannenberg nähert sich. »Das scheint ein sehr intimer Moment zwischen Ihnen und meinem Sofa zu sein«, sagt er trocken.

Peinlich berührt ziehe ich meine Hände zurück und richte mich auf.

»Soll ich Sie beide für einen Augenblick allein lassen?«

Er verzieht keine Miene, und im ersten Moment will mein Mund ein »Das wird nicht nötig sein« herausstottern, aber dann besinne ich mich. Lässig lasse ich mich zurückgleiten und hauche: »Das würden Sie für uns tun?«

Dannenberg, der sich bereits zu seiner Anrichte umgewandt hat, fährt überrascht herum. Ich schließe müde lächelnd die Augen.

Nach einem kurzen Augenblick der Stille höre ich, wie er den Glaskorken aus einer Karaffe zieht.

»Möchten Sie auch einen Bourbon?«

Ohne die Augen zu öffnen, nicke ich. Ich habe das Zeug zwar noch nie getrunken, fühle mich aber geehrt, dass er es mir anbietet. »Bitte mit viel Eis.«

Dannenberg zieht geräuschvoll die Luft durch die Zähne. Ich linse zu ihm hinüber. Als er den Bourbon langsam über die Eiswürfel gießt, sieht er aus, als hätte er starke Schmerzen.

»Tut Ihnen etwas weh?«, frage ich, wobei ich ihn aus den Augenwinkeln betrachte.

»Alles … wunderbar«, presst er hervor und stellt das Getränk mit einer widerwilligen Miene vor mir auf dem edlen Glastisch ab. Leicht verunsichert lange ich nach dem Glas und nippe daran. Meine Schleimhäute ziehen sich zusammen und ich unterdrücke ein Husten. Wie kann man so was bloß freiwillig trinken, frage ich mich angeekelt.

»Und?«

»Köstlich«, lüge ich und überlege fieberhaft, wie ich das Gesöff unbemerkt wieder loswerde. Leider hat Dannenberg keine Blumentöpfe. Ich lasse den Blick durch den Raum gleiten. Genau genommen hat er überhaupt nichts Lebendiges hier. Nicht einmal einen Kaktus. Die einzigen Blumen, die er kurzfristig besessen hat, liegen draußen im Flur auf dem Boden, was ich wirklich sehr bedauerlich finde.

Im nächsten Moment lässt er sich neben mir in das Polster sinken und seufzt tief. »Ich hasse diesen Kronleuchter. Eigentlich war ich froh, ihn endlich los zu sein, und jetzt hängt er schon wieder.«

Ich wusste es! Ich hab's gewusst!

»Also haben Sie doch geblufft.«

»Selbstverständlich habe ich das. Glauben Sie ernsthaft, ich würde mir freiwillig so etwas in die Wohnung hängen?«

»Ich hatte mich schon gewundert«, gebe ich zu. »Er ist wirklich potthässlich.«

»Er ist von meiner Frau«, sagt Dannenberg.

Schnell versuche ich, noch die Kurve zu nehmen. »Also nicht direkt *pott*hässlich. Eher interessant. Und so groß. Ich habe bestimmt noch nie eine so große, geradezu monströse Deckenlampe gesehen.«

»Ein Titan von einem Kronleuchter.«

Ohne ihn anzusehen, weiß ich, dass Dannenberg jetzt lächelt.

»Ein Monument«, bestätige ich.

»Ein Koloss.«

»Goliath.«

»Auf jeden Fall alttestamentarisch«, bekräftigt er.

»Eigentlich erstaunlich, dass er nie einen Unfall hatte.«

»Wie meinen Sie das?«

»Na ja«, sagt er, »wäre doch gut möglich gewesen, dass er aus Versehen mal runtergefallen wäre.«

»Aber die Scherben.« Ich schüttele bedauernd den Kopf.

»Stimmt. Das würde natürlich unglaublich viel Arbeit machen. Allerdings hätte so ein Unfall mit dem Kronleuchter nicht unbedingt hier drinnen passieren müssen«, gibt er zu bedenken.

»Liegt Ihre Wohnung direkt über dem Rhein?«

»Das ist eine optische Täuschung. Genau genommen endet das Gebäude mit der Kaimauer. Es sieht lediglich so aus, als würde das Haus darüber hinausragen.«

»Wirklich schade.«

Er stimmt mir zu. »Aber vielleicht habe ich ja einen guten Wurfarm.«

Erstaunt blicke ich ihn an: »Das wollen Sie nicht wirklich tun, oder?«

»Warum eigentlich nicht?«

»Ich weiß nicht«, überlege ich. »Nachher sieht das die Polizei, oder irgendjemand filmt es mit seiner Handykamera und stellt es auf YouTube rein.«

»Ich gebe zu, das wäre nicht gerade das, was ich der Nachwelt von mir hinterlassen wollen würde, aber manchmal muss man ein Risiko eingehen. Und eigentlich«, er steht auf und stellt sein Glas ab, »kann es mir auch völlig egal sein.« Er schickt sich an, auf den Stuhl zu klettern, der immer noch wie ein Mahnmal mitten in der Wohnung steht.

»Warten Sie«, rufe ich schnell aus, denn die Vorstellung, dass Dannenberg sich gleich mit einem Koloss von Kronleuchter draußen über die Brüstung hängt, lässt ein äußerst mulmiges Gefühl in meiner Magengegend entstehen. »Sie könnten jemanden damit treffen!«, sage ich, woraufhin Dannenberg nur genervt den Kopf schüttelt.

»Und wäre Ihre Frau denn nicht furchtbar traurig, wenn Sie …«

»Nein«, unterbricht er mich. Und dabei sieht er ein bisschen böse aus. »Das wäre sie nicht.«

»Hat sie Sie verlassen?«, frage ich unumwunden.

»Ich wüsste nicht, was Sie das angeht. Und selbst wenn es so wäre, bedeutete es rein gar nichts. Der Part des Verlassenen ist weder ehrenvoller noch ehrloser als der des Verlassenden. Ganz abgesehen davon leben wir bereits seit acht Monaten getrennt. Bevor Sie also Ihre Küchenpsychologie bemühen – das ist nicht der Grund … «

Habe ich richtig gehört? Gibt er jetzt etwa zu, dass er sich umbringen will, oder worauf spielt er an? Um Zeit zu schinden, versuche ich, das Gespräch am Laufen zu halten. »Ist es denn der Grund, warum Ihr Schwiegervater Sie hasst?«

»Leider nein.« Mehr sagt er nicht dazu, weil er mit der Aufhängung des Lüsters kämpft. Als er das Monstrum auf das Parkett sinken lässt, klirren die einzelnen Glastropfen.

»Das, was Sie jetzt vorhaben, ist wirklich sehr unvernünftig.«

»Und Sie, die Sie mit einem Paar Schweinsohren auf dem Kopf auftreten, halten sich für vernunftbegabt?« Er wirkt amüsiert.

»Das ist mein Job.« Erst jetzt fällt mir meine Kostümierung wieder ein und ich spiele nervös mit meinem Pferdeschwanz, der mir über die Schulter fällt.

Dannenberg betätigt einen Schalter an der Wand. Mit einem dezenten Surren schiebt sich eine der bodentiefen Fensterscheiben elegant zur Seite. Sofort strömt warme Luft ins Innere. Die Abendsonne taucht die Terrasse in ein goldenes Licht. Ich bin völlig überwältigt von dem Anblick, was sich leider sofort auf meine Sprechfähigkeit auswirkt.

»T…rasse … gro…ß«, stammle ich, als wir hinaustreten. Ich kann nicht glauben, was ich sehe: Vor mir erstreckt sich eine gewaltige Fläche aus Holz. Ein Loungebereich mit Außensofas wird von Büschen abgegrenzt. Auf der anderen Seite beschatten ausladende Sonnenschirme einen Esstisch, an dem locker die ganze Fußballnationalmannschaft inklusive Ersatzbank Platz finden würde. Vor der Balkonabgrenzung aus Glas und Chrom stehen mehrere knarzige Olivenbäume, deren metallene Kübel mir sicher bis zur Hüfte reichen. Ich bin fassungslos, weil wir uns immerhin auf dem Dach eines Hochhauses befinden, und japse nur:

»B...äume.«

»In der Tat.« Dannenberg schreitet auf das Geländer zu. »Baum, Haus, Tisch, Stuhl, Sonne, Rhein. Sie machen Fortschritte. Ich bin sicher, wenn wir hier fertig sind, dann können Sie schon Zwei-Wort-Sätze bilden.«

Ich werfe ihm einen bösen Blick zu und schüttele den Kopf. »Tststs.«

»Was soll dieses Geräusch?«, fragt er.

»Das soll meine Missbilligung zum Ausdruck bringen.«

»Diesen Satz haben Sie irgendwo gelesen, oder?«

Woher zum Kuckuck weiß er das? Und sehe ich wirklich so aus, als könnte ich allein keine zusammenhängenden Sätze bilden?

»Ja«, sage ich gedehnt und zeige ihm die kalte Schulter. »Der stand im ... Spiegel. Und er hat sogar mehr als zwei Wörter. Was sagen Sie jetzt?«

»Ich fand den Spiegel schon immer grässlich geschwollen und betont bildungssprachlich.«

Missmutig deute ich auf seinen Kronleuchter. »Was ist denn nun? Wollen Sie noch eine Rede halten? Irgendwelche abschließenden Worte darüber, wie zuverlässig er seine Dienste getan hat, oder so?«

»Das ist eine sehr gute Idee«, sagt Dannenberg unerwartet. »Wie wäre es, wenn Sie das übernehmen? Als Spiegel-Leserin sind Sie sicher besonders wortgewandt.«

Das mit dem *Spiegel* habe ich eigentlich nur so dahergesagt. Ganz abgesehen davon ist es völlig idiotisch, eine Grabrede auf einen Kronleuchter zu halten. Aber Dannenbergs plötzliches Lächeln ist so charmant, dass ich ihm diese bissige Bemerkung unmöglich übel nehmen kann.

Denk nach, Emma! Denk nach!

»Also ...« Ich räuspere mich. In Filmen habe ich solche Szenen bestimmt schon hundertmal gesehen. Das kann doch verflixt noch mal nicht so schwer sein. Trotzdem spüre ich, wie mir Schweißperlen den Nacken herunterlaufen.

»Wir sind ... heute hier zusammengekommen, um uns von ... einer bedeutenden Persönlichkeit zu verabschieden«, beginne ich feierlich.

»Wie heißt er denn?«, frage ich Dannenberg, der die Lippen fest zusammengepresst hat.

»Hildegard«, presst er hervor. »Er ist eine Sie.«

»Wir verabschieden uns von einer großartigen Dame. Von Hildegard, dem Kronleuchter, äh, der Kronleuchterin. Sie hat stets zuverlässig geleuchtet und ihre Umgebung immer mit ihrem Licht erfreut. Ihre Glastropfen strahlten mit der Sonne um die Wette und denen, die ihrer ansichtig wurden, mitten ins Herz.«

Dannenberg hängt mir an den Lippen, und das animiert mich, alles zu geben. Ich mache eine Kunstpause und fahre dann fort:

»Aber für jeden ist einmal die Zeit gekommen, zu der er Abschied nehmen muss. Und Hildegard hat nach vielen Jahren treuster Arbeit nun einen Platz in den Tiefen des Rheins verdient. In ewiger Dunkelheit. Wenn einer der hier Anwesenden einen Grund kennt, warum Hildegard heute nicht in die ewigen Jagdgründe hinüberschreiten sollte, so möge er nun sprechen oder für immer schw...«

Falscher Text! Ganz falscher Text!

»Jedenfalls werden wir Hildegard nie vergessen. Maach

et joot!«, füge ich auf Kölsch hinzu, weil ich finde, dass eine rheinische Bestattung dringend einen kölschen Abschied benötigt.

»Maach et joot, Hildegard«, sagt auch Dannenberg äußerst andächtig, bevor er mit dem Arm Schwung holt und Hildegard über die Brüstung wirft.

Ich kann gar nicht hinsehen und warte auf das laute Platschen, das Hildegards Tod verkündet, aber das Geräusch bleibt aus. Als ich mich schließlich an das Geländer wage und auf die Wasseroberfläche starre, lässt lediglich ein sanftes Kräuseln erkennen, wo Hildegard eingetaucht sein muss.

»Sie hat es geschafft.« Gegen meinen Willen bin ich gerührt. Auch Dannenberg sieht bewegt aus. Obwohl ich nicht sagen kann, welchen Gedanken er wohl genau nachhängt. Sein Blick hat sich verdunkelt und die Hände umklammern das Chromgeländer. So fest, dass seine Knöchel weiß hervortreten.

»Dann ist es jetzt also so weit«, sagt er.

Ich habe keinen blassen Schimmer, was er damit meint, und beäuge ihn wachsam. Die Sonne glitzert in seinem dunkelblonden Haar. Er hat einen seltsam ernsten Ausdruck im Gesicht. Abrupt lässt er das Geländer los und zieht umständlich einen Gegenstand aus der Hosentasche.

»Sie werden doch jetzt nichts Dummes tun?«, frage ich erschrocken und klammere mich an seinen Arm.

»Keine Sorge.« Er schüttelt meine Hand ab. »Ich muss nur einmal telefonieren, wenn es Ihnen nichts ausmacht. Ich verspreche Ihnen auch, dass ich keinen Therapeuten anrufe. Auch wenn Sie«, er tätschelt mir die Schulter, »den vielleicht ganz gut gebrauchen könnten. Sie sind ein wenig überspannt.«

Überspannt? Ich?

Mit den Fingerspitzen massiere ich meine Schläfen und atme tief durch. Vielleicht sind meine Sinne tatsächlich etwas überreizt.

»Dannenberg«, bellt er in diesem Augenblick in sein Telefon, und ich zucke zusammen.

»Geben Sie den Artikel frei.«

Pause.

»Ja, inklusive der Fotos, soll er mich halt verklagen.«

Pause.

»Übrigens bin ich ab sofort nicht mehr unter dieser Nummer zu erreichen. Wenn es irgendwelche Probleme gibt, dann wenden Sie sich an Mohrstedt.« Er legt auf und wirft einen letzten Blick auf das Display, bevor er ausholt und sein Handy über das Geländer fliegen lässt.

Ich blinzle fassungslos. »Sie haben Ihr iPhone weggeworfen.«

Dannenberg dreht sich mit einem äußerst zufriedenen Gesichtsausdruck zu mir um und steckt die Hände in die Hosentaschen. »Ich habe keine Verwendung mehr dafür.«

»Gibt es noch etwas, für das Sie keine Verwendung haben?«, frage ich ihn mit hochgezogener Augenbraue. »Ein alter Fernseher? Ihre Schwiegermutter? Ein Kühlschrank? Noch wäre ich da und könnte mit anpacken.« Ich schwinge meine Arme wie eine Schaukel.

Um seine Augen bilden sich kleine Lachfältchen, als er kopfschüttelnd an mir vorbeigeht. »Ein Handy ist sowieso nur etwas für Assistenten.« Damit lässt er mich stehen und betritt sein Apartment. Ich starre noch einen Moment auf das glitzernde Wasser unter mir und frage mich, was so schlimm daran sein soll, ein Assistent zu sein. Ich hätte kein Problem damit, wenn Erika mich zu ihrer Assistentin machen würde. Allerdings sind wir davon noch weit entfernt. Was mich aber nicht daran hindert, in regelmäßigen Abständen von meiner großartigen Zukunft als Assistentin zu träumen. Ach was, Assistentin. Partnerin! Partnerin hört sich doch gleich viel besser an.

Als Erstes würde ich den Namen ändern. *Daisy Düfte* klingt nicht besonders modern. Ich denke dabei immer an Entenhausen und Daisy Duck. Und das Geschäftsmodell ließe sich auch deutlich verfeinern. Wir müssen weg von den Friedhofsblumen und hin zu den schicken Empfängen und Gartenpartys. Und ganz sicher müssen wir weg von diesem dämlichen Glückwunsch-Service, der mir das Ganze hier überhaupt erst eingebrockt hat. Wenn ich das Heft einmal in der Hand hielte und Erika meine Assistentin wäre, dann würden wir spätestens nach sechs Monaten wieder ordentlich schwarze Zahlen schreiben. Wir hätten ein schickes Logo und neue Berufskleidung und keinesfalls mehr diese hässlichen pinkfarbenen T-Shirts. Und neben Blumengebinden könnten wir zusätzlich auch noch zweihundert Jahre alte Olivenbäume an Ölscheichs und arrogante Schnösel wie diesen Dannenberg verkaufen. Ich sollte ihn mal fragen, ob er mich einen Blick in sein Adressbuch werfen lässt. Ganz bestimmt kennt er haufenweise andere reiche Schnösel. Schade, dass sein iPhone mit diesen wertvollen Daten nun auf dem Grund des Rheins liegt. Minutenlang starre ich auf das Wasser und beobachte mehrere Ruderboote, die lautlos und in langen Zügen über die Oberfläche gleiten.

Apropos Dannenberg …

Ruckartig tauche ich aus meinen Gedanken auf, laufe eilig über die Terrasse und schlüpfe durch die Glastür.

Wo ist er denn nun hin? Ich lasse meinen Blick durch den Raum schweifen, kann ihn aber nirgendwo entdecken. Diesen Mann zu hüten ist, als würde man versuchen, Radiowellen mit den Händen einzufangen!

Plötzlich höre ich ein leises Schnarchen und wirble herum. Dannenberg liegt flach auf dem Sofa, die Beine von sich gestreckt. Ein Arm hängt nach unten, seine Fingerspitzen berühren dabei fast den Boden. Er ist einfach eingeschlafen!

Es sieht so friedlich aus, wie er da liegt. Seine Stirn ist glatt, seine Haar dafür ganz zerzaust. Wie ich ihn so betrachte, bemerke ich, dass seine Krawatte ganz schön stramm sitzt. Und seine Schuhe sind zum Schlafen bestimmt auch höllisch unbequem. Ich knie mich vor das Sofa und robbe zu Dannenbergs Oberkörper, wo ich vorsichtig den Knoten löse.

»Lass das.« Dannenberg nuschelt und versucht im Schlaf, meine Hände wegzuschieben. »Vicky, lass mich.«

Interessant. Wer ist Vicky?

»Schsch«, mache ich. »Alles ist gut.«

»Es tut mir … leid.« Er stöhnt leise. »Sag deinem Vater … leid … kann nicht … Pressekodex …« Er bricht ab.

Sehr schade, dass er gerade dann in Tiefschlaf fallen muss, wenn es spannend wird. Er schnauft und grunzt ein wenig, dann ist er vollends still. Und ich bin das Opfer meiner Neugierde. Ich würde so gerne wissen, wer Vicky ist. Und was hat Dannenberg mit ihrem Vater zu tun? Hat er gegen irgendein Gesetz verstoßen? Oh Gott, ich ahne es! Dannenberg hat einen unverzeihlichen Fehler begangen. Er hat jemanden verunglimpft. Oder er hat seine journalistische Macht ausgenutzt, um … um … Ich kann nur hoffen, dass er nichts über mich und *Daisy Düfte* schreibt, wenn er morgen früh wieder nüchtern ist.

Vorsorglich hole ich aus seinem Schlafzimmer eine leichte Decke, die ich über ihm ausbreite. Es gibt schließlich nichts Schlimmeres, als aufzuwachen, weil man friert. Ich könnte ihm auch noch eine Botschaft hinterlassen, falls er sich wegen des Alkohols an nichts erinnern kann. Und auch, um ihm Mut zuzusprechen. Wenn er morgen früh aufwacht, wird er hoffentlich alles in ganz anderem Licht sehen.

Ich besorge mir ein Blatt aus dem Drucker in Dannenbergs Arbeitszimmer und schreibe ihm eine Nachricht:

Lieber Herr Dannenberg,
ich hoffe, es geht Ihnen heute Morgen schon wieder besser. Machen Sie keine Dummheiten! Es wird sich alles wieder einrenken! Bestimmt geht es vielen Journalisten so, dass sie in Versuchung geführt werden, ihre Macht auszunutzen. Ich bin sicher, sie werden Ihren Fehler wiedergutmachen. Das Leben ist lebenswert. Auch für Sie.

Ihre Emma Arend

PS: Es ist keine Schande, um Hilfe zu bitten. Wenn Sie Hilfe brauchen, dann ~~rufen Sie mich an unter 017 012 345 678~~. Es gibt bestimmt Freunde, die Ihnen beistehen werden. Was ist z. B. mit Vicky?

PPS: Ich habe Ihnen zwei Tabletten Aspirin dagelassen. Sie finden Sie im Badezimmer auf der Ablage über dem Waschbecken.

PPPS: Sie müssen dringend einkaufen! In Ihrem Kühlschrank gibt es nur Wein. Schreiben Sie Actimel *auf Ihren Einkaufszettel! Wenn der Darm nicht richtig funktioniert, hat das große Auswirkungen auf unsere Psyche.*

PPPPS: Das habe ich im Spiegel gelesen.

Einen kurzen Moment lausche ich auf Dannenbergs regelmäßige Atemzüge, dann verabschiede ich mich stumm und trete durch die Haustür.

5

Ich brauche einen Kaffee. Ich brauche ganz dringend einen Kaffee! Heute Morgen könnte ich mir Streichhölzer zwischen die Lider klemmen, so müde bin ich. Michi und seine Freunde haben immer noch vor dem Fernseher gesessen, als ich nach Hause kam. Das Spiel hatte erst gegen zehn begonnen, sodass sie genug Zeit hatten, sich über die fehlenden Knabbereien aufzuregen. Michi hat behauptet, er wisse nicht, was man mit Paprika anstellen solle (»Muss man die schälen?«), und dann hat er die ganze Küche versaut, als er die Salatgurke zubereiten wollte (»Ich dachte, die muss ordentlich kochen«). Ich habe also bis kurz vor zwei die Schweinerei beseitigt.

Auch, weil ich ein schlechtes Gewissen hatte. Schließlich habe ich ihn angelogen. Mit keinem Wort habe ich Dannenberg erwähnt. Und Michi hat nicht einmal nachgefragt, was denn nun mit dem Mann passiert sei, der sich umbringen wollte. Kann man sich das vorstellen? Es hat ihn gar nicht interessiert. Also habe ich behauptet, ich hätte mich noch mit Judith getroffen. Da fällt mir ein, dass ich Judith dringend eine SMS deswegen schreiben muss. Schnell tippe ich also ›Wir waren gestern zusammen aus, falls Michi fragt‹ in mein Handy. Dann schleiche ich mit meiner Handtasche nach draußen. Ich will auf keinen Fall, dass Michi jetzt schon aufwacht. Auf direktem Weg fahre ich ins Belgische Viertel, wo unser Blumenladen ist. Ich liebe das Belgische Viertel! Ich bin zwar spät dran, aber weil ich das Frühstück ausfallen lassen musste, schlüpfe ich noch in die nächste Bäckerei. Einen Kaffee zum Mitnehmen, zwei Muffins und einen *Reflex*, das brauche ich, um über die nächsten Stunden zu kommen.

Erika telefoniert, als ich am Laden ankomme, deshalb begrüße ich nur meine Kollegin Monika, die in diesem Moment einige Sträuße mit Bastelstroh verziert, und schnappe mir die Liste, die in meiner Ablage liegt. Während ich meine Aufträge überfliege, murmle ich ein Dankgebet. Heute muss ich mich nicht verkleiden und auch kein Gedicht aufsagen, was bin ich erleichtert! Allerdings nur so lange, bis mir ein Eintrag ins Auge fällt, der den Titel *Que Sera* trägt. Ein Ehepaar aus Köln-Nippes möchte seiner Tochter zum 21. Geburtstag einen bunten Strauß schenken. Mit roséfarbenen Rosen, orangefarbenen Germini, Kamille, roten Bartnelken, Strandflieder und jeder Menge Grünzeug, dessen Namen ich nicht einmal aussprechen kann. Der Überbringer soll für sie ein Lied von Doris Day singen. Nicht zum ersten Mal frage ich mich, warum ausgerechnet ich diesen Job machen muss. Ich spüle die letzten Krümel des Muffins mit Kaffee runter und nehme, als ich sehe, dass Erika immer noch telefoniert, den *Reflex* zur Hand. Auf dem Titelbild starrt mich das grimmige Gesicht eines alten Mannes an. Dessen Augen werden von einem schwarzen Balken verdeckt, auf dem in Großbuchstaben Game over steht. Nur mäßig interessiert überfliege ich die Schlagzeile:

Baulöwe Kreuzbach zahlt Schmiergelder – Wie sich die Bauaufsicht korrumpieren lässt. Bäh! Was für ein langweiliges Thema für einen Leitartikel. Ich lasse die Zeitschrift fallen und nippe weiter an meinem Kaffee. Monika hat das Radio lauter gedreht und summt mit, während sie Rosen beschneidet.

»Hast du das Spiel gestern gesehen?« Sie unterbricht ihr Summen und beäugt die Blüte einer Chrysantheme.

Ich bin in Gedanken immer noch bei meinen gestrigen Erlebnissen und erst einmal überfragt.

»Ach *das* Spiel.« Ich wische mir einige Krümel vom Dekolleté. »Habe ich nicht gesehen. Ich war den ganzen Abend … beschäftigt. War's denn schön?«

»Harald hat mich zu einem Public Viewing geschleppt. Ich habe kaum was vom Spiel mitgekriegt, weil es so voll war. Warst du unterwegs? Ich dachte, dein Michi wäre ganz scharf auf das Spiel.«

»Michi war ganz scharf darauf, das Spiel mit seinen Kumpels zu sehen«, erwidere ich. »Ich war … mit einer Freundin aus.« Du lieber Himmel, hoffentlich komme ich nicht durcheinander. Im selben Moment piepst mein Handy: eine Nachricht von Judith.

Hast du eine Affäre?

Wie kommt sie auf eine solche Idee? Ich beiße von meinem zweiten Muffin ab und tippe zur Antwort ein knappes Nein.

»Also mir reicht's«, blafft Monika nun. »Nie wieder lass ich mich von Harald zu einem Public Viewing zwingen. Und dir würde ich auch empfehlen, bei Michi möglichst schnell durchzugreifen. Wenn er sich einmal daran gewöhnt hat, seine Freunde einzuladen, hast du sie bald bei jedem Zweitligaspiel bei dir zu Hause sitzen.«

»Ach«, werfe ich ein, »er guckt nicht wirklich *jedes* Spiel. Es macht ihm gar nichts aus, wenn er das einmal ausfallen lassen muss.« Ich erwähne jetzt nicht, dass wir das letzte Mal, als Michi ein Spiel hat ausfallen lassen müssen, hinterher einen Streit hatten. Aber wirklich nur einen klitzekleinen Streit.

Monika schnaubt. »Du musst gleich zu Beginn dagegenhalten, sonst hast du keine Chance. Wie lange seid ihr noch mal zusammen?«

»Fast zwei Jahre.«

»Verflucht!« Monika wirft die Rose hin, die sie gerade in der Hand gehalten hat, und schnappt sich die nächste. Ich bin mir nicht sicher, worauf sich das bezieht, und statt nachzufragen, trinke ich lieber meinen Kaffeebecher leer.

»Du musst Michi ganz klar seine Grenzen aufzeigen. Bis hierhin und nicht weiter!« Ihre Schere macht zack, zack, und ich zucke zusammen.

»Wann hat er dir eigentlich das letzte Mal Blumen geschenkt oder ein Parfüm? Na?« Sie schnippelt so wüst an einer Rose herum, dass anschließend nur ein Stummel von fünf Zentimetern übrigbleibt.

Über diese Frage muss ich kurz nachdenken, weil ein langweiliger Gürtel als Geschenk für Monika wohl nicht zählt. Natürlich hat Michi mir auch schon Blumen geschenkt. Das letzte Mal ist allerdings schon eine Weile her.

»Neulich hat er mich zum Essen eingeladen«, sage ich etwas lahm.

»Ach ja? Wohin? Und jetzt sag bloß nicht McDonald's!«

»Natürlich nicht.« Ich versuche, ein möglichst empörtes Gesicht zu machen, scheitere daran aber wohl kläglich, denn Monika schüttelt nur den Kopf.

»Michi hat Sonntag sogar für mich gekocht«, versuche ich, ihn zu verteidigen. Allerdings verschweige ich ihr, dass es ungenießbar gewesen ist und er den Kartoffelbrei aus der Tüte hat anbrennen lassen. Bevor Monika weiterfragen kann, intoniert mein Handy laut *Help! I need somebody. Help! Not just anybody!*

»Hast du die Entwürfe fertig?«, scheppert es auch gleich aus dem Lautsprecher.

Die Entwürfe für den Empfang – die habe ich ganz vergessen.

»Ich muss nur noch die Fotos auf den PC laden«, schwindele ich. »Ich schicke sie dir dann gleich.«

»Ich brauche sie spätestens in einer Stunde!«, sagt Heidi. »Nur weil du wieder trödelst, kann ich nicht einfach alle warten lassen. Ich muss mich darauf verlassen können.«

»Du kannst dich auch auf mich verlassen«, flöte ich. »Die Gestecke sind ganz wundervoll geworden, du wirst staunen.«

Monika unterbricht ihre Arbeit, ihre Augenbrauen haben sich zu einem Fragezeichen gebogen. Ich halte die Muschel zu und raune ihr »Erkläre ich dir später« zu.

Heidi kommt jetzt erst richtig in Fahrt. »Du weißt, dass die Tischtücher weiß sind, ja? Sie haben ganz zarte silberfarbene Streifen. Ich will nicht, dass sich da nachher etwas beißt.«

Als ob sich irgendwas mit Silber beißen könnte. »Keine Sorge, du wirst ganz sicher begeistert sein.«

»Das hoffe ich!« Sie hat schon wieder diesen energischen Ton drauf. »Das Fingerfood ist übrigens asiatisch. Vielleicht kannst du also noch einige Details im Asia-Style hinzufügen. Und vergiss nicht, heute Nachmittag zu Mama zu fahren. Wir müssen noch die Kleiderfrage klären.« Damit legt sie auf.

Das hatte ich völlig vergessen, so ein Mist. Und was die Details im Asia-Style betrifft, werde ich Monika bitten müssen, mir zu helfen, denn davon habe ich überhaupt keine Ahnung.

»Habt ihr das gerade im Radio gehört?« Erika stürmt in den Raum. Sie sieht aus, als habe sie Elektroschocks gekriegt. Ihre Haare sind wie immer stark toupiert und könnten rein volumenmäßig eine ganze Hamsterfamilie beherbergen.

»Ist was passiert?« Meine Zeitschrift schiebe ich unauffällig über den Arbeitstisch, wo sie über die Kante rutscht und dann flatternd auf dem Fußboden landet. Aber Erika ist so aufgebracht, dass sie es gar nicht bemerkt. Monika dreht das Radio lauter und wir hören das Ende einer Meldung:

»… stand Chefredakteur und Herausgeber Dannenberg leider nicht für ein Interview zur Verfügung.« Es folgt ein Jingle, und dann sagt die Moderatorin: »Das war Philip Schmelzer über die aktuelle Lage beim Bau der *Mall of Cologne.*«

Mir wird plötzlich heiß und kalt. Habe ich richtig gehört? Ging es da etwa gerade um meinen Dannenberg? Nils Dannenberg? Chefredakteur und Herausgeber? Das würde auf jeden Fall erklären, warum er so sehr von sich eingenommen ist. Nun würde mich nur noch interessieren, von welcher Zeitschrift er eigentlich …

»Das ist wohl mit Abstand das Schlimmste, was uns passieren konnte!«, unterbricht Erika meine Gedanken. Sie lässt sich auf meinen Hocker fallen.

»Ich habe es euch bisher nicht sagen wollen, aber jetzt muss es einfach raus. Es ist so: Wir schreiben gar keine roten Zahlen.«

Monika und ich atmen erleichtert auf. »Aber das ist doch toll!«, sage ich. »Oder nicht?«

»Was ist dann das Problem?«, will Monika wissen.

»Der Bau der neuen Shopping-Mall. Ihr habt es doch eben gehört. Ich zahle seit mehr als acht Monaten dafür, dass wir dort eine kleine Ladenzeile bekommen. Alles, was ich auch nur irgendwie abknapsen konnte, habe ich in den neuen Laden investiert. Und jetzt? Kreuzbach, dieser verfluchte Schweinehund! Es hätte alles so schön sein können. *Daisy Düfte* in der *Mall of Cologne*. Wie das klingt! Und jetzt hat dieser Verbrecher von einem Bauunternehmer Mist gebaut. Ich könnte ausflippen!« Sie holt tief Luft, bevor sie ein »Ich-brauche-jetzt-sofort-eine-Zigarette« herauspresst und davonrauscht.

Mir schwant Übles. »Dieser Bauunternehmer heißt Kreuzbach?«, frage ich Monika und angele nach dem *Reflex*, der zerfleddert auf dem Boden liegt.

Meine Kollegin stellt mit mürrischem Gesichtsausdruck das Radio leiser. »Das ist dieser Immobilienmogul, der halb Köln gekauft hat«, sagt sie abschätzig. »Ich wette, der macht krumme Geschäfte. Würde mich nicht wundern. Machen die doch alle.«

Mit zitternden Fingern streiche ich die Zeitschrift glatt und betrachte das Cover genauer. Das ist er also! Karl Kreuzbach. Der Mann mit dem Game over über den Augen.

»Sagen Sie Kreuzbach, dass er mich mal kann«, hatte Dannenberg gezischt.

Schnell blättere ich zum Leitartikel: sechs Seiten, eine davon zeigt Kreuzbach in Ganzkörperaufnahme auf einem Ledersessel, in der Hand eine brennende Zigarre. Der Rauch umwölkt sein Gesicht. Er wurde leicht untersichtig fotografiert, wodurch der Eindruck von Macht und Autorität entsteht. Dann entdecke ich den Namen des Journalisten, der den Artikel dazu verfasst hat, und mir wird ganz flau: Nils Dannenberg.

Meine Güte, ist Dannenberg etwa Herausgeber *und* Chefredakteur des *Reflex*? Ein Blick in das Impressum bestätigt meine Befürchtung. Und ich habe ihm gesagt, ich würde nur den *Spiegel* lesen – wie peinlich. Plötzlich wird mir noch etwas klar: Das ist der Artikel, den Dannenberg gestern in meinem Beisein freigegeben hat. Ob er auch der Grund für seine Verzweiflung ist?

Mein Blick fliegt über die Seiten. Das klingt alles noch viel schlimmer als das, was Erika gesagt hat. Anscheinend hat Kreuzbach nicht nur schlampig arbeiten lassen, sondern sich auch noch mit dubiosen Subunternehmern eingelassen. Dannenberg schreibt, dass billiger Stahl aus China verarbeitet worden sei und das noch nicht einmal sachgemäß, die Standfestigkeit des ganzen Komplexes sei dadurch gefährdet. Ganz schön gruselig, wenn man bedenkt, wie viele Menschen tagtäglich mit der U-Bahn darunter herfahren müssen. Noch bevor ich den Artikel zu Ende lesen kann, platzt Erika wieder herein. Ihr Blick wandert fahrig hin und her. Ehe sie mich fragen kann, was ich hier eigentlich mache, frage ich: »Kann ich kurz an deinen PC? Ich muss mir noch den Liedtext ausdrucken für diesen 21. Geburtstag.«

Erika nickt gnädig und seufzt. »Ich muss sowieso dringend mit meinem Anwalt telefonieren. Das alles ist ein Alptraum!« Sie zieht ihr Handy aus der Tasche und steckt sich im Rausgehen erneut eine Zigarette an. In ihrem Büro tippe ich *Que Sera* in die Google-Suchleiste und drucke den Text aus. Solange der Drucker brummt und rattert, kann ich nicht anders und lasse Google gleich einmal nach Dannenberg forschen.

Ungefähr 987 000 Ergebnisse (0,35 Sekunden) erscheint auf dem Bildschirm. Dannenberg ist tatsächlich ziemlich prominent. Ich lasse die Ergebnisse nach Aktualität filtern. Jetzt mache ich mir doch ein wenig Sorgen, dass er im nüchternen Zustand immer noch nicht zur Vernunft gekommen sein könnte. Hoffentlich muss ich keinen Nachruf auf ihn lesen. Die erste Meldung taucht ausgerechnet bei *Spiegel Online* auf. Das wäre fast schon komisch, wenn die Schlagzeile mir nicht den Atem rauben würde:

Ermittlungen in Köln – Baulöwe von eigenem Schwiegersohn angeprangert. Ist das noch seriöser Journalismus?

In einem anderen Artikel lese ich etwas von der Rache eines verlassenen Ehemannes. Die Tatsache, dass Dannenberg mit Kreuzbachs Tochter verheiratet war, scheint für die Medien von größerer Bedeutung zu sein als die Fehler von Kreuzbachs Baufirma.

Wie glaubwürdig ist ein Chefredakteur, der mittelbar in diesen Skandal involviert ist? Der Zeitpunkt für Dannenbergs Attacke ist jedenfalls denkbar ungünstig: Im Herbst soll Kreuzbachs Konzern an die Börse gehen. Der heute 64-jährige ist der Vorzeigemanager, wenn es um Zukunftsplanung geht. Wird Kreuzbachs Lebenswerk nun an den Anschuldigungen seines Schwiegersohns zerbrechen? Den Vorwurf, dass es ihm an kritischer Distanz fehle, muss Chefredakteur Dannenberg sich jedenfalls gefallen lassen …

Auweia.

Das finde ich ganz schön ungerecht, wenn man bedenkt, wie sehr sich Dannenberg mit der Veröffentlichung dieses Artikels gequält hat. Auch die anderen Schlagzeilen gehen in dieselbe Richtung. Anscheinend ist es ein unverzeihlicher Fehler, wenn man über jemanden schreibt, mit dem man quasi verwandt ist. Können die sich denn gar nicht vorstellen, wie schlecht es Dannenberg geht? Fragt sich eigentlich niemand, wieso Kreuzbach seinen Schwiegersohn in eine solche Lage bringen musste? Das hätte er doch bedenken können, bevor er kriminell wurde. Ganz abgesehen von all den unschuldigen U-Bahn-Fahrern und Shopping-Mall-Besuchern, die er mit seinen windigen Geschäften in Gefahr bringt. Es geht hier schließlich um Menschenleben!

Je mehr ich darüber nachdenke, umso mehr empöre ich mich. Diesem Kreuzbach sollte mal dringend jemand die Meinung sagen. Vielleicht ist er sich nicht einmal bewusst, was er da angerichtet hat? Jedenfalls kann es nicht schaden, ihn darauf hinzuweisen. Immerhin muss Dannenberg ihn gewarnt haben. Denn wie sonst hätte Kreuzbach ihm einen Tag zuvor den Blumenstrauß mit dem furchtbaren Gedicht schicken können?

Plötzlich habe ich einen grandiosen Einfall. Doch dann wird die Tür zum Büro aufgestoßen, was meine Überlegungen rüde unterbricht.

»Bist du endlich fertig?«, blafft Erika. Ihre Laune scheint sich durch das Telefonat mit ihrem Anwalt nur geringfügig verbessert zu haben. »Alles paletti«, sage ich und winke mit dem Ausdruck des Liedtextes.

Wie sehr ich es doch hasse, an Haustüren zu singen! Das würde ich Erika auch gerne einmal sagen. Es ist nicht so, dass ich furchtbar schlecht singe, aber bei *The Voice of Germany* würde sich ganz sicher kein Stuhl für mich umdrehen.

Dann verdränge ich den Gedanken an das Lied und widme mich wieder meinem Plan. Er ist geradezu genial! Um ungestört zu telefonieren, verstecke ich mich auf dem Klo und lehne mich mit dem Rücken an die Kabinentür. Ganz ruhig bleiben, Emma, sage ich mir, während ich mein Handy aus der Hosentasche ziehe. Nachdem ich gewählt habe, tutet es viermal in der Leitung, bevor meine Chefin im Zimmer nebenan den Hörer abnimmt.

6

»Daisy Düfte, Erika Baumann, waskannichfürSietun?«

Ich räuspere mich und spreche mit Kleinmädchenstimme. »Guten Tag. Mein Name ist Em…anuela Schmidt.« Ich unterbreche mich selbst mit einem heiseren Schluchzer. »M…mein Großvater ist gestorben und ich … möchte Blumen für seine Beerdigung bestellen.«

»Mein herzliches Beileid«, erwidert Erika trocken. »Soll es ein Gesteck werden oder doch lieber ein Kranz?«

»Ein Kranz wäre ganz wunderbar«, antworte ich fast ein bisschen zu enthusiastisch. »Nur nicht zu bunt.«

»Das ist kein Problem. Wann ist denn die Beerdigung?«

Mir kommt Kreuzbachs Pressekonferenz in den Sinn, die im Internet für 12.00 Uhr angekündigt worden ist, und ich fiepe: »Heute um zwölf.«

»Das ist aber ganz schön kurzfristig. So schnell kann ich ihnen leider keine Schleife bedrucken lassen. Wären Sie denn auch mit einem allgemeinen Trauerspruch zufrieden?«

»Das ist ganz egal. Äh, ich meine, es wäre sehr schön, wenn Sie etwas Nettes auswählen könnten. *Im stillen Gedenken* oder so ähnlich.«

»Mmh.« Ich höre, wie Erikas Tintenroller über das Papier schabt.

»Haben Sie bestimmte Blumen im Sinn? Oder hatte Ihr Großvater Lieblingsblumen?«

»Also nicht direkt Lieblingsblumen«, improvisiere ich, »aber er mochte es sehr, wenn sie dunkel waren. Am besten wäre vielleicht ... schwarz.«

»Es gibt keine schwarzen Blumen. Ich könnte Ihnen Callas anbieten. Die *Black Forest* ist so dunkelviolett, dass sie fast schwarz aussieht.«

Die Frage nach den schwarzen Blumen habe ich Erika schon immer mal stellen wollen, nur hatte ich Angst, dass es unprofessionell wirken würde. »Dann vielleicht irgendwelche Beeren? Es gibt da doch so giftige Beeren, die ganz dunkel sind. Tollkirsche! Genau, so heißen die.«

»Aber Ihr Großvater ist bereits tot, ja?« Erikas Stimme klingt ungewöhnlich misstrauisch.

»Ja.« Ich ziehe geräuschvoll die Nase hoch. »Können Sie den Kranz mit Efeu binden? Dann würde er genauso trostlos aussehen, wie ich mich fühle.«

Wir einigen uns darauf, dass der Auftrag beim Anliefern bezahlt wird, und ich nenne Erika eine Straße in Ehrenfeld. Der Ort spielt sowieso keine Rolle, denn den Kranz werde ich selbst liefern, und bis dahin habe ich noch genug Zeit, herauszufinden, wo Kreuzbach seine Pressekonferenz abhalten wird.

In der nächsten halben Stunde bin ich vollauf damit beschäftigt, die Blumendekoration für Heidis Empfang zu entwerfen. Ich sprühe geradezu vor Ideen! Anscheinend hat mein Plan, Kreuzbach eins auszuwischen, einen Damm gebrochen. Weiße Rosen und blassrosa Bartnelken spieße ich zu einer Art Springbrunnen auf. Hellgrüne Gräser biegen sich nach außen und fließen wie Wasser daran herab. Es wäre überhaupt eine großartige Sache, wenn man ein Wasserbecken darunterbauen könnte, mit Seerosenblättern vielleicht. Immer mehr Blüten stecke ich um meine Kreation fest. Das Gesteck wird größer.

Schöner. Und noch größer. So groß, dass Monika mich bei meiner Arbeit unterbricht und fragt, ob die Tischdekoration für die Krönung von Prinz Felipe zum König von Spanien gedacht sei.

»Findest du sie zu üppig?« Jetzt bin ich doch ein wenig verunsichert.

»Kaum.« Monika wirft einen Blick auf meine Notizen:

– Empfang
– 12 Tische
– nicht langweilig!!!
– asiatisch?

Dann schnaubt sie kurz, bevor sie kopfschüttelnd fortfährt: »Du weißt aber schon, dass ein Stehtisch gerade einmal achtzig Zentimeter Durchmesser hat, oder? Für dieses Gesteck brauchst du schon zwei, damit es überhaupt draufpasst.«

Das ist vielleicht ein wenig übertrieben. So groß ist es nun auch wieder nicht. Aber vielleicht bin ich doch zu euphorisch an die Sache herangegangen. Missmutig zupfe ich eine Blüte nach der anderen wieder heraus. Nun sieht es irgendwie langweilig aus. Ich weiß jetzt schon, was Heidi dazu sagen wird. Und ganz sicher werden Wörter in Großbuchstaben vorkommen. Sie wird mir vorhalten, dass man sich nicht auf mich verlassen kann. Wie damals, als ich ihr versprochen hatte, das Kostüm zu ihrem Ballettauftritt beim *Nussknacker* mitzubringen. Ich war gerade elf Jahre alt und nicht gerade das, was man einen wandelnden Terminkalender nennen würde. Heidi tanzte die Zuckerfee. Sie hatte Wochen dafür geübt. Ihr Kostüm war atemberaubend schön wie ein Cupcake mit Sahnetopping und Liebesperlen. Und ich habe es zu Hause vergessen. Dafür hat sich mir aber das folgende Drama ins Gedächtnis eingebrannt: Heidi musste die Rolle der Zuckerfee an ihre ärgste Konkurrentin abtreten. Am Ende durfte sie nur im Heer des Mäusekönigs gegen die Pfefferkuchen-Soldaten kämpfen. Diese Demütigung hat sie mir bis heute nicht verziehen und mir jahrelang vorgeworfen, dass ich bloß eifersüchtig gewesen sei und das Kostüm mit voller Absicht vergessen hätte. Was aber nicht stimmt. Da bin ich mir fast sicher.

»Was hältst du davon, wenn du die Deko reduzierst?«, fragt Monika gerade. »Asiatisch ist immer sehr schlicht und elegant.« Sie schnappt sich eine Vase in Größe eines Wasserglases, legt zwei knorrige Zweige quer darüber und wirft eine einzelne Orchidee hinein.

Wow. Ich weiß nicht, wie Monika das macht, aber es sieht absolut umwerfend aus. Schnell zücke ich mein Handy und schieße ein Foto. Jetzt habe ich immerhin bereits zwei Entwürfe, die ich auch sofort an Heidi schicke. Ein dritter wird mir ganz bestimmt im Laufe des Vormittags noch einfallen, aber damit kann ich mich jetzt nicht aufhalten, denn ich muss um elf in Köln-Nippes sein. Das Geburtstagskind ist genau um diese Uhrzeit zur Welt gekommen, und ihre Eltern scheinen viel Wert darauf zu legen, dass ihm pünktlich gratuliert wird.

Zusammen mit Monika bringe ich die Blumen in den Lieferwagen. Einige Kränze und Gestecke lagern bereits auf dem Metallregal an der Seitenwand. Den Kranz, den ich bestellt habe, hat meine Chefin selbst gesteckt, und er sieht wirklich besonders trostlos aus. Wenn man ihn ansieht, hat man unweigerlich die Mandolinenklänge aus *Der Pate* im Ohr.

Fast eine halbe Stunde quäle ich mich im schlimmsten Stadtverkehr bis zur Namibiastraße. Als ich klingele, macht mir ein Rocker die Tür auf. Er trägt lange Haare und einen Dreitagebart. Verdutzt starre ich auf seine schweißglänzende Brust, die großflächig von Tattoos bedeckt ist. Habe ich mich in der Tür geirrt?

»Wohnt hier eine Maja Wischnewski?«, bringe ich heraus, bevor ich mich hinter dem Strauß verstecke. Vor Verlegenheit weiß ich kaum, wohin ich schauen soll.

»Kommt drauf an.«

Ich sehe bestimmt nicht so aus, als würde ich Steuern eintreiben, denke ich empört. »Ich habe hier einen Blumenstrauß für sie. Von ihren Eltern«, füge ich schnell hinzu, bevor er noch auf dumme Gedanken kommt.

»Bienchen«, ruft er mit unerwartet sanfter Stimme in den dunklen Flur. »Da sind Blümchen für dich.«

Ich versuche angestrengt, mir nicht veräppelt vorzukommen, und hole tief Luft. Wie war noch mal der Text? Während der Fahrt habe ich das Lied in Dauerschleife von meinem Handy abspielen lassen und kann nur hoffen, dass dieser Bodybuilder kein Interesse daran hat, zuzuhören.

Als Maja erscheint, frage ich mich, wann ihre Eltern sie wohl das letzte Mal gesehen haben. Sie ist gerade süße einundzwanzig geworden, sieht aber aus wie dreißig. Und sie hat Piercings. Überall. Es ist gar nicht so einfach, nicht auf den großen Ring zu starren, der ihr aus der Nase baumelt, oder auf den Ohrring, der ihr Ohrläppchen so weit gedehnt hat, dass beinahe meine Hand hindurchpassen würde.

»Herzlichen Glückwunsch zum Geburtstag«, gratuliere ich ihr. »Ihre Eltern schicken Ihnen diesen wunderschönen Blumenstrauß. Und ein Lied.«

»Heißt das, Sie wollen jetzt singen?«, fährt mir ihr Freund dazwischen. »Hey Jungs, das müsst ihr euch anhören!«, brüllt er in die hinteren Räume.

Was für Jungs? Haben die beiden etwa schon Kinder?

Maja nimmt mir den Blumenstrauß ab und blickt mich erwartungsvoll an. Jetzt habe ich nicht einmal etwas, an dem ich mich festhalten könnte. Ich wünschte, ich hätte wenigstens einen Kassettenrekorder dabei, *a capella* hört man wirklich jeden falschen Ton.

»Also, das Lied«, ich beiße mir auf die Lippen, »haben Ihre Eltern ausgesucht, nicht ich.« Ich zucke mit den Schultern, dann fange ich an:

»When I was just a little girl …« Weiter komme ich nicht, denn auf einmal stehen noch drei weitere halbnackte Männer in der Tür. Sie schubsen sich gegenseitig, um einen Blick auf mich zu erhaschen. Meine Stimme stottert wie ein Moped, dann verstummt sie ganz.

»Singen Sie ruhig weiter!«, sagt Maja. Ich weiß gar nicht, wohin mit all dem Blut, das mir in die Wangen schießt. »Na los!« Die Männer werden auch langsam ungeduldig. »Wir wollen was hören.«

Ich könnte einfach verschwinden, überlege ich. Oder ich täusche vor, an einer akuten Halsentzündung zu leiden, quasi einer Ein-Sekunden-Halsentzündung. Ein Virus hüpft einem in den Mund, und einen Wimpernschlag später ist, *pling*, die Stimme weg. Ich könnte aber auch einfach meinen Job machen. Es ist schließlich nichts Unanständiges.

Es fällt jedoch nicht gerade leicht, sich zu konzentrieren, wenn einen fünf Augenpaare erwartungsvoll anstarren. Nervös suche ich einen Punkt vor mir, an dem sich mein Blick festhalten kann. Ich finde ihn auf der linken Brust des Rockers. Genauer gesagt ist es seine Brustwarze. Seine und die von Betty Boop, die sich auf seiner Haut räkelt. Das finde ich so niedlich, dass ich lächeln muss.

»*Will I be pretty, will I be rich?*«, grinse ich heraus und singe dann tapfer die ersten beiden Strophen, bis mir auffällt, dass Betty Boop wackelt.

Ich fasse es nicht, der Rocker schunkelt.

»*Que sera, sera. What ever will be, will be. The future's not ours to see …*«, fallen alle mit ein, und gemeinsam singen wir das Lied bis zum Schluss. Sie können sogar den Text. Das habe ich nun wirklich nicht erwartet. Maja hat sogar Tränen in den Augen. Ich bin total gerührt. Vielleicht habe ich mit den Blumen und dem Lied auch etwas Gutes getan. Wer weiß schon, ob Maja Wischnewski nicht seit Jahren mit ihrer Mutter zerstritten ist? Seitdem sie sich zum Beispiel dieses Tattoo auf die Hüfte hat stechen lassen. Sicher hat Majas Mutter das Lied immer gesungen, wenn sie ihre Tochter in den Schlaf gewiegt hat. Und nun habe ich ihre schönsten Kindheitserinnerungen damit geweckt.

Da sagt Maja: »Ich bin so erleichtert, dass sie mir nur die Blumen geschickt hat und nicht persönlich vorbeigekommen ist, die blöde Schnepfe.«

Huch?

»Stimmt, Bienchen«, lässt sich ihr Freund vernehmen. »Ich würde der alten Hexe nicht mal einen Kaffee kochen.«

Bienchen nickt. »Aber weißt du noch, als diese Mariachi-Band das Lied für uns gespielt hat? Bei unserem ersten gemeinsamen Urlaub?«

»Wie könnte ich das vergessen!« Er zieht seine Freundin in den Hausflur zurück. »Kommt Jungs!« Die Tür fällt ins Schloss. Etwas bedröppelt bleibe ich davor stehen. Ich kann nur hoffen, dass Majas Eltern sich nicht erkundigen, ob ihre Tochter sich gefreut hat. Denn dann würde ich lügen müssen, und ich lüge wirklich nicht gerne. Genauso ungern, wie ich Menschen ihre Illusionen raube. Wie zum Beispiel Michi, der aus mir unerfindlichen Gründen an eine ganze Reihe haarsträubender Thesen glaubt. Nicht, dass ich diese Thesen aufgestellt hätte! Gut, vielleicht habe ich mal erwähnt, dass es Frauen gibt, die einfach nicht zunehmen, ganz egal, wie viel sie essen. Aber ich habe ganz sicher nie behauptet, dass *ich* dazugehöre.

Michi ist außerdem davon überzeugt, dass ich 1. keinen Haarwuchs an den Beinen habe (geschweige denn unter den Achseln oder in der sensiblen Bikinizone), 2. mein Haar schon immer goldene Lichtreflexe hatte und 3. meine Zehennägel naturgemäß diesen zarten Rosé-Ton besitzen, der sich bei Chanel »Ballerina« nennt.

Der schrille Weckton meines Handys reißt mich aus meinen Gedanken. Wenn ich rechtzeitig auf Kreuzbachs Pressekonferenz erscheinen möchte, sollte ich mich jetzt sputen. Ich stelle die Erinnerungsfunktion aus und schwinge mich auf den Fahrersitz. Aber kaum, dass ich aus der Straße biege, schreit John Lennon schon wieder um Hilfe.

»Das waren erst zwei Entwürfe, Emma!« Heidis Stimme hört sich ziemlich schlechtgelaunt an. »Und die sind auch nicht gerade die große Floristenkunst. Kannst du mir sagen, was du den ganzen Vormittag getrieben hast? Er-liebt-mich-er-liebt-mich-nicht gespielt, oder was?«

»Heidi, ich kann jetzt nicht telefonieren, ich fahre Auto.«

»Dann fahr halt rechts ran! Wir haben nur noch zwei Wochen. Wenn du das nicht hinkriegst, dann sag es mir besser gleich, dann habe ich noch Zeit, eine andere Firma zu beauftragen. Du weißt, wie wichtig dieser EMPFANG für mich ist. Das hier ist kein Ballettauftritt, hier geht es um meine berufliche Zukunft!«

Abrupt trete ich auf die Bremse. Am liebsten würde ich ihr jetzt sagen, dass sie sich halt eine andere Blumenhandlung suchen soll, wenn es so wahnsinnig eilig ist, aber damit würde ich meine Mutter ganz sicher riesig enttäuschen. Deshalb schlucke ich meinen Ärger hinunter.

»Es tut mir leid, Heidi. Du bekommst deinen dritten Entwurf heute noch. Aber jetzt muss ich wirklich weiterfahren. Um zwölf ist doch schon die Pressekon…«

Mist!

»Eine Pressekonferenz? Was für eine Pressekonferenz? Wovon redest du eigentlich?«

»Habe ich Pressekonferenz gesagt? Haha, ich meine natürlich die Presse, also eine … Blumenpresse. Wir haben da eine ganz neue im Laden und Erika hat einen Termin ausgemacht mit dem Techniker, der uns alle Funktionen erklärt. Das ist ziemlich wichtig und …«

Heidi unterbricht mich grob. »Was faselst du da eigentlich? Wieso benutzt ihr im Laden überhaupt eine Presse? Ich dachte, ihr verkauft *frische* Blumen. Und seit wann hat eine Blumenpresse mehr als eine Funktion?«

»Davon verstehst du nichts. Es geht da um die verschiedenen … Trocknungsgrade. Und außerdem, Heidi, ich höre dich gerade ganz schlecht«, rufe ich aus und halte den Hörer weit weg an die Windschutzscheibe, »der Empfang hier ist … chrrrr … chrrrr … rufe … später zurück … chrrrr …« Ich lege auf. Das war knapp.

7

Meine Hände sind schweißnass und zittern wie verrückt, als ich das Lenkrad einschlage und auf den Parkplatz einbiege. Ich bin schrecklich nervös. Mein Magen rebelliert und droht, die Frühstücksmuffins wieder hochzudrücken. Wenn sich das innerhalb der nächsten fünf Minuten nicht bessert, brauche ich gar nicht bei der Konferenz aufzuschlagen.

Die Heckklappe öffnet sich mit einem Knarzen, und ich verkrieche mich ins Innere, um mich umzuziehen. Mit meinem pinkfarbenen *Daisy-Düfte*-T-Shirt kann ich unmöglich zu Kreuzbach gehen. Ich bin schließlich kein Idiot.

Das T-Shirt werfe ich ins Regal und pelle mir die engen Jeans von den Hüften. Wo habe ich bloß die Plastiktüte mit den Wechselsachen hingetan? Fahrig krame ich mich durch die Blumensträuße und finde sie eingeklemmt zwischen einem Blumentopf und einer alten Gießkanne. Ich reiße den schwarzen Minirock heraus, streife ihn über und kombiniere ihn mit einer puderfarbenen Bluse ohne Ärmel. Meine Haare sind bereits zu einem strengen Zopf nach hinten gebunden, und ich muss lediglich in meine High Heels schlüpfen und die dunkle Sonnenbrille aufsetzen, dann ist mein Outfit komplett. Da ich keine passende Handtasche besitze, stopfe ich mein Handy in den Bund des Rocks. So gerüstet traue ich mich aus dem Wagen heraus. Der Kranz hängt schwer über meinem linken Arm. Schnell zupfe ich noch den Beleg ab, den Monika mit einer Stecknadel befestigt hat, und bekomme fast eine Herzattacke, als ich den Preis darauf sehe. Aber na ja, es ist schließlich für einen guten Zweck.

Auf dem Weg zur Shopping-Mall begegnen mir jede Menge Menschen mit Transparenten in den Händen und Trillerpfeifen im Mund. Offenbar hat jemand eine Protestkundgebung organisiert. Ich hoffe bloß, dass es dadurch nicht schwerer wird, zu Kreuzbach durchgelassen zu werden. Die lange Schleife, die vom Kranz herunterhängt, wickle ich auf und stopfe sie mir unter den Arm. Kreuzbach muss nicht gleich alle meine Trümpfe sehen.

Je näher ich dem Eingang komme, umso voller wird es. Ich werde immer wieder angerempelt. Einer reißt an meinem bekränzten Arm und kreischt laut auf: »Ist das ein Trauerkranz? Wie cool ist das denn? Leute guckt mal, was für eine geniale Idee!«

»Um Himmels willen, nein!«, rufe ich panisch aus. Das Letzte, was ich will, ist, bereits jetzt Aufmerksamkeit zu erregen. »Der ist für einen Trauerfall. Das hat gar nichts mit der Demo zu tun.«

»Sagen Sie bloß, jemand ist bei den Bauarbeiten gestorben?«

»Ein Unfall auf dem Bau?«, schreit der Nächste. Um mich herum wird es immer enger, und ich muss mich mit Gewalt durch die Masse quetschen. Das Gerücht verbreitet sich wie ein Lauffeuer.

»Ist ein Gerüst eingestürzt?«

»Ein Gerüst ist eingestürzt und hat mehrere Männer unter sich begraben!«

»Da läuft eine ganz miese Vertuschungsaktion!«

Ich kann einfach nicht glauben, was hier gerade passiert. Die Leute drehen fast durch.

Ich werde so hart in den Rücken geboxt, dass ich nach vorn fliege und in den Armen eines anderen Demonstranten lande. Als ich eine Entschuldigung stammle, bekomme ich gleich einen Packen Flugblätter in die Hand gedrückt. Bis zum Eingang der Mall lasse ich diese nach und nach unauffällig zu Boden gleiten. Die Menge wird immer wütender, ich habe bestimmt schon überall blaue Flecken. Mehrere Haarsträhnen sind aus meinem Zopf gerutscht, und ich sehe vermutlich aus wie Tippi Hedren aus Hitchcocks ›Die Vögel‹. Vor dem Eingangsportal stehen zwei Uniformierte Wache und halten die Demonstranten zurück. Noch zumindest.

Mit einer großspurigen Geste deute ich auf den Kranz über meinem Arm und erkläre ihnen, dass ich die Dekoration für den Pressetisch bringe. Schließlich zieht mich einer der Wachmänner aus der Masse heraus. Wenige Sekunden später werde ich durch die Tür ins Innere gespuckt. Erleichtert atme ich auf und streiche meinen Rock glatt. Meine Bluse ist verrutscht, und mehrere Knöpfe sind aufgesprungen, die ich nun hastig schließe. Auch der Kranz wurde erheblich in Mitleidenschaft gezogen. Als ich meine völlig zerkratzten Arme mit Spucke versorge, vernehme ich neben mir eine tiefe Stimme.

»Der Kranz ist doch viel zu schwer. Geben Sie her, ich nehme Ihnen den ab!«

»Oh, vielen Dank.« Ich schaue gar nicht erst auf, sondern bin nur froh, diese Last kurz abgeben zu können. »Ich muss gleich nach dieser Veranstaltung noch auf eine Beerdigung«, schwindle ich und ordne mit beiden Händen mein wirres Haar.

»Ein Glas Wasser auf den Schreck?«

»Das wäre sehr nett«, antworte ich voller Dankbarkeit.

Das Wasser, das er mir nur wenige Sekunden später reicht, ist herrlich kalt. Sicher haben sie hier einen von diesen Wasserspendern, die dauergekühlt werden. Überhaupt scheint das Gebäude schon ziemlich gut ausgestattet zu sein. Von wegen Baustelle! Meine Füße stehen auf einem eleganten Marmorfußboden. Dieser Bereich der Mall ist wohl für die Verwaltung vorgesehen, denn eine breite Theke ziert die Halle, von der mehrere Aufzüge abgehen. In einem angrenzenden Konferenzraum entdecke ich einige Tische. Gerade werden Mikrofone aufgebaut.

»Die sind wie eine Meute Bluthunde«, knurrt mein Retter, ein älterer Herr mit noch vollem Haar. Er trägt einen sehr teuer aussehenden dunkelblauen Anzug.

»Es war einfach grauenvoll!«, gebe ich zu. »Mir läuft jetzt noch der Schweiß herunter.«

»Nehmen Sie das.« Er reicht mir ein blütenweißes Stofftaschentuch, welches ich dankbar ergreife, um meine Stirn abzutupfen. Nicht auszudenken, wenn ich so Kreuzbach gegenübertreten müsste. Ich schenke dem Mann ein strahlendes Lächeln und fange ein Augenzwinkern von ihm auf. Mein Magen hat sich mittlerweile ebenfalls beruhigt, wie ich erleichtert feststelle.

»Für welche Zeitung arbeiten Sie denn?«, fragt er nun und unterzieht mich einer Musterung. »Sie tragen keinen Presseausweis.«

»Ich, äh, gehöre nicht zur Presse. Ich bin sozusagen privat hier.« Sofort stellt sich das Kribbeln in meinem Bauch wieder ein.

»Privat auf einer Pressekonferenz? Ist ja interessant.«

»Haha, jetzt wo Sie's sagen.« Ich werfe meinen Kopf zurück und schiebe mir die Sonnenbrille ins Haar. Der

Anzug, den er anhat, sieht, bei natürlichem Licht betrachtet, gleich noch teurer aus. Und er trägt goldene Manschettenknöpfe. Fast dieselben, die Dannenberg hatte, mit diesem kleinen Emblem drauf. Hier muss irgendwo ein Nest davon sein.

»Das hätte ich mir eigentlich denken können«, sagt er nun.

»Wie bitte?«

»Die Zeitungen schicken nie die hübschen jungen Frauen, die behalten sie immer für sich im Büro. Stattdessen kommen hochengagierte Hektiker, die sich verschlucken, wenn sie Fragen stellen, oder alte Hasen, die genau wissen, wo der beste Platz ist und sich da auch gleich häuslich niederlassen.«

Jetzt hat er mich neugierig gemacht. »Und wo ist der beste Platz?«

»Wenn es ein Büfett gibt, dann natürlich in der Nähe der Häppchen.« Ich fühle mich gleich zu ihm hingezogen. So ein sympathischer Mann. Er hat eine beruhigende Ausstrahlung. Eine geradezu väterliche Aura. Ein Mann, dem man sofort sein Herz ausschütten möchte. Ein Mann zum Anlehnen.

»Haben Sie Hunger? Diesmal gibt es die guten. Lachs und Buttermakrele.«

Ich könnte tatsächlich etwas vertragen. Obwohl ich mich nicht unbedingt nach Fisch verzehre, lasse ich mich von ihm zum Büfett führen. Unterwegs legt er meinen Kranz auf einem Stuhl ab.

»Wow, man könnte fast glauben, dass die sich damit einschleimen wollen«, entschlüpft es mir, als ich das Angebot betrachte. »Oh pardon, das hätte ich vielleicht nicht sagen sollen.«

»Papperlapapp«, wischt er meine Bemerkung mit

einer Handbewegung beiseite. »Wenigstens einer hier, der wirklich sagt, was er denkt. Dieser Kreuzbach«, er zwinkert wieder, »legt einfach Wert auf vernünftiges Essen.«

»Sind Sie schon lange hier beim Sicherheitsdienst?«, erkundige ich mich. Er fischt gezielt mehrere Häppchen heraus, die er mithilfe einer Gabel auf einem Teller positioniert und mir reicht.

»Nein«, gibt er zu. »Das ist das erste Mal.«

»Wirklich?« Dafür scheint er sich mit den Gepflogenheiten einer Pressekonferenz ziemlich gut auszukennen. »Wissen Sie zufällig, wo Herr Kreuzbach sich gerade aufhält?«, frage ich, nachdem ich ein Stück Makrele abgebissen habe. »Ich müsste ihn nämlich dringend sprechen.«

»Tatsächlich?« Er zwinkert erneut. Langsam glaube ich, er hat was am Auge. Das sollte er mal untersuchen lassen.

»Entschuldigen Sie, Herr …«

»Nennen Sie mich ruhig Karl.« Zwinker, zwinker.

»Ich heiße E…manuela. Emanuela Schmidt.« Gott, was bin ich froh, dass mir dieser Name wieder eingefallen ist. Ich reiche ihm die Hand, die er unerwartet hochhebt, wobei er mir einen Kuss auf den Handrücken drückt. Verlegen entziehe ich ihm meine Hand und verstecke sie hinter meinem Rücken.

»Woher kennen Sie denn den Baulöwen?«, will er wissen.

Normalerweise bin ich nicht so vertrauensselig, aber dieser Mann hat irgendetwas in mir berührt. Ich beuge mich vor und flüstere vertraulich: »Ich kenne ihn gar nicht. Ich habe bloß dieses Foto von ihm im Reflex gesehen. Aber ich muss dringend ein Wörtchen mit ihm reden. Er weiß ja gar nicht, was er da angerichtet hat.«

»Was kann er schon angerichtet haben. Das sind alles nur Gerüchte.«

»Gerüchte, pah! Es geht doch um seinen Schwiegersohn. Das muss jetzt aber unter uns bleiben.« Ohne seine Reaktion abzuwarten, spreche ich weiter. »Sein Schwiegersohn ist am Boden zerstört. Es zerreißt ihm das Herz, dass er Kreuzbach an den Pranger stellen muss. Aber er kann einfach nicht gegen sein Unrechtsempfinden ankämpfen. Das hat irgendwas mit einem Ehrenkodex zu tun. Stellen Sie sich vor, er hat gestern sogar versucht, sich umzubringen.«

»Was?«, mein Gesprächspartner reißt überrascht die Augen auf. »Das darf doch nicht wahr sein!«

»Ich war dabei. Ganz zufällig. Kreuzbach hat dem armen Kerl ein ganz boshaftes Gedicht geschickt und ihm die Freundschaft aufgekündigt. Ich konnte ihn gerade noch daran hindern, sich am Kronleuchter aufzuhängen.«

»Das ist der größte Blödsinn, den ich je gehört habe!«, poltert Karl plötzlich los. »So was Idiotisches würde Dannenberg niemals tun.«

»Meinen Sie?«, frage ich erstaunt. Woher will Karl das denn so genau wissen?

»Der dumme Junge«, sagt Karl betroffen. Jetzt ist es an ihm, sich die Stirn mit dem Taschentuch abzutupfen.

»Das war wohl einfach alles zu viel für ihn«, sage ich. »Erst verlässt ihn seine Ehefrau, und dann muss er entdecken, dass sein Schwiegervater quasi ein Verbrecher ist. Oder vielleicht war es auch umgekehrt? Er findet heraus, dass sein Schwiegervater ein Verbrecher ist, und will es offenbaren. Aber seine Frau setzt ihn unter Druck und verlässt ihn.« Ich bringe keinen Bissen mehr herunter und stelle den Teller zurück aufs Büfett. Dabei fällt mein Blick auf die dezente Blumendeko. Ein moosartiges Geflecht mit einer einzelnen Lotusblüte. Das wäre genau das Richtige für Heidis Empfang. Ob ich wohl unauffällig mit meinem Handy ein Foto davon machen kann?

»Er ist in einer Krise, ich wusste es«, sagt Karl und schlägt sich wütend auf den Oberschenkel.

»In einer Krise, jawohl.« Meine Hand nestelt am Bund meines Rocks herum, das Handy ist gerade dabei, sich selbständig zu machen und in meiner Strumpfhose nach unten zu rutschen.

»Er hat neulich diesen Artikel geschrieben, über den ich mich schon sehr wundern musste. Darüber, dass Smartphones den Menschen versklaven.«

»Ich weiß auch nicht, was er damit meint«, murmele ich abwesend, während ich weiter nach meinem Handy angele. Ich flippe gleich aus, wenn ich das blöde Ding nicht in die Finger kriege!

»Dannenberg, der philosophiert zu viel. Er sollte mehr leben, anstatt über das Leben nachzudenken!« Karl scheint sich in seinen Gedanken völlig festgebissen zu haben. »Es hätte mich misstrauisch machen müssen, dass er davon faselte, die Privatheit müsse im 21. Jahrhundert als fundamentales Menschenrecht betrachtet werden. Die Privatheit! Das regelt sich ganz von alleine, habe ich ihm gesagt, wenn der Kapitalismus den Datenschutz als wachsenden Markt anerkennt …«

Ich verstehe nur die Hälfte von dem, was er von sich gibt, und bin vollauf damit beschäftigt, das verdammte Smartphone zu erwischen. So langsam fühle ich mich davon nämlich auch versklavt. Meine Fingerspitzen stoßen gerade an das Gerät, als es zu vibrieren beginnt.

Verflixt!

»Was machen Sie da eigentlich?«, unterbricht Karl seinen Monolog.

Es hat wohl wenig Sinn, ihm zu erklären, wieso ich mein Handy in der Strumpfhose trage. »Mein Handy klingelt«, sage ich überflüssigerweise.

Er starrt dorthin, wo man als Mann seines Alters einer Frau meines Alters keinesfalls hinstarren sollte, und sagt: »Das sehe ich. Wollen Sie nicht rangehen?«

8

»Vielleicht gehe ich doch besser dran. Wenn Sie mich kurz ent...schuldigen könnten?« Mit zwei Schritten hopse ich hinter das Büfett und berge das Gerät aus meiner Strumpfhose. Es ist Judith.

»Also, mit wem hast du eine Affäre?«, fragt sie.

»Ich habe keine Affäre«, flüstere ich.

»Ach nein?«

»Judith, ich bin gerade bei einer Pressekonferenz in der *Mall of Cologne.*«

»Was machst du denn bei einer Pressekonferenz? Nein, versuch gar nicht erst, mir das zu erklären! Sag mir nur, wie der Typ heißt, mit dem du die Nacht verbracht hast!«

Seufzend antworte ich: »Er heißt Nils. Und nein, ich habe nicht die Nacht mit ihm verbracht!« Ich werfe einen schnellen Blick über meine Schulter, aber der nette Sicherheitsmann ist verschwunden.

»Ich wusste, dass etwas nicht stimmt«, sagt sie. »Ich habe es den ganzen Abend gespürt, aber Norbert wollte mir nicht glauben. Er meinte, ich wäre nur übersensibel, weil wir *Das Schicksal ist ein mieser Verräter* geguckt haben. Ich habe noch nie so geheult.«

»War die Tankstellenszene mit drin?«, erkundige ich mich.

»Ja.«

Wir seufzen beide.

»Aber lenk nicht vom Thema ab! Wer ist dieser Nils und was habt ihr beide getrieben?«

»Das ist ganz anders, als du denkst«, betone ich und erkläre Judith in kurzen Sätzen, was gestern passiert ist und weshalb ich hier bin.

Judith ist entsetzt. »Willst du etwa diesem einflussreichen Baulöwen drohen? Dem Mann, der halb Köln aufgekauft hat, der möglicherweise kriminell ist und ganz sicher nur einen Anruf tätigen muss, um dich in Beton gießen zu lassen?«

»Blödsinn«, wehre ich ab. »Ich will ihm doch nicht drohen.«

»Du weißt aber schon, dass dieser Gedenkkranz eine Drohung ist, oder? Du hast doch auch *Der Pate* gesehen.«

Ich schweige betreten.

»Ebenso gut könntest du ihm einen Pferdekopf ins Bett legen!«

»Du meinst also, das wäre keine gute Idee, wenn ich ihm mitteile, dass er einen ganz schlechten Charakter hat?«

»Lass mich überlegen«, sagt Judith und macht eine bedeutungsschwangere Pause. »Ist es eine gute Idee, mit einem Kriminellen Streit anzufangen? Ist es eine gute Idee, sich mit einem Mann anzulegen, dem gerade öffentlich die Klinge an die Kehle gesetzt wird? Und der um sich beißen könnte, wie ein tollwütiger Hund? Ach, ich weiß nicht so recht … Ja, Emma, das ist eine ganz tolle Idee! Ich sage nur: Jetzt oder nie!«

Das Problem bei Judith ist ihre Ironie. Man weiß nie so recht, woran man ist. »Meinst du das jetzt ernst?«, hake ich deshalb nach.

»Sicher.«

Ich kann Judith nicht einmal atmen hören. »Judith, jetzt wirklich?«

Nun schnauft sie in den Hörer: »Spinnst du eigentlich? Das ist mit Abstand die bescheuertste Idee, die du je gehabt hast! Darf ich dich daran erinnern, was passiert ist, als du Kati helfen wolltest, weil sie den Aushilfsjob in dieser Boutique nicht bekommen hat? Du kannst froh sein, dass es damals dieses Stalking-Gesetz noch nicht gegeben hat.«

»Ich war siebzehn«, versuche ich mich rauszureden.

»Und jetzt bist du neun Jahre älter und kein bisschen weiser.«

Judiths Stimme hat diesen Lehrerton drauf, den sie auch benutzt, wenn sie ihre Kurse in der Volkshochschule gibt. Eigentlich ist Judith keine Lehrerin. Sie hat Schauspiel studiert, leidet aber unter chronischem Rollenmangel. Deshalb gibt sie Kurse, die Namen tragen wie »Professionelles Auftreten mit Charisma« oder »Kommunikationstraining mit Können«. Bevor ich meine ersten Gedichte beim Glückwunsch-Service aufgesagt habe, hat Judith mich genau vorbereitet. Sie hat mir beigebracht, mit Stress und Lampenfieber positiv umzugehen. Seitdem versuche ich, immer daran zu denken, wie viele Kalorien ich verbrauche, wenn ich gestresst bin.

Mit ihren Argumenten hat mich Judith jedoch verunsichert. »Ich kann doch nicht einfach so wieder gehen?«, überlege ich laut.

»Warum denn nicht? Weiß doch keiner, was du vorhattest. Schnapp dir deinen Gedenkkranz und schleich dich raus, ehe noch jemand auf die Idee kommt, dich anzusprechen. Du kannst den Kranz ja unterwegs irgendwo ablegen. Zur Not fährst du halt am Melatenfriedhof vorbei und legst ihn bei Dirk Bach ab. Der hat auf jeden Fall einen Kranz verdient.«

»Und Dannenberg? Wer kümmert sich um den? Irgendjemand muss doch dafür sorgen, dass sein Schwiegervater erfährt, wie es ihm geht.«

»Ich glaube kaum, dass den das interessiert. Er wird dich höchstens auslachen.«

Klingt nicht sehr verheißungsvoll. Okay, ich muss mir eingestehen, dass die Vorstellung, jetzt einfach abzuhauen, mir immer attraktiver erscheint. Dabei bin ich gar nicht feige. Ehrlich nicht! Aber man muss schließlich auch einsehen, wenn ein Vorhaben sinnlos ist. Judith hat sicher recht: Ich werde Kreuzbach kein bisschen beeindrucken. Er wird es gleich mit einer Horde Journalisten aufnehmen. Ganz zu schweigen von all den Protestlern, die sich vor der Tür tummeln. Wenn ihn das einschüchtern würde, dann wäre er wohl kaum ein Bau*löwe* – allenfalls ein Bau*kätzchen*.

»Du hast mich überredet«, sage ich. Trotzdem fühle ich mich mies. Als hätte ich Dannenberg nun im Stich gelassen.

»Gott sei Dank!«

Ich finde, Judith müsste nicht unbedingt gar so erleichtert sein. Sie tut gerade so, als hätte ich beinahe den größten Fehler meines Lebens begangen. Immerhin habe ich einen neuen Blumen-Entwurf für Heidi, sodass nicht alles umsonst war. Ich verspreche Judith, dass ich sie anrufe, sobald ich eine Pause habe, und lege auf. Dann fokussiere ich die Blumendeko und knipse ein Foto davon. Das wird Heidi umhauen!

Während ich damit beschäftigt bin, das Bild zu verschicken, werde ich mehr und mehr von meinem Platz am Büfett verdrängt. Entweder Journalisten sind es nicht gewöhnt, dass man ihnen etwas zu essen anbietet, oder sie sind wie wilde Tiere. Ich tippe auf Letzteres, denn die Geräusche, die ich vernehme, könnten auch aus dem Affenhaus des Kölner Zoos stammen. Mein Mobiltelefon stopfe ich zurück in meine Strumpfhose und hänge mir den vermaledeiten Gedenkkranz wieder über den Arm. Wohin ist Karl nur verschwunden? Ich suche den Raum nach ihm ab, weil ich mich gerne von ihm verabschieden würde. Es wäre sehr unhöflich, einfach zu gehen, wo er so nett zu mir gewesen ist.

Ich vermute ihn in der Nähe des Podiums, wo Kreuzbach gleich auftauchen muss. Doch dorthin zu gelangen, ist gar nicht so leicht. Offenbar gibt es so etwas wie eine Hierarchie in diesem Chaos. Als ich von mehreren Ellbogen gleichzeitig attackiert werde, greife ich zu einer anderen Taktik.

»Haben Sie sich bereits am Büfett bedient?«, frage ich freundlich und setze mein schönstes »Ich mache hier auch nur meinen Job«-Lächeln auf. »Es sind noch reichlich Lachshäppchen da. Und Pressemappen finden Sie vorn am Eingang.«

Erstaunlicherweise wird mir sofort Platz gemacht. Das muss ich mir unbedingt merken: Auf Pressekonferenzen gibt man sich am besten als Hostess aus. Auf diese Art schlängle ich mich durch die Reihen. Das Podium schmücken Werbebanner von Kreuzbachs Bauunternehmen. Es sieht ein bisschen aus wie beim Fußball, wenn die Spieler versuchen, ihre miese Leistung zu rechtfertigen. Deshalb wundere ich mich im ersten Moment auch nicht, unseren Nationalspieler Mats Hummels hier zu sehen. Natürlich ist es nicht wirklich Mats Hummels, aber er sieht ihm jedenfalls unglaublich ähnlich. Und er unterhält sich gerade mit Karl. Ich bin ein Glückspilz!

»Huhu, Kaharl!«, rufe ich und wedele mit meinem freien Arm. Es dauert ein bisschen, bis ich seine Aufmerksamkeit habe, aber dann schauen gleich alle. Karl runzelt die Stirn, als überlege er, woher er mich kennt. Meine Güte, denke ich noch, so ein mieses Kurzzeitgedächtnis kann er doch nicht haben, da nickt er mir zu und winkt mich zu sich heran. Es ist toll, wie sich auf einmal eine Gasse für mich bildet. Wow! Was so eine kleine Geste von einem Security-Mann doch ausmacht. Alle gehen ehrfurchtsvoll zur Seite und gucken mir nach. Ich hoffe sehr, dass meine Bluse hinten nicht aus meinem Rockbund heraushängt, und versuche, besonders elegant die Hüften zu wiegen.

»Darf ich Ihnen Fräulein Schmidt vorstellen?« Karl wendet sich an seine Begleiter. »Sie hat mir heute der Himmel geschickt. Ich weiß gar nicht, was ich ohne sie machen würde. Von ihr können sich die Herren PR-Berater gerne eine Scheibe abschneiden. Diese Frau hat Courage!«

Meine Absätze fühlen sich nach dieser Vorstellung mindestens fünf Zentimeter höher an. Über Karls Lob freue ich mich sehr, wenn ich auch nicht weiß, womit genau ich das verdient habe.

Plötzlich kommt Bewegung in die Menge. Ich werde zum Podium gedrängt. Ehe ich mich versehe, stehe ich neben dem langgezogenen Tisch, auf den alle Kameras gerichtet sind. Die Journalisten haben mich eingekesselt. Mikrofone werden nachjustiert, und bereits jetzt fängt das Blitzlichtgewitter an. Wollen die denn nicht wenigstens auf die Hauptperson warten?

Einer der Schlipsträger räuspert sich und greift nach dem Mikro. »Schönen guten Tag, meine Damen und Herren. Herzlich willkommen auf der heutigen Pressekonferenz, die wir aufgrund der jüngsten Vorwürfe zum Bau der *Malls of Cologne* einberufen haben. Ich begrüße ganz herzlich Konzernchef Karl Kreuzbach …«

Es folgt eine weitere Blitzlichtsalve. Mein Blick sucht die Reihe ab, und ich frage mich, wo er denn nun ist. Wenn ich das Foto richtig in Erinnerung habe, dann ist Kreuzbach eher untersetzt und hat volles, graues Haar. Er hat dieselbe Statur wie Karl, der mit einem Mal gar nicht mehr dieses onkelhafte Lächeln im Gesicht trägt, sondern denselben überheblichen Gesichtsausdruck, den Kreuzbach auch im *Reflex* …

Verdammt!

»… und darf Sie bitten, Ihren Kommentar zu den Vorwürfen abzugeben.«

Karl räuspert sich, und mir schwinden die Sinne. Das darf doch einfach nicht wahr sein! Wie blind kann man eigentlich sein? Der nette Karl mit dem teuren Anzug, der freundliche Onkel, dem ich mein Leben anvertrauen wollte, der Mann, dessen verständnisvolles Lächeln mich eben dazu gebracht hat, ihm die Lachshäppchen quasi aus der Hand zu fressen, ist Karl Kreuzbach!

Deshalb hat er also ständig gezwinkert. Und ich dachte, er hat ein Problem mit seinen Augen. Er ist offenbar davon ausgegangen, dass ich ihn erkannt habe und es nur nicht laut sagen wollte. Er dachte vermutlich, ich wolle mir alles von der Seele reden, ohne ihn dazu zu zwingen, sich zu verteidigen. Sein Zwinkern war also ein »Wir wissen beide genau, wie der Hase läuft«-Zwinkern. Und ich habe es nicht bemerkt.

Mir wird schwindelig.

Kreuzbach gibt ein erstes Statement ab und bestreitet, dass an den Anschuldigungen auch nur ein Fünkchen Wahrheit ist. Schwungvoll will er zu einem längeren Monolog ansetzen, wird aber durch einen Zwischenruf unterbrochen:

»Stimmt es, dass es einen schweren Unfall auf dem Baugelände gegeben hat?« Kreuzbach ist durch diesen Einwurf sichtlich irritiert. Sein Pressesprecher antwortet daraufhin für ihn: »Nein, das stimmt nicht.«

»Eine Journalistin hat eben gesagt, dass mehrere Gedenkkränze zum Unfallort gebracht wurden.«

Mein Gesicht wird ganz heiß, doch schon wirft der Nächste dazwischen: »Ein Baugerüst soll eingestürzt sein. Was können Sie uns dazu sagen?«

Die Demonstranten müssen den Reportern davon erzählt haben. Leider kann ich meinen Kranz nicht verschwinden lassen, ohne Aufsehen zu erregen, denn ich stehe ebenfalls mitten im Blitzlicht. Das Schnipsen folgt in so kurzen Abständen, dass es sich anhört wie Gänsegeschnatter. Ich muss mehrmals blinzeln und schiebe meine Sonnenbrille zurück auf die Nase.

»In der Uniklinik wurden mehrere Verletzte eingeliefert.«

»Es ist von zwölf Toten die Rede!«

»Können wir die Kölner noch bedenkenlos U-Bahn fahren lassen?«

»Ist die U-Bahn akut einsturzgefährdet?«

»So ein Schwachsinn!«, poltert Kreuzbach nun los. »Wo haben Sie denn diesen Mist her? Es hat überhaupt keinen Unfall gegeben!«

»Werden Sie einen Hilfsfonds für die Hinterbliebenen einrichten?«

»Wie viele Millionen wird diese Verzögerung am Bau kosten?«

»Waren Sie darüber informiert, dass Schwarzarbeiter beschäftigt wurden?«

Kreuzbach kommt kaum zu Wort. Sein Gesicht hat sich mittlerweile dunkelrot gefärbt. Er tut mir fast ein bisschen leid, mein Kranz ist schließlich schuld daran, dass er nun mit diesen Vorwürfen bombardiert wird. Andererseits – er hat für das, was er Dannenberg und unserem Blumenladen angetan hat, immer noch eine Abreibung verdient, oder nicht? Ich atme tief durch und versuche zu vergessen, wie nett Karl zu mir gewesen ist. Zu Dannenberg war er überhaupt nicht nett. Und wenn alles schiefläuft, dann geht unser Laden wegen seiner Bausünden pleite. Er muss einen ganz miesen Charakter haben, sonst hätte er sich vorhin nicht so verstellt. So langsam beginne ich, mich besser zu fühlen. Kreuzbachs Pressesprecher aber sieht aus, als würde er gleich explodieren, weil ihn die unerwarteten Vorwürfe zu dem angeblichen Unfall ins Schwimmen bringen. Ich lasse meinen Kranz langsam zu Boden gleiten und schubse ihn mit dem Absatz nach hinten. Die Journalisten feuern eine Frage nach der anderen ab. Ich wäre an Kreuzbachs Stelle schon längst zusammengebrochen, aber er ist ein harter Knochen. Plötzlich steht er auf und haut mit der flachen Hand auf den Tisch. Sofort folgt das Geschnatter der Kameras. Die Mikrofone glühen, als Kreuzbach lautstark nach Ruhe verlangt.

»Sie sind dem Fehlurteil eines labilen Mannes aufgesessen«, sagt er mit Todesverachtung. »Der Artikel, auf den Sie sich berufen, wurde von meinem Exschwiegersohn verfasst. Hier ist nicht der Ort, um schmutzige Wäsche zu waschen, aber ich möchte Sie darüber informieren, dass der Chefredakteur des *Reflex* ausreichend Gründe hat, hier einen persönlichen Rachefeldzug zu starten. Bisher sind uns die Hintergründe des Artikels nicht bekannt, und der *Reflex* weigert sich, seine Quellen bekanntzugeben. Was gesichert ist …« Kreuzbach macht eine Pause. Er lässt seinen Blick langsam von Kamera zu Kamera wandern, damit jede seinen triumphierenden Gesichtsausdruck einfangen kann. Mir wird angst und bange.

»… gesichert ist, dass Chefredakteur Dannenberg unter einer schweren Depression leidet. In der letzten Nacht hat er einen Selbstmordversuch unternommen.«

Es ist, als würde eine Bombe detonieren. Meine Knie werden weich, und ich muss mich am Tisch abstützen. Kreuzbach verdreht ja alles! Ich muss irgendetwas unternehmen! Dummerweise fällt mir aber so gar nichts ein. Ich bin nur froh, dass niemand weiß, dass ausgerechnet ich Kreuzbach diese Information verschafft habe. Das wäre das Allerschlimmste.

»Woher haben Sie diese Information?«, fragt da auch schon eine Journalistin im strengen Kostüm. »Der Reflex war doch bisher zu keinem Kommentar bereit.«

Jetzt lächelt Kreuzbach.

Oh nein, oh nein, oh nein!

»Über den Selbstmordversuch hat mich eben seine persönliche Assistentin informiert, die ebenfalls anwesend ist.« Er macht eine ausladende Geste wie der Moderator einer Fernsehshow, der gerade einen Popstar ankündigt. »Emanuela Schmidt. Sie steht in engem Kontakt zum Chefredakteur des *Reflex*. Und sie war es auch, die ihn gestern Abend in seinem Apartment gefunden hat.«

Ich muss bereits gestorben sein. Wäre ich sonst in der Hölle gelandet? Falls ich aber doch nicht tot sein sollte, könnte ich – bitte, bitte lieber Gott – jetzt sofort tot umfallen?

Alle Fotoapparate und Kameras zeigen nun auf mich.

Müssten sie nicht viel eher Kreuzbach, den Triumphator, fokussieren? Und was bedeuten diese kleinen roten Lämpchen an den Fernsehkameras, die ständig aufblinken?

Bin ich etwa auf Sendung?

9

Das werde ich ihm niemals verzeihen! Lieber Karl, die Rache einer Frau wird ganz fürchterlich sein! Alle Mikros werden nun in meine Richtung gehalten. Erste Fragen erreichen meinen Geist, der irgendwo im tiefsten Nebel über einem Abgrund schwebt.

»Frau Schmidt, befindet sich Nils Dannenberg in ärztlicher Behandlung?«

»Ist Herr Dannenberg zu einem Interview bereit, Frau Schmidt?«

»Ist er überhaupt ansprechbar?«

Ich muss etwas sagen. Irgendwas! Aber das Einzige, woran ich denken kann, ist Dannenberg, der jetzt ganz sicher auf seinen Fernsehbildschirm starrt und fassungslos den Kopf schüttelt. Ich sehe regelrecht vor mir, wie seine Lippen ungläubig den Namen *Daisy* formen.

Was sage ich nur? Was?

»Also«, beginne ich krächzend. So weit, so gut. Bis auf die Tonlage ist das Intro doch gar nicht mal schlecht. Weiter so, Emma! Ich hole tief Luft, aber mein Herz pocht mir bis zum Hals, und eine Welle von Adrenalin überflutet mein Hirn. »Das ist alles, ähem, ein ganz großes Missverständnis.«

»Wie bitte?«

»Können Sie bitte lauter sprechen?«

»Das ist ein MISSVERSTÄNDNIS!«, schreie ich viel zu laut und zucke zusammen, als ich meine eigene Stimme im Widerhall der Mikrofone höre. Irgendjemand hat da wohl Probleme mit der Technik. Mich bringt das völlig aus dem Konzept, und ich versuche krampfhaft, mich daran zu erinnern, was Judith mir über Stresssituationen beigebracht hat. Den Atem kontrollieren, das Bewusstsein nach innen kehren und spüren, wie der Bauch sich langsam hebt und senkt. Außerdem fällt mir ihr Dreifaltigkeitsmantra wieder ein: Redesicherheit, Überzeugungskraft und Souveränität.

Oh ja, ich bin souverän, ich bin überzeugend, ich bin redesicher, ich bin total professionell! Mein Atem fließt (jetzt sofort!) in ruhigen Bahnen. Bestimmt verbrauche ich gerade ganz viele böse Kalorien. Ich atme sie einfach so aus – puuuh!

»Nils Dannenberg ist ein sehr gewissenhafter Journalist!«, sage ich mit Nachdruck. (Hoffentlich ist das nicht gelogen.) »Er hat mehrere Monate mit der Recherche zu diesem Fall verbracht, und ich kann Ihnen versichern, dass er diesen Artikel ganz sicher niemals veröffentlicht hätte, wenn es nicht handfeste Beweise für diese verheerenden Baumängel gäbe.«

Das ist gut, Emma. Weiter so! Gib's ihnen!

»Seine famiii… seine famililiä… seine *private* Situation hat ihn in die dramatische Lage gebracht, sich zwischen seiner Loyalität und seinem Berufsethos entscheiden zu müssen. Und er hat sich märtyrerhaft für seinen Beruf entschieden.« Ich lasse den Kopf auf meine Brust fallen, um zu demonstrieren, wie schwer diese Entscheidung tatsächlich gewogen haben muss.

Die Leute hängen mir an den Lippen. Ich kann kaum glauben, wie einfach es ist, mit den Medien zu spielen. Sie knipsen Fotos von mir, sie stellen keine Fragen, sondern halten inne, um nur ja kein Wort zu verpassen. Ich bin ein Medienprofi! Die Kameras lieben mich! Habe ich wirklich gedacht, ich wäre gestorben? Pah! Ich bin wiederauferstanden!

»Nils Dannenberg ist weder labil, noch hat er versucht, sich umzubringen. Er hat nur … wir waren nur gemeinsam … auf einer Beerdigung. Das wurde wohl missinterpretiert.«

Ein Raunen geht durch die Journalisten. Der Erste, der die Hand hebt, ist ein untersetzter Glatzkopf.

»Auf wessen Beerdigung bitte?« Er sieht äußerst skeptisch aus.

»Die Beerdigung von … von Tante Hildegard«, sage ich ungerührt.

Ich höre ein Glucksen in der ersten Reihe. Oje, das war vielleicht nicht ganz so gescheit, wenn man von den Journalisten ernst genommen werden möchte. Schnell reiße ich das Wort wieder an mich, bevor mir noch mehr unangenehme Fragen gestellt werden können.

»Die Trauer um seine Tante Hildegard hat ihn sehr mitgenommen, aber man kann keinesfalls davon sprechen, dass er nicht zurechnungsfähig wäre.«

Stille. Meine Worte klingen wohl nicht besonders überzeugend. Ich sehe ausschließlich argwöhnische Gesichter.

»Sie wissen doch sicher, wie es ist, wenn man einen wichtigen Menschen in seinem Leben verliert, oder?«, versuche ich es erneut.

Keine Reaktion.

»Oder ein Haustier?«, taste ich mich weiter. »Vielleicht hatte mal jemand von ihnen eine Katze, die überfahren wurde? Oder …«, das geht mir jetzt sehr nahe, »… einen Hamster?« Meine Stimme quietscht vor unterdrückter Erinnerung. Nein, Emma, du darfst jetzt keinesfalls an Julchen denken. Denk einfach an etwas Positives. Sieh nur, wie die junge Journalistin in der ersten Reihe nickt. Sicher hatte sie auch einmal einen Hamster, den sie mit Gummibärchen gefüttert hat. Eine Leidensgenossin! Ich fühle mich direkt zu ihr hingezogen. Sie lächelt mich aufmunternd an. Zumindest denke ich, dass sie mich aufmuntern möchte, bis sie den Mund öffnet und fragt:

»Und für wen ist der Gedenkkranz gedacht, den Sie mitgebracht haben?«

Was? Wie? Den kann sie doch unmöglich gesehen haben? Ich habe den doch eben äußerst unauffällig an die Wand geschoben. Mit dem linken Fuß taste ich diskret den Boden hinter mir ab. Verdammt, wo ist denn bloß der blöde Kranz geblieben?

»Welchen Kranz meinen Sie?« Ich muss meine Fassung wiedergewinnen und streiche mir in einer übertriebenen Geste ein paar Strähnen hinter das Ohr.

»Na, den Kranz da!« Sie deutet mit ausgestrecktem Arm hinter mich. Irgendein Schwachkopf hat sich gebückt und den Kranz aufgehoben, der nun im Scheinwerferlicht richtig zerfleddert aussieht. Alle Aufmerksamkeit ist ihm gewiss.

»Was steht denn da drauf?«, fragt jemand, und die Schleife, die daran befestigt wurde, rollt sich langsam auf. Mir kommt es vor wie eine Schriftrolle, die demonstrativ geöffnet wird. Ein päpstliches Dekret, das mich ganz sicher exkommuniziert.

Im Saal herrscht nun Grabesstille. Der Mann, der den Kranz aufgehoben hat, legt ihn vor Kreuzbach auf den Tisch. Ich weiß gar nicht, wohin ich gucken soll. Leider hatte Erika nämlich eine alte Schleife angesteckt, die von irgendeiner spanischen Trauerfeier übriggeblieben ist.

Das Spruchband flattert fast bis zum Boden. In Goldbuchstaben steht darauf:

Adios Amigo!

Die Kameras klicken ohne Unterlass. Es ist ein umwerfendes Bild: Kreuzbach mit diesem konsternierten Gesichtsausdruck und vor ihm mein zerrupfter Gedenkkranz. Ich weiß jetzt schon, dass dieses Bild morgen jede deutsche Zeitung zieren wird. Gott sei Dank trage ich meine Sonnenbrille! Ich will keinesfalls, dass mich jemand erkennt. Welch ein Glück, dass ich niemandem meinen richtigen Namen verraten habe, sonst könnte ich morgen meine wenigen Habseligkeiten einpacken und nach Samoa auswandern. Ich deute auf die Kamera vor mir, die genau auf mein Gesicht hält, und stammle:

»Können Sie das vielleicht rausschneiden?«

Das ist das Letzte, was ich sage, bevor die Pressekonferenz in einem Tumult untergeht.

Kreuzbach ist fassungslos.

Dabei ist das alles seine Schuld. Musste er Dannenberg unbedingt dieses beknackte Gedicht schicken? Ich versuche, mich durch die aufgewühlte Menge nach draußen zu schieben, und würde jetzt gerne sagen, dass ich hocherhobenen Hauptes durch das prasselnde Blitzlicht stolziere, aber so ist es leider nicht. Eher krieche ich wie ein Wurm. Von den Demonstranten werde ich jubelnd empfangen, was das Ganze nur noch schlimmer macht. Man klopft mir auf die Schultern und bedenkt mich mit Zuneigungsbekundungen, die ich leider kaum abwehren kann. Ich möchte nur noch in mein Auto. Das Herz pocht mir immer noch bis zum Hals. Kaum dass ich die Masse der Demonstranten hinter mir gelassen habe, fange ich an zu rennen. Am Auto angekommen, lass ich mich im Laderaum zitternd zwischen den Wassereimern nieder und japse nach Luft.

Ich kann mir gar nicht erklären, was da eigentlich gerade passiert ist. Jetzt sieht es so aus, als hätte ich das alles genau so geplant: die Enthüllung von Dannenbergs Selbstmordversuch, die Blamage mit dem Gedenkkranz … dabei wollte ich Dannenberg keinesfalls öffentlich bloßstellen. Sein Selbstmordversuch sollte niemals bekannt werden!

Judith hat vollkommen recht gehabt. Das war eine saublöde Idee. Überhaupt: Warum habe ich mich mit Dannenbergs Problemen belastet? Er ist schließlich erwachsen, er sollte sich selbst um seinen Kram kümmern. Und ich benehme mich stattdessen wie ein Teenager, der eine Party sprengen will. Mit zitternden Fingern knöpfe ich meine Bluse auf und stopfe sie in die Plastiktüte. Noch nie habe ich mich so gefreut, mein pinkfarbenes *Daisy-Düfte*-Shirt anziehen zu dürfen. Ich will nicht allein sein, und noch weniger will ich Emanuela Schmidt sein, die Frau mit dem Gedenkkranz.

Oh Gott, hoffentlich hat Erika diese Pressekonferenz nicht gesehen! Sie würde ihren Kranz sicher sofort wiedererkennen. Was habe ich da nur angestellt?

Als ich später in unsere Straße einbiege und den Laden bereits verwaist vorfinde, bekomme ich vor Erleichterung ganz schwache Knie. An der Hintertür klebt eine Nachricht für mich:

Wirf den Autoschlüssel in den Briefkasten. Erika

Klingt so eine Kündigung? Wahrscheinlich nicht, denn ich sehe keinen Karton mit meinen persönlichen Gegenständen vor der Tür. Erleichtert atme ich aus. Bestimmt ist Erika schon längst zu Hause und hat von der Pressekonferenz gar nichts mitbekommen. Sie hört im Auto nie Radio, sondern immer nur alte Bibi-Blocksberg-Kassetten. Erika hat nämlich insgeheim eine nostalgische Ader, auch wenn sie es noch so gerne vertuschen möchte.

Ich reiße den Zettel ab und will ihn in meine Hosentasche stecken, als mir auffällt, dass etwas von der Rückseite durchscheint. Nichtsahnend drehe ich ihn um.

Ein Nils hat für dich angerufen. Du sollst dich sofort bei ihm melden. Monika

Darunter steht eine Festnetznummer.

Darauf kann Dannenberg lange warten, denke ich und werfe den Autoschlüssel in den Briefkasten. Das Letzte, was ich jetzt gebrauchen kann, ist eine Standpauke von ihm. Der Tag ist auch ohne Nils Dannenberg persönlich schon schlimm genug.

Müde schleppe ich mich zur Haltestelle. Erfreulicherweise muss ich nicht lange auf die S-Bahn warten. Nachdem sich die Türen zischend geschlossen haben, ruckelt sie im gemütlichen Tempo durch die Stadt. Genug Zeit also, um mich seelisch auf die Begegnung mit Mama und Heidi vorzubereiten. Da Heidi sowieso immer nur mit sich selbst beschäftigt ist, wird sie wohl kaum etwas vom Bauskandal mitbekommen haben. Und Mama schaut am Nachmittag niemals fern. Nicht einmal beim Bügeln. Wenn ich es also schaffe, vor der Tagesschau zu verschwinden, werde ich hoffentlich unbehelligt bleiben.

Normalerweise ärgert es mich, dass sich niemand dafür zu interessieren scheint, was ich so mache. Doch gerade heute könnte sich das als Glücksfall erweisen. Ich habe an diesem Tag so viel durchgestanden, da können mich nicht einmal Heidis Sticheleien umwerfen.

Als ich an meinem Elternhaus ankomme, höre ich die beiden auf der Terrasse lachen. Schulter an Schulter sitzen sie am Tisch und blättern in einem Katalog. Heidi schaut bei meinem Eintreffen gleich auf ihre Armbanduhr.

»Wir haben eigentlich schon vor einer halben Stunde mit dir gerechnet.«

»Tut mir leid, ich musste heute mit der Bahn fahren.«

»Da bist du ja endlich.« Mama klopft auf den Plastikstuhl neben sich, auf dem nicht einmal ein Polster liegt. »Der Kaffee ist jetzt leider schon kalt.«

»Das macht nichts«, sage ich schnell. »Ist mir eh zu spät, sonst kann ich heute Abend nicht einschlafen.«

»Wird Zeit, dass du dir endlich mal ein eigenes Auto zulegst«, wirft Heidi ein. »Dann müssen wir nicht immer auf dich warten.«

Mir liegt eine Erwiderung auf der Zunge, aber Heidi wendet ihre Aufmerksamkeit gleich wieder dem Katalog zu und blättert einige Seiten zurück. »Was, glaubst du, würde mir besser stehen? Dieses klassische dunkelblaue Etuikleid oder lieber das sommerliche hier mit dem Blütenprint?«

Mama vertieft sich in den Katalog. »Wir könnten vielleicht beide eines dieser Blütenkleider nehmen. Jede in einer anderen Farbe. Ich in diesem Zitronengelb und du in Apfelgrün.« Sie wirft Heidi einen liebevollen Blick zu.

Es gibt mir einen kleinen Stich, wie einträchtig die beiden sind und wie selbstverständlich sie mich ausschließen.

»Würde ein Cocktailkleid nicht viel feierlicher aussehen?«, wage ich einzuwenden.

»Was verstehst du schon davon?«, fragt Heidi, aber ich sehe an ihrem Gesichtsausdruck, dass sie meiner Meinung ist. Nie im Leben würde sie ein Kleid mit Blütenmotiv anziehen. Sie hat Mama auch garantiert nur danach gefragt, um anschließend betonen zu können, wie überaus seriös sie wirken muss.

»Ich hoffe, du hast wenigstens etwas Anständiges zum Anziehen. Nicht, dass du in deinem *Daisy*-T-Shirt zum Empfang erscheinst.«

Mein Gesicht brennt. Ich habe das Gefühl, dass in meinem Hals eine dicke Kröte sitzt, die sich nicht herunterschlucken lässt.

»Natürlich habe ich schon ein Kleid«, improvisiere ich. Dabei war mir bis vor wenigen Sekunden nicht einmal bewusst, dass ich überhaupt zu Heidis Empfang gehen würde. Irgendwie hege ich immer noch die Hoffnung, kurz vorher könnte mich ein exotisches Virus ans Bett fesseln.

»Tatsächlich?« Jetzt habe ich Heidis ganze Aufmerksamkeit.

»Ja, äh, ich habe es neulich im Designer-Outlet entdeckt. Es ist von Halston Heritage.«

»Ist das nicht viel zu teuer?«, fragt Mama, und mir fallen siedend heiß die 500 Euro ein, die ich ihr noch schulde. »Michi hat es mir gekauft«, sage ich schnell. »Er fand, dass mir die Farbe so gut steht.«

»Das ist aber nett von ihm.« Mama lächelt.

»Aha«, macht Heidi, und ihr ungläubiger Tonfall lässt mich schlucken. Ich weiß, dass sie Michi nicht leiden kann.

Heidi hat schon seit Jahren keinen Freund. Sie sagt immer, dass sie zu sehr mit ihrer Karriere beschäftigt ist, um sich um so was Banales wie einen Mann zu kümmern. Als sie einmal etwas ganz Hässliches über Michi gesagt hat, habe ich ihr vorgeworfen, dass sie nur eifersüchtig sei. Da hat sie mir doch tatsächlich auf den Kopf zugesagt, sie würde lieber vertrocknen und für den Rest ihres Lebens alleine schlafen, als die schmutzigen Unterhosen von so einem Fußball-Idioten wie Michi zu waschen.

Drei Wochen habe ich kein Wort mit ihr geredet, bis Mama mich quasi gezwungen hat, mich wieder mit ihr zu versöhnen. Sie wäre so sehr enttäuscht, wenn ihre Mädchen sich wegen eines Mannes streiten würden. Und ich kann es nicht ertragen, wenn Mama enttäuscht ist.

»Kann ich dich kurz in der Küche sprechen?«, frage ich meine Mutter, weil ich ihr gerne einen Teil des Geldes zurückgeben würde, das ich ihr noch schulde. Aber keinesfalls möchte ich, dass Heidi das mitkriegt.

»Wir sitzen hier doch gerade so schön.« Mama rührt sich keinen Zentimeter. »Was gibt es denn so Wichtiges?«

»Ach nichts«, winke ich ab. »Habe ich euch schon erzählt, dass Erika in einen neuen Laden investiert hat? Wenn alles gutgeht, dann ziehen wir in ein viel größeres Ladenlokal.« Möglichst unauffällig schiebe ich Mama den Briefumschlag zu, den ich vorbereitet habe. Sie beachtet ihn aber nicht weiter. Ganz im Gegensatz zu Heidi, die sofort danach greift. »Was ist das?«

»Das ist für Mama.«

Heidi lässt den Umschlag fallen. Aber nicht, bevor sie ihn ausgiebig befühlt hat. »Ist da Geld drin? Hast du etwa schon wieder Schulden bei Mama?«

»Das geht dich gar nichts an!«, gebe ich zurück. Das Schlimme ist: Ich schulde Mama nicht schon wieder etwas, sondern immer noch. Nicht, dass ich besonders verschwenderisch wäre. Aber allein der Gedenkkranz hat mich heute mehr als achtzig Euro gekostet, dabei war er nicht einmal wirklich schön. Deshalb habe ich auch nur 120 Euro in den Umschlag gesteckt anstelle der versprochenen 200. Aber ich kann Michi schlecht weismachen, dass ich einen Gedenkkranz aus unserer Haushaltskasse bezahlen musste.

Mama stellt ihre Kaffeetasse auf den Umschlag. »Wo ist denn das neue Ladenlokal? Hoffentlich kommst du gut mit den Öffentlichen dorthin.«

»Och«, wehre ich ab. »Bis dahin ist ja noch Zeit. Wer weiß, ob ich dann nicht schon etwas mehr Geld verdiene und mir einen Roller zulegen kann.«

»So wichtig ist ein neuer Laden nun auch nicht!«, wendet Heidi ein. »Erst einmal müssen wir an meine Promotion denken. Schließlich erhält eine Tochter der Familie Arend nicht jeden Tag einen Doktortitel in Jurisprudenz.«

Mir wird schlecht, wenn ich Heidi so reden höre. Als würde ihr geliebter Professor Reifenhäuser aus ihr sprechen. Bei jeder Gelegenheit erwähnt sie ihr Studium und dass sie das große Latinum hat. Dabei braucht man so was heute gar nicht mehr. Und Jurisprudingens sagt heutzutage auch kein Mensch mehr.

»Gesellschaftliches Ereignis ist wohl ein bisschen übertrieben, oder?« Ich kann mir diesen Dämpfer nicht verkneifen. Mal ehrlich, wie viele Juristen haben in Köln in diesem Jahr ihren Doktor gemacht? Bestimmt hunderte!

»Emma, du hast überhaupt keine Ahnung, wie viel Arbeit in einer Dissertation steckt. Das ist eine umfangreiche wissenschaftliche Forschungsarbeit. Dafür muss man eine große Menge an Literatur geistig durchdringen. Da reicht es nicht, sich ein paar Stichpunkte zu machen und zehn Seiten zu tippen. Professor Reifenhäuser hat mir gesagt, dass ich über ein hohes Maß an genuinem innerem Interesse verfüge und allein deshalb so erfolgreich gewesen bin.«

Ich traue mich nicht zu fragen, was genuin bedeutet,

aber es muss etwas sehr Großartiges sein, denn Mama wirft Heidi einen beeindruckten Blick zu.

»Ist es nicht schön, dass meine große Tochter eine solche Karriere hinlegt?« Mama seufzt. »Und meine Kleine gestaltet den Blumenschmuck dazu.« Sie tätschelt mir den Arm, was mich ein wenig tröstet.

»Das ist eigentlich noch nicht hundertprozentig«, sagt Heidi nun. »Nachdem Emma so lange mit ihren Entwürfen gebraucht hat, habe ich mir erlaubt, noch eine andere Firma zu beauftragen. Ich will mir die Entscheidung noch offenhalten.«

»Was?« Das kann sie mir doch nicht antun! Ich hole tief Luft, um ihr das auch zu sagen, doch in diesem Moment klingelt im Haus das Telefon, und Mama schiebt ihren Stuhl zurück.

»Ich muss da rangehen. Bestimmt ist das Tante Mechthild, sie wollte noch etwas mit mir besprechen. Heidi, ich kann es dir nicht versprechen, aber ich glaube, sie will bei deinem Empfang eine Rede halten.« Lächelnd trabt sie ins Haus.

Ich werfe meiner Schwester einen bösen Blick zu. »Was soll das denn? Weißt du eigentlich, wie viel Arbeit das war, diese Entwürfe rechtzeitig fertigzubekommen?«

»So, wie sie aussehen, kannst du nicht lange daran gesessen haben. Ich finde eigentlich alle unbrauchbar, bis auf den letzten vielleicht, den mit dem Moos.«

Nein, ich werde jetzt nicht ausflippen! Ich bleibe ganz gelassen und rechne mir auch nicht aus, wie viele Nerven mich diese Entwürfe gekostet haben. Innerlich sage ich ein langgezogenes *Omm* und füge meine Fingerspitzen meditativ zusammen. Es hilft aber nicht viel. Ich spüre, wie mein Unmut mir den Hals hochkocht. Heidi ist so was von fies. Ich wette, sie hat die ganze Zeit vorgehabt, mich abzuservieren. Bestimmt war dieser Auftrag von vornherein nur dazu gedacht, mich auf Trab zu halten. Ihrer Meinung nach mache ich es mir im Leben nämlich viel zu einfach. Außerdem ist es ihr peinlich, dass ihre Schwester bloß Blumen verkauft. Dabei ist das ganz und gar nichts Anstößiges. Im Gegensatz zur Juristerei, die, wie wir alle wissen, alles andere als anständig ist!

Wütend schnappe ich mir Mamas Kuchengabel. Der Bienenstich schmeckt köstlich zuckrig und ist genau das, was ich jetzt brauche. Ich kaue immer noch, als meine Mutter durch die Terrassentür tritt.

»Es ist für dich, Emmamaus«, sagt sie und mustert mich neugierig. »Ein Nils ist am Telefon.«

10

Ob er es mir sehr übelnähme, wenn ich einfach auflegen würde? Es wäre immerhin möglich, dass das Telefon kaputt ist. Oder dass meine Mutter ihn für einen Perversen gehalten hat. Woher hat Dannenberg überhaupt diese Nummer?

Monika? Ich bringe sie um, wenn ich sie am Montag sehe! Das heißt, wenn ich dann überhaupt noch lebe. Fahrig hebe ich den Hörer auf, den meine Mutter auf das Beistelltischchen gelegt hat. Sie wird wohl nie kapieren, dass man dieses Telefon durch das ganze Haus und sogar bis in den Garten tragen kann. Obwohl es kabellos ist, steht Mama zum Telefonieren immer noch hier am Tisch, als wäre sie festgebunden.

Jetzt bin ich aber ganz froh, dass ich nicht im Beisein von ihr und Heidi dieses Gespräch führen muss. Na los! Bring es hinter dich, Emma! Jetzt oder nie!

»Hallo?«

»Daisy?«

Es ist wirklich Dannenberg.

»Tut mir leid«, sage ich hastig. »Eine Daisy gibt es hier nicht. Sie haben sich verwählt.« Ich will schon auflegen, da schallt Dannenbergs Stimme aus der Hörmuschel.

»Emma Arend, ich weiß, dass Sie das sind.«

Widerstrebend nehme ich den Hörer wieder auf. »Woher haben Sie diese Telefonnummer?«

»Von der NSA.«

»Das ist nicht witzig«, blaffe ich ihn an.

»Habe ich etwa gelacht?«

Auweia, er klingt ziemlich schlecht gelaunt.

»Ich kann sie leider nur ganz schlecht verstehen«, nuschele ich. »Der Empfang hier auf dem Land ist so schlecht. Ich … grrrch … grrrch … kann Sie … grrrch … zurückrufen, sobald ich wieder zu Hause … grrrch …«

»Wagen Sie es nicht, jetzt aufzulegen. Damit können Sie vielleicht Ihren kleinen Freund übertölpeln, aber nicht mich. Außerdem sind Sie nicht auf dem Land. Ihre Mutter wohnt in Lövenich. Ich bin mir ziemlich sicher, dass die Telefonleitung dort ebenso zuverlässig funktioniert wie hier bei mir.«

Puh, das hat nicht geklappt. Nun wirbeln tausend Fragen durch meinen Kopf:

1. Woher weiß Dannenberg eigentlich, dass ich einen Freund habe?
2. Sind 1,73 m für einen Mann wie Michi wirklich so winzig?
3. Kennt Dannenberg die genaue Adresse meiner Mutter?
4. Habe ich Pfefferspray in meiner Handtasche?
5. Wie kann ich Dannenberg wieder loswerden?

Was ich stattdessen frage, ist aber: »Wie kann ich Ihnen behilflich sein?« Meine Stimme klingt dabei ganz geschäftsmäßig.

»Ist das eine ernst gemeinte Frage?«

»Sie haben vermutlich ferngesehen, oder?«

»In der Tat.«

»Etwa diese idiotische Pressekonferenz?«

Er räuspert sich. »Ein wenig davon, ja, ich kann es nicht leugnen.«

Seine Stimme ist so verdächtig ruhig, dass es mich einschüchtert. Sofort fange ich an, herumzudrucksen. »Es, äh, war nicht so, wie es vielleicht aussah.«

»Irgendwie habe ich geahnt, dass Sie so etwas sagen würden. Auch bin ich mir nicht sicher, ob ich Ihre Beweggründe zu diesem Auftritt unbedingt erfahren möchte.« Er atmet schwer in den Hörer, und ich lausche mit angespannten Nerven.

Was, wenn er mich verklagt? Nie im Leben kann ich Heidi darum bitten, mir juristisch beizustehen. Ganz abgesehen davon hat sie sich auf Arbeitsrecht spezialisiert. Sie könnte mir höchstens helfen, wenn Erika mir aufgrund dieser Vorkommnisse kündigen sollte. Aber selbst das würde Heidi vermutlich ablehnen, weil ich es ihrer Meinung nach bestimmt verdient hätte. So wie ich alles verdiene, seitdem ich mit elf ihr *Tutu* vergessen habe.

»Diese Emanuela Schmidt mit der riesigen Sonnenbrille hat wirklich eine große Ähnlichkeit mit mir. Mich haben schon mehrere Personen darauf angesprochen. Kein Wunder, dass Sie direkt an mich gedacht haben. Aber ganz ehrlich: Ich würde niemals meine Haare so tragen. Die sah ja aus wie eine Lehrerin.«

»Eine Lehrerin«, wiederholt Dannenberg stoisch.

»Eine Biologielehrerin, um genau zu sein.« Das ist ein ziemlich dämlicher Vergleich, wie mir sofort auffällt.

»Dummerweise habe ich Ihre Stimme erkannt«, sagt Dannenberg.

Wie kann er das, wo wir doch nur ein einziges Mal miteinander gesprochen haben? Hat er so was wie ein fotografisches Gedächtnis fürs Ohr? Quasi ein akustisches, nein, ein *auditives* Gedächtnis? (Schade, dass Heidi diesen genialen Gedanken von mir nicht hören kann. Von wegen Latinum und so.)

»Falls Sie gerade darüber nachdenken, ob Sie sich entschuldigen sollten, dann kann ich Sie dazu nur ermutigen.« Dannenberg ist wirklich gnadenlos. »Im Übrigen darf ich Ihnen herzliche Grüße von meinem Concierge ausrichten. Er freut sich schon darauf, Sie einmal wiederzusehen.«

Dankbar für diesen kleinen Themenwechsel sage ich: »Ich verspüre auch große Sehnsucht nach ihm. Und nach Ihrem Sofa. Hat es nach mir gefragt?«

»Nachdem es sich stundenlang in den Schlaf geweint hat, nicht mehr«, sagt er. »Womöglich haben Sie es gekränkt, als Sie so plötzlich verschwunden sind.«

Ich kaue auf meiner Unterlippe, während ich überlege, was ich darauf erwidern könnte. Eventuell sollte ich es tatsächlich mal mit einer Entschuldigung versuchen. Andererseits hatte ich wirklich hehre Absichten. Zählt das denn gar nicht?

»Das mit Ihrem Bourbon tut mir wirklich sehr leid«, versuche ich es. »Wenn Sie möchten, dann kaufe ich Ihnen eine neue Flasche.«

»Wie bitte? Was ist mit meinem Bourbon?«

Offenbar hat er noch gar nicht bemerkt, dass ich, nachdem er eingeschlafen ist, seinen ganzen Alkohol vorsorglich in den Ausguss gekippt habe. Klang er deshalb bisher noch einigermaßen versöhnlich?

»Bitte brüllen Sie mich nicht an«, bettele ich anstelle einer Antwort.

»Wieso sollte ich brüllen?« Dannenberg klingt verdutzt. »Ich brülle niemals. Wenn ich wütend bin, dann werden Sie es schon merken, auch ohne dass ich laut werden müsste.«

»Das zeugt von einem guten Charakter«, entgegne ich. »Meine Schwester Heidi wurde früher ganz furchtbar laut, wenn ich sie geärgert habe, deshalb bin ich da etwas empfindlich.«

»Tatsächlich?«

Ich nicke mir im Spiegel zu, der über der Kommode hängt. »Und sie hat mit Büchern nach mir geworfen.«

»Mit was denn für Büchern? Krimis?«

Ich überlege, ob Dannenberg sich insgeheim über mich lustig macht. Andererseits klang seine Frage völlig ernst. Auch auf die Gefahr hin, mich zu blamieren, beschließe ich, ehrlich zu sein. »Pferdebücher, meistens. Und einmal auch einen Brockhaus.«

»Die gesamte Enzyklopädie?«

»Nicht die ganze«, gebe ich zu. »So einen Sammelband, eine Art Best-of-Brockhaus. Trotzdem ziemlich schmerzhaft.«

»Das kann ich mir vorstellen.« Dannenberg seufzt. »Aber was ist mit meinem Bourbon? Haben Sie sich an meinem Bestand vergriffen?«

»Ich hatte Angst, dass Sie sich etwas antun könnten, wenn Sie betrunken sind. Deshalb … also … ich habe ihn weggegossen.«

Dannenberg ringt hörbar um Fassung. »Weg… gegossen? Wie viel davon? Ich meine, wie viele Flaschen?«

Ogottogott, wie soll ich ihm das nur schonend beibringen? Ich höre ihn schon im Hintergrund diverse Schranktüren öffnen. »Sie waren wirklich sehr betrunken gestern«, beginne ich. »Ich habe mir Sorgen gemacht, und dieses Zeug hat irgendwie eine Million Promille, also so ungefähr vierzig Prozent Alkohol.«

»Das ist mir bekannt. Und?«

»Wissen Sie denn auch, wie schädlich dass für Ihre Leber ist? Sie bekommen davon bestimmt Hepatitis und … Wassersucht. Mein Opa Heinrich hat sehr darunter gelitten, was wirklich unappetitlich war. Um die Mitte rum war er ganz dick, dafür waren seine Beine spinnendünn. Möchten Sie irgendwann so aussehen?«

»Wie viele?«

»Wenn er eingeatmet hat, dann hat es geblubbert.« Ich röchle und pfeife in den Hörer. »Und sein Atem hat gerochen wie diese Chemikalie im Haarfärbemittel. Das war vielleicht ekelig, wenn man ihm zur Begrüßung einen Kuss geben musste!«

»Daisy.« Seine Stimme ist ganz dunkel.

»Ist ja schon gut!« Ich trete von einem Bein aufs andere und betrachte mich in dem kleinen Spiegel. Auf meinen Wangen haben sich rote Flecken ausgebreitet, und meine Augen glänzen fiebrig. »Ich habe die meisten Flaschen ausgeschüttet. Und mit den meisten meine ich eigentlich … alle. Ich habe ALLE weggeschüttet.« Jetzt war es heraus.

Dannenbergs Atem geht schwer. Dass er so lange nichts sagt, macht mich nervös, und ich beiße mir auf die Unterlippe. »Herr Dannenberg? Sind Sie noch dran?«

Stille.

Als er wieder spricht, bin ich im ersten Moment erstarrt. »Sie können froh sein, dass ich keinen Brockhaus besitze«, sagt er.

Ich sehe im Spiegel, dass mein Mund ein breites Lächeln formt. Wie er das sagt, klingt es einfach unglaublich süß!

»Sie haben … recht«, sage ich befreit. »Man spürt ganz genau, ob sie wütend sind. Sie sind also gar nicht böse auf mich?«

Dannenberg seufzt. »Ich befürchte, es ist sehr schwer,

ernsthaft auf Sie böse zu sein, wenn Sie einem im selben Moment erzählen, wie sie als Kind mit Büchern beworfen wurden oder auf tragische Weise einen Hamster verloren haben.«

Innerlich jubiliere ich. Aber keinesfalls will ich Dannenberg in diesem Moment unterbrechen.

»Außerdem möchte ich tatsächlich keinen dicken Bauch und spinnendürre Beine bekommen. Gibt es das wirklich? Ich kann mir kaum vorstellen, dass Sie im *Spiegel* etwas über die Folgen des Alkoholismus gelesen haben. Sehr bedauerlich, was mit Ihrem Opa Heinrich passiert ist.«

»Ich muss Ihnen jetzt ein Geständnis machen«, beginne ich langsam und höre sogleich, wie Dannenberg ein leises Stöhnen von sich gibt.

»Bitte nicht«, unterbricht er mich. »Ich weiß nicht, ob ich noch ein weiteres Geständnis im nüchternen Zustand ertragen kann. Wenn Sie also ernsthaft am Erhalt meiner Gesundheit interessiert sind, dann ersparen Sie mir das.«

»So schlimm ist es gar nicht«, sage ich beschwichtigend. »Aber Sie sollten wissen, dass ich gar nicht den Spiegel lese. Ich habe das nur gesagt, weil ich Sie beeindrucken wollte.«

Huch? Habe ich das jetzt wirklich gesagt? Irgendetwas muss gerade mit mir durchgegangen sein.

Dannenberg räuspert sich. »Ich bin tatsächlich beeindruckt.« Seine Stimme klingt dabei ganz sanft, und in meinem Brustkorb bilden sich kleine Luftblasen, die nach oben steigen und in meinem Hals platzen. Vielleicht bekomme ich aber auch einen Schluckauf. Das passiert mir immer, wenn ich emotional bewegt bin, und jetzt in diesem Augenblick bin ich gefühlsmäßig doch ziemlich in Schwung gekommen.

»Ich bewundere Ihren Mut«, sagt er.

Das kommt so unerwartet, dass ich gar nicht weiß, was ich darauf erwidern soll. Eine Antwort wird von mir aber auch gar nicht erwartet, denn Dannenberg spricht gleich weiter:

»Ich muss Ihnen auch ein Geständnis machen. Es wird sie vielleicht schockieren, aber ich habe nie vorgehabt, mir etwas anzutun. Das sollten Sie wissen, bevor Sie Ihren nächsten Fernsehauftritt planen oder mal wieder Lust verspüren, meine Bourbonsammlung zu beseitigen.«

»Aber die … Fotos«, wende ich stockend ein. »… und Sie haben Ihre Kreditkarten zerschnitten.«

»Das mache ich jeden Ersten im Monat«, scherzt er. Dann wird er wieder ernst: »Das waren gemeinsame Kreditkarten von meiner Frau und mir. Sie liefen über das Kreuzbach-Firmenkonto. Wie Sie sich sicher vorstellen, habe ich darauf keinen Zugriff mehr.«

»Aber Sie …«

»… ich habe meine Position als Herausgeber und Chefredakteur abgegeben. Das war ein sehr schwerer Schritt, über den ich wesentlich länger nachgedacht habe, als die Recherche zu diesem unsäglichen Bauskandal schon andauert. Und ja, ich gebe zu, dass ich gestern Abend ziemlich angeschlagen gewesen bin. Aber umbringen wollte ich mich nicht. Trotzdem war es mir nicht unangenehm, dass Sie sich um mich … gesorgt haben. Und unser Geplänkel … war recht amüsant. Nicht zu vergessen die denkwürdigste Beerdigung, die ich jemals erlebt habe. Hildegard war mir noch nie so sympathisch wie in diesem Moment.«

Oh wow! Das ist … ich bin einfach nur sprachlos. Außerdem merke ich, wie mein Zwerchfell anfängt, sich wieder zu rühren. Ich halte mir den Mund zu, bevor ein lautes Hicksen zu hören ist.

»Danke«, sagt Dannenberg.

In der folgenden Gesprächspause überlege ich fieberhaft, was ich dazu sagen könnte. Einfach nur »Gern geschehen, mir hat es auch Spaß gemacht« klingt bestimmt zu überheblich. Außerdem geht dieser blöde Schluckauf nicht so schnell weg. Was hat Oma Annegret immer gesagt? Man soll an zehn nackte Glatzköpfe denken? Oder sich erschrecken, damit es aufhört? Aber im Augenblick kann ich mich kein bisschen auf Glatzköpfe konzentrieren. Vor meinem geistigen Auge sehe ich nämlich nur Dannenberg, wie er mir die Tür zu seinem Apartment öffnet, die Haare wirr und den Schlips seltsam verdreht um seinen Hals hängend. Oder wie er auf seiner Terrasse steht und die Abendsonne sein Haar golden aufleuchten lässt, als wir gemeinsam Hildegard beerdigen. Und ich denke an den Geruch seines Aftershaves. Wenn Dannenberg ein auditives Gedächtnis hat, dann habe ich ganz sicher ein olfaktorisches. Ich kann mich nämlich ganz genau daran erinnern, wie sein Duft meine Nase gekitzelt hat.

6. Möchte ich Dannenberg überhaupt wieder loswerden?

11

»Daisy«, sagt Dannenberg mit fragendem Unterton.

»Sind sie noch da? Sie sind so still. Ist alles in Ordnung?«

»Ja, alles okay. Ich habe nur gerade, *hicks*, einen Schluckauf.«

Sein Lächeln kann ich sogar durch das Telefon hören.

»Ich habe mich bei Ihnen bedankt.«

»Das habe ich verstanden.« Ich räuspere mich, um ein wenig Zeit zu schinden, da höre ich von draußen meine Mutter nach mir rufen: »Emmamaus!«

Hoffentlich hat Dannenberg das nicht gehört.

»Ich komme gleich!«, rufe ich zurück. »Verzeihen Sie, ich wollte Ihnen nicht ins Ohr brüllen«, erkläre ich hastig. Immerhin hat sich nun der lästige Schluckauf wieder verabschiedet.

»Kein Problem«, sagt Dannenberg. »Mit Ihnen zu telefonieren ist sehr erfrischend.«

Das ist wieder ein Moment, wo ich mir nicht sicher bin, ob Dannenberg das ernst meint. »Es ist übrigens gern geschehen. Ich meine, ich habe gerne geholfen, auch wenn nicht alles so glücklich gelaufen ist. Ihren Schwiegervater fand ich eigentlich sehr nett.«

»Sie haben sich länger mit ihm unterhalten?«

»Da wusste ich noch nicht, wer er ist. Er hat sich nur mit seinem Vornamen vorgestellt, und ich habe ihn nicht gleich erkannt.«

»Er kann sehr einnehmend sein, wenn er will.«

»Haben Sie denn nie versucht, mit ihm über die Sache zu reden? Ich meine, vorher?«

»Mehrmals sogar. Aber darüber möchte ich jetzt nicht mit Ihnen sprechen. Mein Schwiegervater ist ganz sicher nicht der Grund, weshalb ich angerufen habe.«

Ach, er hatte einen Grund, mich anzurufen? Ganz abgesehen davon, dass er eine Entschuldigung von mir hören wollte? Sofort steht mein Körper wieder unter Spannung.

»Nachdem nun öffentlich darüber diskutiert wird, wie lebensmüde ich bin, ist es unerlässlich, ebenso öffentlich zu zeigen, dass ich keineswegs plane, mich vor einen Zug zu werfen.«

»Das sollten Sie bestimmt.«

»Und Sie als meine Assistentin sollten mir dabei helfen.«

»Ich habe wirklich nie behauptet, Ihre Assistentin zu sein! Das hat Ihr Schwiegervater hinzugedichtet.«

»Was mir nun gelegen kommt. Ich wollte Sie etwas fragen.«

»Was denn?«

Dannenberg zögert, was mich gleich alarmiert. Was für einen Grund könnte er haben, verlegen zu sein? Und wie könnte ich ihm schon helfen?

Ich rechne mit allem. Angefangen bei einer Blumenlieferung über diverse Botengänge bis hin zu einem unmoralischen Angebot, bei dem meine Fantasie doch deutlich mit mir durchgeht. Dannenbergs Frage lässt mich jedoch unsanft auf den Boden der Tatsachen plumpsen.

»Spielen Sie Golf?«

Damit habe ich nun überhaupt nicht gerechnet. Und ein bisschen enttäuscht bin ich auch. Was das Golfspielen betrifft: Ich habe tatsächlich schon Golf gespielt. Im Urlaubsort an der Ostsee, den ich gefühlte tausend Mal in meiner Kindheit besuchen durfte, gab es außer einem Stückchen Strand nur einen kleinen Minigolfplatz. Den Parcours kannte ich nach drei Wochen Ferien in- und auswendig. Ich befürchte nur, dass Dannenberg keineswegs Minigolf meint. Aber so viel anders kann Golf ja nicht sein. Ich meine, man haut mit einem Schläger auf einen Ball, oder? Das Einzige, was zählt, ist doch der richtige Schwung.

»Ja, natürlich«, sage ich großspurig. »Es ist zwar schon ein Weilchen her, aber ich war gar nicht so schlecht.« (Bahn 18 mit dem äußerst schwierigen Betonsockel und dem Miniaturwasserfall habe ich immerhin mit nur zwei Schlägen überwunden! Dafür bekam ich damals vom Platzwart ein Eis.)

»Wie ist denn Ihr Handicap?«

Ist das eine Fangfrage? Die Sache mit dem Handicap habe ich nämlich noch nie kapiert. Wieso muss man beim Golfspielen den Grad einer Behinderung angeben? Und zählt dann so was wie Kurzsichtigkeit auch dazu? Wenn ich also schlecht sehe und mit einem Bein ein bisschen hinke, habe ich dann ein Handicap von 2? Das klingt etwas wenig, überlege ich. In Filmen werden meist höhere Handicaps genannt, wenn ich mich richtig erinnere. Ich könnte also zusätzlich zum Hinken noch lispeln, krumme Beine haben und auf einem Ohr einen Tinnitus. Ist das realistisch?

»Fünf?«, sage ich testweise und höre, wie Dannenberg leise lacht.

»Es reicht, wenn Sie ein Handicap von 35 angeben. Ich besorge Ihnen den Nachweis und lasse Sie dann morgen um halb zehn abholen. Einverstanden?«

»Okay.« Ich gebe Dannenberg noch meine Adresse durch, obwohl ich kurzfristig in Versuchung gerate, die von Judith zu nennen. Was, wenn Michi sieht, wer mich zum Golfspielen abholt? Nachdem ich aufgelegt habe, bin ich trotzdem völlig euphorisch: Nils Dannenberg hat mich um einen Gefallen gebeten. Mich! Das ist so was von cool!

Im Spiegel über dem Beistelltisch sehe ich auch gleich viel besser aus. Mein Gesicht hat einen frischen Teint und meine Augen strahlen. Selbst meine Haare springen nach diesem anstrengenden Tag wieder schwungvoll über meine Schultern. Ich wette, dass Heidi diese Veränderung gleich auffällt. Sicher werden Mama und sie mich ausquetschen, mit wem ich telefoniert habe. Ich überlege, ob ich ihnen die Wahrheit sagen soll. Es klingt sicher beeindruckend, wenn ich lässig erwähne, ich sei mit dem Chefredakteur des *Reflex* verabredet. Zum Golfen. (Dass er gerade seinen Posten gekündigt hat, müssen sie nicht unbedingt wissen.)

Es kommt aber dann doch ganz anders. Denn bevor ich auf die Terrasse trete, höre ich, wie Heidi eindringlich auf Mama einredet: »Das Geld bekommst du von Emma nie wieder. Du siehst doch, wie unzuverlässig sie ist. Daran hat sich überhaupt nichts geändert.«

»Bist du denn nicht zufrieden mit ihrer Arbeit?«, fragt meine Mutter. »Sie hat dir so herrliche Entwürfe geschickt. Ich bin ganz verliebt in dieses Gebilde mit den Zweigen.«

»Jaja, das ist wirklich hübsch«, gibt Heidi zu. »Trotzdem gebe ich dir einen gut gemeinten juristischen Rat, Mama: Lass dir von Emma wenigstens einen Schuldschein ausstellen. Das ist das Mindeste, was du erwarten kannst. Auch wenn es sich nur um ein paar hundert Euro handelt. Ich würde meiner Nachbarin nicht einmal ein Pfund Kaffee borgen, ohne dass sie mir das quittiert. Ich habe schon so schlechte Erfahrungen gemacht.«

Heidi fährt sich mit beiden Händen durch das schulterlange Haar. »Was soll ich eigentlich sagen, wenn mein Prof nach ihr fragt? Ich kann ihm doch nicht erzählen, dass meine Schwester als Hilfskraft in einem Blumenladen arbeitet. Das ist doch peinlich!«

»Ich finde, du übertreibst, Heidi«, antwortet meine Mutter, und ich könnte ihr spontan einen Kuss geben. »So schlimm ist das nun wirklich nicht.«

Es tut so gut, dass sie mich vor Heidi in Schutz nimmt. Das ist genau der richtige Zeitpunkt, mich bemerkbar zu machen. Absichtlich stoße ich gegen die Balkontür, damit ich einen dezenten Schmerzenslaut von mir geben kann.

»Da bist du ja, Liebes!«, sagt Mama und nippt an einem Glas Orangensaft. »War das ein Freund von dir? Er klang etwas ungehalten. Ich hoffe, du hast nichts angestellt?« Sie plappert gleich weiter. »Heidi und ich haben gerade über den Empfang gesprochen. Was hältst du davon, wenn wir alle zusammen vorher einen Wellness-Tag einlegen? Heidi sagte gerade, dass sie von der Uni eine …«

Bei dem betont beiläufige Geplapper meiner Mutter wird mir ganz elend. Ich weiß, dass Mama nicht so glücklich darüber ist, dass ich mein Studium abgebrochen habe, aber wenn sie jetzt so tut, als hätten sie nicht über mich und meine nicht vorhandene Karriere gesprochen, dann schnürt es mir die Kehle zu. Stumm nicke ich zu ihrem Vorschlag und murmele ein »Ganz, wie du willst«, bevor ich mich auf die Kante des Plastikstuhls setze.

Heidi sieht sehr zufrieden aus. Sie klappt den Katalog zu und lässt ihn auf den Tisch fallen. »Paps hat mir eben über WhatsApp geschrieben. Er hat eine Überraschung für mich. Ich wette, es ist diese Ledertasche, die wir neulich im Internet gesehen haben. Er wollte sich erkundigen, wie kurzfristig er sie für mich gravieren lassen kann. Stell dir vor: das klassische, burgunderfarbene Leder von Aigner und dann in Goldbuchstaben *Heidi Arend* unter dem Emblem. Das ist so geschmackvoll. Und man sieht sofort an der Qualität, wie teuer sie gewesen sein muss.« Sie und Mama fangen an, davon zu schwärmen, wie gut sich die Aktentasche in der Kanzlei machen wird.

Das ist auch so eine Sache: Heidi nennt unseren Stiefvater immer Paps. Und das, obwohl Mama und er erst seit sechs Jahren verheiratet sind. Wir waren beide schon erwachsen, als er zu unserer Familie gestoßen ist, da kann man ihn doch unmöglich Paps nennen, oder?

»Ich kann leider nicht so lange bleiben, bis Reinhard mit deinem Geschenk nach Hause kommt«, wage ich einzuwenden. »Ich muss morgen früh raus und heute Abend noch den Wochenendeinkauf erledigen.«

»Musst du auch noch diesen Samstag arbeiten?«, erkundigt sich Mama. »Ich dachte, du warst erst letzte Woche an der Reihe?«

Ich schüttele den Kopf. »Ich habe frei. Aber ich bin morgen früh verabredet. Das war eben ein Bekannter am Telefon, der mich eingeladen hat.« Ich lächle bei dieser geheimnisvollen Anspielung vor mich hin, es kommen aber wider Erwarten keine Nachfragen. Nicht einmal Mama will wissen, wer dieser Nils denn gewesen sei. Wahrscheinlich denkt sie, er sei einer von Michis Fußball-Freunden. Dafür findet Heidi gleich einen Punkt, an dem sie einhaken kann:

»Warum kann Michi eigentlich nicht mal den Einkauf erledigen? Er hat doch jeden Samstag frei. Ich finde, da könnte er dir das ruhig mal abnehmen.«

Ich verkneife es mir, zu erwähnen, dass Michi den ganzen Samstag auf dem Sportplatz verbringt. Wenn ich davon anfange, dann hat Heidi gleich noch einen Grund mehr, auf ihm herumzuhacken. Dabei ist es doch sehr löblich, dass Michi so um den Fußballnachwuchs bemüht ist. Er trainiert die D-Jugend, eine Mannschaft von 12-jährigen. Und das ehrenamtlich. Deshalb murmele ich nur etwas von »hat bereits andere Verpflichtungen« und lenke dann das Thema zurück auf Heidis Empfang. Das erscheint mir unverfänglicher.

»Du musst den Blumenschmuck übrigens nicht bezahlen, Heidi.« Ich bin etwas verlegen. »Du hast von mir ja noch gar kein Geschenk bekommen, deshalb würde ich ihn dir gerne spendieren. Such dir einfach aus, was dir am besten gefällt. Ich verspreche dir auch, dass ich mir besonders viel Mühe damit gebe.« Noch während ich das sage, beginne ich, mich richtig gut zu fühlen. Ich bin großzügig, obwohl Heidi mir allen Grund geliefert hat, böse auf sie zu sein. Ich spüre sogleich, wie sich meine Stimmung hebt.

Heidi lächelt tatsächlich. Ich bin mir aber nicht sicher, ob sie sich wirklich so darüber freut, das Geld für den Blumenschmuck zu sparen, oder ob sie nur denkt, dass ich mich damit ganz praktisch aus der Affäre ziehe.

»Danke für das Angebot«, sagt sie knapp. »Ich werde es mir überlegen.«

Dafür, dass ich gerade einen Riesenhüpfer über meinen eigenen Schatten gemacht habe und äußerst knapp am Mutter-Teresa-Status vorbeigeschrammt bin, kommt mir ihre Reaktion ziemlich lahm vor, aber ich will mal nicht so sein. Außerdem muss ich nun wirklich los. Mir fällt nämlich ein, dass ich für morgen überhaupt nichts anzuziehen habe. In meinem Hinterkopf habe ich eine dumpfe Erinnerung daran, dass man auf einem Golfplatz nicht mit normalen Sportklamotten aufkreuzen darf. Ich werde Judith anrufen müssen, um sie danach zu fragen. Sie weiß bestimmt genau, was man zu solchen Anlässen trägt, denn das ist Teil 3 ihres Kurses bei der Volkshochschule: »Stilvoll die Karriereleiter hochklettern – alles, was Sie über passende Kleidung wissen müssen«.

Nachdem ich mich von Mama und Heidi verabschiedet habe und in der Bahn zurück Richtung Innenstadt sitze, rufe ich sie gleich auf dem Handy an.

»Ich brauche deine Hilfe.«

»Das kann ich mir vorstellen.« Judith presst ein *Tse-tse-tse* durch die Zähne. »Ich habe eben in der Lokalzeit Ausschnitte dieser Pressekonferenz gesehen. Oh mein Gott, kann ich nur sagen.«

»War es so schlimm?«, frage ich vorsichtig nach.

»Nein«, sagt Judith und ich bin im ersten Moment erleichtert.

»Schlimmer!«

Meine Erleichterung schrumpelt zusammen wie ein Luftballon, nachdem er prustend durch die Luft gesaust ist.

»Aber mach dir keine Sorgen. Ich bin ganz sicher, dass dich niemand erkennen konnte. Deine Frisur«, Judith fängt an zu kichern, »also die sah aus wie von Frau Quantorp-Prömpers. Kannst du dich noch an sie erinnern? Biologie in der achten Klasse?« Jetzt lacht sie lauthals. »Die Quante hat immer mit ihrer Perlenkette gespielt, wenn sie uns etwas über Verhütung erzählen musste. Das war einfach zum Schießen! Du hast genauso ausgesehen wie sie, nachdem sie uns die Benutzung eines Diaphragmas erklärt hat. Ich hätte mich wegwerfen können!«

»Wie war denn der Tenor des Berichts?«

»Wenn du deinen Dannenberg meinst, dann ergießt sich nun alles in Mitleid für den armen suizidalen Mann. Dafür kommt der Baulöwe äußerst schlecht weg. Überall wird in Großaufnahme das Bild von ihm mit dem Gedenkkranz eingeblendet. Ich bin sicher, dass morgen in etlichen Tageszeitungen die Schlagzeile *Adios Amigo!* lauten wird. Emma, du kannst wirklich froh sein, deine Sonnenbrille nicht abgenommen zu haben. Wenn ich nicht wüsste, dass dieser Auftritt keine Absicht von dir war, dann würde ich an deinem Verstand zweifeln. Dein Dannenberg ist sicher total sauer auf dich, weil er jetzt als pure Verzweiflung dargestellt wird.«

»Er ist nicht *mein* Dannenberg«, widerspreche ich. »Und sauer ist er auch nicht. Es ist so, dass er eigentlich … also, er hat mich angerufen und wir … es ist so, dass wir … genau genommen …«

Ich weiß nicht, wie ich Judith das am besten erkläre, ohne dass es sich anhört, als würde sich da zwischen uns beiden etwas anbahnen. Ich habe schließlich Michi. Und überhaupt war ich bisher auch sehr zufrieden mit unserer Beziehung. Judith soll nicht denken, dass ich mit Dannenberg ein Date habe oder so was.

»Ich habe ein Date mit Nils Dannenberg«, platze ich heraus.

»Du hast ein Date mit ihm?«, wiederholt Judith entgeistert.

»Nein! Das wollte ich so doch gar nicht sagen. Eigentlich ist es ganz harmlos. Es ist auch nicht wirklich ein *Date*. Also kein Date im Sinne von »Wir gehen essen, und danach setzen wir uns auf dein Designersofa und knutschen«-Date. Ich bin morgen früh mit ihm verabredet, und wir gehen golfen.«

»Ihr geht golfen? Du kannst doch gar kein Golf spielen!« Man hört den Stahl in Judiths Stimme, so schneidend ist ihr Tonfall. Ich nehme es ihr nicht übel, denn genau genommen hat sie recht.

»Ich habe die Sache gründlich überdacht, als ich auf die Straßenbahn gewartet habe«, lasse ich Judith wissen. »Das Wichtigste ist doch, eine gute Figur zu machen. Deshalb muss ich mich unbedingt stilecht für den Golfplatz einkleiden. Und dabei musst du mir helfen! Keinesfalls werde ich den Fehler machen und mit hochhackigen Schuhen über den Rasen stolpern oder dumme Anfängerfragen stellen.«

»Weißt du eigentlich, was du da redest, Emma? Du hast null Ahnung von Golf! Kein Mensch kauft dir das ab, nur weil du eine karierte Hose trägst!«

»Es ist ja nicht nur die Hose. Nein, noch heute Abend werde ich mich online über Golf informieren. Wozu bitte schön gibt es Wikipedia? Ich werde einfach die wichtigsten Vokabeln auswendig lernen und dann damit punkten. Und wenn alle Stricke reißen, dann täusche ich eben einen Bänderriss vor und humpele ein wenig. Damit verbessere ich mein Handicap auf einen Schlag, das ist doch wohl klar!«

»Du bist verrückt.«

»Dannenberg hat mich darum gebeten. Er braucht meine Hilfe.«

»Und nur, weil er deine Hilfe braucht, bist du bereit, dich bis auf die Knochen zu blamieren? Emma, es tut mir leid, dass ich dir das sagen muss, aber du hast wirklich ein Problem. Du hast bestimmt dieses Syndrom, bei dem man nur glücklich ist, wenn alle Menschen von einem abhängig sind.«

»Was für ein Syndrom soll das sein?«, frage ich leicht pikiert. »Ein Helfersyndrom?«

Judith gibt ein müdes Lachen von sich. »Ich dachte eher an das Kathy-Bates-in-Misery-Syndrom.«

Das finde ich irgendwie ungerecht, denn Kathy Bates war im Film *Misery* wirklich besonders gruselig. Sie hat dort Jimmy Caan beide Beine gebrochen, um ihn anschließend gesund pflegen zu können.

Ich verstehe die ganze Aufregung nicht. Was ist schon so schlimm daran, wenn man anderen Menschen hilft? Mir macht es ein gutes Gefühl. Ich war schließlich auch mal Pfadfinder!

»Hilfst du mir?«, frage ich sie nun direkt. »Ohne dich schaffe ich es niemals, einen authentischen Golf-Look hinzukriegen. Ich verspreche dir auch, dass ich nichts anstellen werde. Und außerdem ist es für einen guten Zweck! Der Gewinn wird nämlich gespendet.«

Judith seufzt, und ich frohlocke innerlich.

»Wir treffen uns in der Schildergasse«, lenkt sie ein. »In dreißig Minuten.«

12

Ich sehe umwerfend aus. Also nicht umwerfend im Sinne von »Abendrobe auf dem roten Teppich«-umwerfend. Aber mein Rock ist wirklich atemberaubend! Judith hat tatsächlich einen Laden entdeckt, in dem es 50 % Rabatt auf Ralph-Lauren-Klamotten gab, und ich trage nun einen knappen Golfrock mit Paisley-Muster. Und ganz egal, was Dannenberg morgen anhaben wird, ich werde gut zu ihm passen, denn in diesem Rock sind einfach alle Farben drin. Wirklich *alle*!

Was bin ich froh, dass ich Judith davon überzeugen konnte, dass Karos echt nur etwas für alte Leute sind. Wenn ich mir vorstelle, ich müsste so langweilige Tarnfarben tragen … Als Ausgleich zur Farbenexplosion an meinen Hüften habe ich meinen Oberkörper in ein weißes Poloshirt gesteckt. Mit der grasgrünen Strickjacke und der pinkfarbenen Cap, die ich mir lässig in die Stirn gezogen habe, werde ich die hipste Golfspielerin des Platzes sein. Das einzige Problem sind meine Schuhe. Auch wenn Judith noch so sehr auf mich einredet, ich kann unmöglich Schuhe mit Spikes an den Sohlen tragen! Wie bescheuert sieht das denn aus?

»Ich werde schon nicht hinfallen.«

»Bist du sicher?« Judith sieht zweifelnd an mir herab. »Ich erinnere dich nur ungern, aber du bist auch hingefallen, als wir im Frühjahr bei *Rhein in Flammen* waren. Und dabei hattest du gar nichts getrunken.«

»Da hatte es auch kurz vorher geregnet. Die werden doch wohl nicht golfen, wenn es nass ist, oder?«

Judith zuckt mit den Schultern. »Ich habe keine Ahnung. Aber es wird nicht ohne Grund Golfschuhe mit Spikes geben.«

Diesen Einwand wische ich beiseite. »Der Wetterbericht für morgen ist jedenfalls spitze. Außerdem muss ich sparen. Ich kann unmöglich zweihundert Euro für Schuhe ausgeben, die ich danach nie wieder tragen werde. Ich ziehe einfach meine Laufschuhe an, die sind noch unbenutzt und haben eine pinkfarbene Sohle, das passt perfekt zu meinem Cap.«

Damit ist Judith einverstanden. Und sie verspricht, mir nachher einige Links zu schicken zum Thema Etikette auf dem Golfplatz. Ich bin wirklich froh, dass ich sie habe!

Als ich zu Hause ankomme, stopfe ich die Einkäufe in den Schrank zu unserem Staubsauger. Da wird Michi garantiert nicht reingucken. Der Putzschrank ist bei uns die sicherste Zone der ganzen Wohnung. Er ist quasi Michis natürliche *No-go-Area*, und ich kann unbedenklich jedes Geburtstags- oder Weihnachtsgeschenk darin unterbringen.

Jetzt im Moment sitzt er vor dem Fernseher und sieht sich die Wiederholung von *How I Met Your Mother* an, worüber wir uns sonst gemeinsam immer köstlich amüsieren. Zur Feier des Tages (und auch, um ihn von meiner geplanten Exkursion abzulenken) habe ich einen Berg Süßkram gekauft. Der wird Michi den ganzen Abend beschäftigen, sodass ich unbemerkt meine Internetrecherche starten kann.

»Du bist aber spät«, sagt er, ohne den Blick vom Bildschirm zu lösen.

»Schöne Grüße von Judith«, erwidere ich, auf seine versteckte Nachfrage gehe ich nicht ein. »Sie will wissen, wann wir wieder mal etwas zu viert unternehmen. Kino oder so. Norbert hat endlich diesen großen Deal eingefädelt und jetzt wieder etwas mehr Zeit.«

Michi springt gleich darauf an. »Klar! Wir könnten zusammen *Transformers 4* gucken«, schlägt er vor. »Der soll nächsten Monat anlaufen.«

Ich hatte zwar eher an so was wie *Monsieur Claude und seine Töchter* gedacht, aber darüber lässt sich bestimmt noch verhandeln. Michi lümmelt im Trainingsanzug auf dem Sofa. Sein braunes Haar ist frisch gewaschen und noch feucht. Er duftet stark nach Duschgel. Äußerst männlich, aber eben doch ein wenig aufdringlich. Ich versuche mir vorzustellen, wie Dannenberg ebenso auf dem Sofa lümmelt, aber es gelingt mir nicht.

»Bis Juli ist ja noch lange hin«, gebe ich zu bedenken.

»Dann gehen wir eben zusammen zum Public Viewing am Donnerstag.« Jetzt kommt Leben in Michi. Er schaut zum ersten Mal zu mir rüber. »Wir könnten vorher grillen und uns dann ein, zwei Sixpacks Bier mitnehmen.«

»Das klingt, äh, toll«, sage ich. »Ich frage Judith, ob sie beide an diesem Tag Zeit haben.«

»Was hast du da eigentlich mitgebracht?« Er nimmt mir die Plastiktüte ab und fängt an, sie zu durchwühlen. »Ah cool! Ich habe einen Bärenhunger.« Sogleich reißt er eine Chipstüte auf. Mit dicken Backen mampfend sieht er aus wie ein kleiner Junge, der gerade erst aus der Badewanne gestiegen ist, in der er mit seinem Playmobilschiff gespielt hat. Genau in diese jungenhafte Art von ihm habe ich mich damals verliebt. Ich erinnere mich deutlich an das Gefühl, auch wenn ich in diesem Moment Schwierigkeiten habe, es nachzuempfinden.

»Eigentlich warst du dran mit kochen.«

»Iff habf verfucht«, erklärt er mit vollem Mund, dann schluckt er. »Ich hatte echt einen verdammt anstrengenden Tag! Der alte Grewels hat mir diesen Auftrag bei der Mall of Cologne aufs Auge gedrückt. Zwanzig Silberlinden! Das ist vielleicht eine Schufterei!«

»Bei der Mall of Cologne?«, frage ich.

»Das ist dieses neue Shoppingcenter, das sie gerade bauen. Du hast doch bestimmt davon gehört.«

»Kann sein, dass davon mal was im Radio kam«, gebe ich mit schwacher Stimme zu.

Michi reckt sich und lässt seine Fingerknochen knacksen. »Ist ein Großauftrag. Jeder Baum bringt uns um die 1200 Euro, wenn man die Vorbereitungen und die Pflege für die ersten beiden Jahre mit einkalkuliert. Selbst morgen muss ich da ran.« Er greift erneut in die Chipstüte.

Ich frage mich, ob Michis Chef den Auftrag im Voraus bezahlt bekommen hat. Hoffentlich. Ansonsten könnte ich mir vorstellen, dass auch Michi bald mehr von der *Mall of Cologne* hören wird, als ihm lieb ist.

»Dann gehst du morgen gar nicht zum Training?« Ich sehe Licht am Ende des Tunnels. Wenn Michi ausnahmsweise am Samstag arbeiten muss, dann brauche ich mir erst gar keine Ausrede einfallen zu lassen. Er wird nicht einmal merken, dass ich gar nicht zu Hause bin. Dankbar lasse ich mich neben ihm auf das Sofa fallen und kuschle mich an seine Seite. Gerade ist Pause, und Werbung flackert über den Bildschirm. Jetzt wäre eigentlich der ideale Moment für ein wenig Zärtlichkeit, überlege ich. In letzter Zeit (genauer gesagt in den letzten Monaten) ist die in unserer Beziehung nämlich viel zu kurz gekommen. Ich schmiege mich eng an Michis Hals und schnuppere.

Also dieser Duft … Ich schnüffle. »Sag mal, dieses Duschgel, ist das neu?«

»Waff?« Michi schiebt mich von sich, um besser an die Chipstüte zu gelangen.

»Was ist das für ein Duschgel?«

»Keine Ahnung. Das benutze ich schon ewig. Hat meine Mutter immer für mich gekauft.«

»Du benutzt das Duschgel, dass deine Mutter für dich ausgesucht hat?«, frage ich entgeistert. »Wie alt warst du da? Zwölf?«

»Weiß nicht, kann schon sein. Ist das denn so wichtig?«

Ist es nicht. Ich kann selber gar nicht verstehen, warum mich das gerade beschäftigt. Bisher habe ich nie einen Gedanken daran verschwendet, welche Einkaufsgewohnheiten Michi von seinen Eltern übernommen hat. Das könnte mir eigentlich völlig schnuppe sein.

»Nein«, sage ich. »Ist überhaupt nicht wichtig.« Ich schmiege mich erneut an Michis Oberkörper, der sich trotz seiner fragwürdigen Ernährung durchtrainiert und sehr angenehm anfühlt. Michi zappt auf ein anderes Programm, und auf dem Fernsehbildschirm werden nun die neuesten Nachrichten angekündigt. Ich versuche, angestrengt durch den Mund zu atmen und nichts zu riechen, als ich plötzlich diese Lehrerin auf dem Bildschirm sehe. Diese Biologielehrerin, die große Ähnlichkeit mit mir selber hat.

»Ach du Schande!«, rufe ich aus und stoße vor Schreck die Chipstüte von Michis Schoß. Ein Berg von Kartoffelchips zerstreut sich über Tisch und Fußboden.

»Pass doch auf!« Michi hebt zwar die Tüte auf, konzentriert sich aber ganz auf den Fernseher. »Da haben sie gerade die Straße gezeigt, in der ich morgen arbeite. Ich will mal hören, was da los ist.« Er schnappt sich die Fernbedienung und stellt den Ton lauter.

Jetzt fährt die Kamera über die Journalistenmenge hinweg und bleibt an Karl Kreuzbach hängen, dem die ersten Fragen gestellt werden. Jeden Moment werde ich wieder ins Bild kommen. Und was noch viel schlimmer ist: Ich werde den Mund aufmachen und reden! Ogottogott! Ich will meine Stimme gar nicht hören! Und keinesfalls darf Michi sie zu hören kriegen.

Ich muss irgendwas tun. Ich muss Michi ablenken.

Mit der Leidenschaft der Verzweiflung dränge ich Michi in das Polster, wo er flach zu liegen kommt, und beuge mich lasziv über ihn.

»Den ganzen Tag hatte ich solche Sehnsucht nach dir!«, hauche ich in sein Ohr, in der Hoffnung, dass er von der Berichterstattung aus dem Fernseher nichts mehr mitbekommt. Ich platziere Küsse auf seinen Hals bis hinauf zu seiner linken Ohrmuschel, wo ich dann einen lauten Schmatzer hinterlasse.

»Aaah!« Michi gibt einen Schmerzenslaut von sich. Er reibt sich über sein Ohr. »Spinnst du? Kannst du mich vielleicht mal warnen, wenn du vorhast, mich so anzufallen?«

»Tut mir leid. Aber es gibt Momente im Leben, da wird man von seinem eigenen … Verlangen völlig überrascht.« Ich lasse meine Hände unter sein T-Shirt gleiten und fahre über seine Bauchmuskeln. Gar nicht mal schlecht, denke ich und lasse zwei Finger unter den Bund seiner Hose gleiten. Dabei ist so eine Jogginghose nicht wirklich erotisch. Aber ich versuche, den Gedanken daran zu verdrängen und ziehe den Gummibund neckisch hoch, während ich mit einem Auge auf den Fernseher schiele. Die Nachrichten beschäftigen sich immer noch mit dem Bauskandal. Gerade wird ein Foto von Dannenberg eingeblendet. Oh wow! Das ist wirklich mal ein vorteilhaftes Bild! Es zeigt ihn auf einer privaten Veranstaltung in einem dunkelblauen Flauschpullover und einer weißen Stoffhose. Er sieht aus, als wäre er gerade von einem Segelboot gehüpft, um kurz vorbeizuschauen. Als weniger vorteilhaft empfinde ich allerdings die bildhübsche Brünette an seiner Seite. Ob das wohl Viktoria ist? Und wenn ja, muss diese Viktoria ausgerechnet so apart und nett aussehen? Kann sie nicht eine frostige Blondine mit korallenrotem Lächeln sein? Missmutig lasse ich Michis Hosenbund los, der mit einem Klatschen seine Bauchmuskeln trifft.

»Emma!«, keucht er auf. »Du weißt ganz genau, wie man einen Mann wieder auf den Boden der Tatsachen zurückholt, was?« Michi richtet sich umständlich auf und rubbelt sich über den flachen Bauch.

Claus Kleber hat endlich ein neues Thema begonnen.

»Entschuldige.«

»Na ja.« Michi wirft sich zurück aufs Sofa. »Ich bin eh viel zu geschafft. Meinst du, du könntest mich ein paar Minuten massieren? Mir tut der Rücken so weh.«

»Äh«, mache ich erst etwas ratlos, dabei ist es eigentliche eine sehr gute Idee. Wenn ich ihn jetzt ein wenig verwöhne und damit einlulle, ist Michi hinterher vielleicht nicht so aufmerksam, und ich kann ungestört mein Wissen über den Golfsport auffrischen. Ich klettere also hinter Michi auf das Sofa und beginne, seine Schultern zu kneten, so lange, bis der Wettervogel erscheint und uns für morgen einen grandiosen Tag ankündigt.

»Ah, tut das gut«, schnurrt Michi. Jetzt, wo der brenzlige Moment mit den Nachrichten überstanden ist, entspanne ich mich ebenfalls. Das Einzige, was mich noch stört, ist mein knurrender Magen. Und nachdem ich tapfer mehrere Minuten sein Kreuz bearbeitet habe, versorge ich Michi mit einem kalten Bier und verziehe mich mit dem Laptop in die Küche. Michi ist jetzt so entspannt, dass ich nicht damit rechnen muss, plötzlich bei meiner Recherche überrascht zu werden.

Während der Laptop quälend langsam hochfährt, werfe ich einen Blick in die Spüle, wo eine verkohlte Pfanne Michis Kochversuch offenbart. Im Kühlschrank finde ich zwei einsame Eier in der Türablage, eine verschrumpelte rote Paprika, eine Tube Senf und Kapern im Glas, die von meinem Versuch übriggeblieben sind, Königsberger Klopse zu kochen.

Ich schneide die Schrumpelpaprika in kleine Stückchen, schlage die Eier auf und gieße alles zusammen in eine heiße Pfanne. Bis sich endlich die Google-Seite aufbaut, habe ich bereits die Hälfte meines Omeletts verputzt.

Auf Wikipedia erfahre ich, dass es weltweit mehr als sechzig Millionen Golfspieler gibt. Das ist eine sehr beruhigende Information, denn das können schwerlich alles Sportgenies sein, oder? Und wenn sechzig Millionen Menschen es hinbekommen, auf den Platz gelassen zu werden, dann werde ich es wohl locker schaffen, auch ein paar Bälle zu schlagen. Ich lebe schließlich seit mehr als acht Monaten mit einem absoluten Sportfanatiker zusammen. Etwas davon muss auf mich abgefärbt haben.

Allerdings – allein der Einführungstext macht mich schwindelig. Wie zum Teufel soll ich mir all diese Begriffe merken? Ich verstehe nicht einmal die Hälfte davon. Und dann fällt mir außerdem auf, dass Judith und ich ein wichtiges Detail bei der Golfbekleidung übersehen haben:

Ich habe keinen Handschuh.

Das gibt es doch nicht! Wie kann ich so etwas Existentielles wie einen Handschuh übersehen? Ob Michi vielleicht Golfhandschuhe besitzt? Seine Hände sind nicht besonders groß. Wenn ich Glück habe, dann könnten sie mir einigermaßen passen. Schnell flitze ich aus der Küche durch das Wohnzimmer, wo Michi inzwischen eingedöst ist. Im Schlafzimmer durchwühle ich seine Sportklamotten. Er hat Fahrradhandschuhe, Handschuhe zum Skifahren, riesige Torwarthandschuhe und sogar ein Paar Fäustlinge. (Ob die seine Mama für ihn gestrickt hat? Bei genauer Betrachtung könnten es aber auch Eierwärmer sein.)

Schwer enttäuscht ziehe ich meinen eigenen Schrank zu Rate. Ich besitze mehrere Fingerhandschuhe, leider sind fast alle aus Wolle. Lediglich ein Paar ist aus hässlichem umbrabraunen Leder. Tante Mechthild hat sie mir zum Abitur geschenkt. Sie hat gemeint, dass jede junge Frau ein Paar Lederhandschuhe ihr Eigen nennen sollte. Ich bin da ganz anderer Meinung. Außerdem bin ich absolut sicher, dass sie die selber irgendwann geschenkt bekommen hat und nur froh war, sie auf elegante Weise wieder loszuwerden. Wer hätte gedacht, dass diese potthässlichen Handschuhe einmal meine Rettung sein würden? Gerade kommt mir nämlich eine nahezu geniale Idee:

Ich werde mir die wichtigsten Vokabeln auf die Hand schreiben und sie dann wunderbar mit dem Handschuh kaschieren können!

Voller Freude stopfe ich mir das Paar in die Tasche und schlage die Schranktür zu. Es schadet nicht, wenn man ab und an ein paar Fachausdrücke in den Raum, in diesem Fall ins *Green*, werfen kann. Ich kritzle also wahllos ein paar Vokabeln auf meinen linken Handrücken. Unter anderem diese hier:

- *Driving Range* (das ist der Übungsplatz)
- *Longhitter* (ein Spieler, der sehr weit schlagen kann)
- *Greenkeeper* (so was wie ein Gärtner)
- *Fore!* (Ein Ruf, um andere Spieler zu warnen)

Dann vertiefe ich mich weiter in verschiedene Spielvarianten, die so bescheuerte Namen tragen wie »Bingo, Bango, Bongo«, »Texas Scramble« oder »Battle Golf«. Beim Battle Golf zum Beispiel darf ein Spieler dem anderen einen Schläger aus dem »Bag« wegnehmen. Oooh, wie schlimm. Ich lache mich scheckig darüber, was Golfer sich da ausgedacht haben. Ich selbst habe sowieso nicht vor, mehr als einen Schläger zu benutzen. Wozu auch, wenn man endlich einen gefunden hat, der gut in der Hand liegt?

Als ich wieder aus der Küche auftauche, schläft Michi tief und fest.

13

Michi ist bereits zur Arbeit gefahren, als ich am nächsten Morgen aufwache. In der Küche stehen die Reste seines Müslis, und im Wohnzimmer herrscht das Chaos des vergangenen Abends. Ich räume die Flaschen fort und sauge schnell die Chipskrümel auf, bevor ich mich auf den Boden setze und den Fernsehschrank durchstöbere. Michi besitzt eine *Wii*. Nicht, dass ich mich jemals dafür interessiert hätte, aber vergangenes Silvester haben wir zusammen mit dem dicken Dirk und Idioten-Ingo gespielt. Bowling.

Gab es da nicht auch ein Golfspiel im Programm? Ich werde tatsächlich fündig und lege das Spiel mit der Aufschrift *Wii Sports Resort* ein.

Eine halbe Stunde später – ich habe nicht einmal gefrühstückt und trage immer noch mein überdimensionales Schlafshirt – bin ich schweißgebadet. Diese blöde *Wii* wirft mir doch tatsächlich vor, dass meine Schläge zu sehr von der Ideallinie abweichen! Außerdem finde ich es eine Frechheit, dass der Wind meinen Ball so weit abgetrieben hat, dass er in einem Teich gelandet ist. Der Wind! Wir reden hier von einer Spielkonsole, die im Wohnzimmer steht. Ich habe nicht einmal ein Fenster geöffnet!

Dafür habe ich eine weitere Stunde später in etwa begriffen, wofür man verschiedenartige Schläger braucht. Ich bekomme nämlich vor jedem Schlag einen Vorschlag gemacht, welches Eisen am besten geeignet wäre. Trotzdem bin ich ein mieser Spieler. Bei den ersten vier Runden wurde ich doch tatsächlich gezwungen aufzugeben. Wie demütigend! Zu guter Letzt habe ich aber immerhin einen *Double Bogey* geschafft, was nur zwei Schläge mehr bedeutet als *Par*. Und *Par* ist quasi das Optimum. *Par* ist das, was ein Profi erreicht. Ich würde sagen, das ist für eine gute Stunde Training gar nicht mal schlecht. Genau genommen ist das sogar ziemlich großartig. Ich bin ohne Zweifel ein Naturtalent.

Golfwelt, ich komme!

Zusammen mit meinem Spickzettel auf dem Handrücken fühle ich mich mehr als gewappnet, die Herausforderung eines realen Spiels anzunehmen.

Trotzdem bin ich nervös, als es pünktlich um halb zehn an der Haustür klingelt. Ich weiß nicht, worauf ich mich mehr freue: darauf, meine neuen Golfkenntnisse in freier Wildbahn zu testen oder Dannenberg wiederzusehen. Und gleichzeitig kann ich mich auch nicht entscheiden, was von beiden mich nervöser macht. Eigentlich habe ich vorgehabt, auf der Straße zu warten, aber da Michi ohnehin bereits fort ist, erscheint mir das letztendlich unnötig. Um nicht zu übereifrig zu erscheinen, laufe ich nicht gleich nach unten, sondern zupfe im Flur erst einmal meine Strickjacke zurecht, rücke meine Cap gerade und lächle mein Spiegelbild an. Ich sehe fabelhaft aus. Genau so, wie man sich eine professionelle Golfspielerin, eine *Proette*, vorstellt. Mein Haar habe ich zu einem lockeren Zopf geflochten, der mir neckisch über die linke Schulter fällt. Ich nehme die kleine Dekovase, die auf dem Garderobenschränkchen steht, zur Hand und halte sie mir vor die Brust wie einen Pokal.

Nein, schöner wäre es, wenn ich den Pokal, also die Vase, höher an mein Gesicht halte, das kommt auf den

Siegerfotos bestimmt besser. Meine Lippen pressen sich bühnenreif auf die Vase, als sich das Türklingeln wiederholt.

Ich bin gespannt, mit was für einem Wagen Dannenberg mich abholt. Er ist reich und jung und schön, bestimmt hat er es nicht nötig, so ein modernes Protzauto zu fahren wie ein Mittfünfziger mit Halbglatze. Ich könnte mir sehr gut einen Oldtimer an ihm vorstellen. Einen flaschengrünen Jaguar von 1956, wie Steve McQueen ihn fuhr, zum Beispiel.

Getrieben durch meine Vorfreude, schieße ich im Treppenhaus nach unten und bleibe konsterniert vor der Haustür stehen, weil dort bloß ein gewöhnliches Taxi wartet. Dannenberg ist nicht einmal persönlich gekommen, was für eine Enttäuschung!

»Sind Sie Daisy?«, fragt der Taxifahrer und schiebt sich seinen Zigarillo in den Mundwinkel. »Ich soll Sie zum Rheinauhafen bringen.«

In diesem Moment hätte ich gute Lust, diesem Cowboy zu sagen, dass ich verdammt noch mal nicht Daisy heiße, aber ich befürchte, dass ihn das wohl kaum interessiert. Deshalb verkneife ich mir jede Bemerkung, nicke nur und lasse mich samt meiner gut gefüllten Handtasche auf die Rückbank fallen.

Ich bin perfekt ausgerüstet. Neben einer Regenjacke und Schuhen zum Wechseln habe ich mir auch noch alle Seiten eingesteckt, die Judith mir heute Morgen zugeschickt hat. Damit, so hat sie gemeint, wäre ich nicht nur mental, sondern auch physisch bestens gerüstet. Während der Taxifahrer Rauchkringel gegen die Windschutzscheibe bläst und ich mich frage, ob er das bei der Fahrt überhaupt darf, ziehe ich den Packen loser Blätter heraus und studiere den Inhalt. *Die 5 Golf-Tibeter* lautet die Überschrift. Darunter sind mehrere Abbildungen von Strichmännchen, die einen Golfschläger schwingen. Leider kann ich diese Übungen hier im Auto nicht nachahmen, weil der Anschnallgurt mich behindert. Trotzdem versuche ich, mir die ein oder andere Maßnahme einzuprägen. Der *Schultertwist* sieht jedenfalls gar nicht so schwer aus. Ach, was soll's! Ich hole meinen Taschenschirm hervor und ziehe das Gestänge heraus. Der Cowboy ist ohnehin gerade damit beschäftigt, in einem waghalsigen Manöver mehrere Spuren zu wechseln. Beide Enden des Schirms halte ich mit den Händen fest und schwinge ihn über meinen Kopf und wieder zurück. Das macht sogar Spaß. Zumindest so lange, bis der Taxifahrer eine Vollbremsung hinlegt und der Gurt mir mit einem harten Ruck die Luft wegnimmt.

»Uff!«, keuche ich. Jetzt habe ich mich dabei doch tatsächlich verrenkt. Ich reibe mir über die schmerzende Stelle am Nacken und werfe dem Fahrer einen bösen Blick an den Hinterkopf. Die Zettel sind von meinem Schoß gerutscht und haben sich über den kompletten Fußraum verteilt, und so, wie dieser Mann sofort wieder beschleunigt, kann ich sie unmöglich aufsammeln, ohne mich dabei in Lebensgefahr zu bringen.

»Geht's noch?«, brause ich auf und klammere mich am Sitz fest.

»Wird jetzt mal kurz eng«, kündigt er an. »Muss gleich ein scharfes U fahren.« Im selben Moment werde ich nach außen an die Seitentür geworfen.

Als der Wagen fünf Minuten später im Rheinauhafen zum Stehen kommt, bin ich mit den Nerven am Ende. Mir ist speiübel, und mein Herz spielt Pingpong in meiner Brust. Es hüpft hoch, wenn ich an Dannenberg denke, und plumpst nach unten, sobald mich mein schlechtes Gewissen Michi gegenüber befällt. Beides hält sich in etwa die Waage.

»Sie sind ja gemeingefährlich!«, keife ich, während ich, den Hintern voran, aus dem Wagen krabbele. Dabei fege ich die verteilten Papiere zusammen und stopfe sie in meine Tasche zurück.

»Auf die Minute«, höre ich eine warme Stimme hinter mir. Hastig drehe ich mich um und sehe noch, wie Dannenberg einen Geldschein durch das geöffnete Fenster reicht.

»Hallo Daisy.«

Seine Daisy kann er sich sonst wohin stecken! Innerlich dampfe ich. »Ich bin nicht Daisy, und dieser Cowboy da ist verdammt nochmal nicht mein Chauffeur! Wie können Sie mich so einem Wahnsinnigen ausliefern?« Mit Schwung schleudere ich mir die Handtasche über die Schulter und bereue es sogleich, als mich der Absatz eines Pumps am Schulterblatt trifft.

Dannenberg sieht belustigt aus. Und nicht nur das, denn sein Aufzug macht mich gleich noch atemloser, als ich es ohnehin schon bin. Über einer glänzend dunkelblauen Hose, die ziemlich eng geschnitten ist, trägt er ein brombeerfarbenes Poloshirt, was farblich perfekt zu meinem Paisleyrock passt und mir innerlich einen freudigen Rippenstoß versetzt. Anstelle einer Cap sitzt ein blauer *Trilby* mit schmaler, beigefarbener Krempe auf seinem Kopf. Ich bin ganz hingerissen von diesem Hut, denn er verleiht Dannenberg einen dezenten Retro-Touch. Wenn er jetzt noch eine dickrandige Brille aufsetzte, sähe er aus wie einer dieser depressiven Schriftsteller aus den Dreißigern. Männer mit Brille finde ich ausgesprochen attraktiv. Ich sollte ihn bei Gelegenheit fragen, ob er nicht vielleicht eine Lesebrille besitzt.

»Danke, dass Sie gekommen sind. Aber ich wusste ja, dass ich mich auf Sie verlassen kann.« Er lächelt ein breites Sinatra-Lächeln und führt mich über den weitläufigen Platz auf die andere Seite des Hauses. Ich wünschte sehnlichst, dass meine Schwester Heidi diese Bemerkung hätte hören können. Ein Mann, der weiß, dass er sich auf mich verlassen kann! Hört sich das nicht wunderbar an? Ich bin eine zuverlässige Frau, eine Frau, ein Wort. Eine Frau zum Pferdestehlen, ein guter Kum... halt! Ein Kumpel will ich keinesfalls sein!

»Wohin gehen wir?«

»Wir gehen zum Hafen«, erklärt er. »Ich habe den Hafenmeister schon informiert. Die Brücke wird nur zur vollen Stunde geöffnet, deshalb müssen wir uns etwas beeilen.«

Hafenmeister? Wofür brauchen wir einen Hafenmeister? »Ich dachte, wir gehen golfen?«

»Das werden wir. Allerdings nicht hier.« Dannenberg nimmt mir ungefragt meine große Tasche ab, was mir ein bisschen peinlich ist, denn die ist nicht gerade leicht.

»Haben Sie einen längeren Aufenthalt geplant?«, fragt er, während er meine Tasche demonstrativ abwiegt. Eine ungeahnte Hitze steigt mir in den Kopf.

»Ich kenne Ihr Handicap schließlich nicht«, kontere ich, und reiße ihm verlegen die Handtasche aus der Hand. »Da kann ich nicht wissen, wie lange Sie für 18 Loch brauchen, und wollte auf alles vorbereitet sein.«

Dannenberg lacht. Wir gehen in den Bereich des Hafens, der genau hinter dem Kranhaus liegt. Und obwohl ich mich dazu zwinge, möglichst unbeeindruckt auszusehen, spüre ich, wie mein Unterkiefer herunterklappt, als wir an all den schnittigen Segelbooten und Yachten vorbeikommen. Ich sehe mich fragend um. Gibt es hier etwa auch einen Parkplatz? Ich finde das ein wenig seltsam. Wozu bitte benötigt man einen Parkplatz am Hafen? Als ob man die paar Meter bis zum Haus nicht auch zu Fuß gehen könnte.

»Wo steht denn Ihr Wagen?«, frage ich Dannenberg nun ganz direkt. »Ich dachte eigentlich, die Kranhäuser hätten eine Tiefgarage?«

»Bei diesem Wetter reizt es mich ehrlich gesagt nicht besonders, im Auto diverse Staus zu umfahren. Und der Golfplatz, auf dem das Turnier stattfindet, verfügt glücklicherweise über eine kleine private Anlegestelle. Wir nehmen das Boot.«

Ruckartig bleibe ich stehen, und mit einer bösen Vorahnung studiere ich die Aufschriften der einzelnen Boote auf gleicher Höhe. Ein winziges Paddelboot trägt den Namen »Viktoria«.

Es gibt echt viele Frauen und zahlreiche Orte und Dinge der Erde mit diesem Namen: Prinzessinnen, eine englische Königin, Fußballvereine, soweit ich weiß, sogar einen Asteroiden und einen Marskrater.

Und Dannenbergs Ex.

Wenn er mich jetzt also dazu bringen will, diese Viktoria zu betreten, dann fürchte ich, dass ich ihn im Stich lassen muss, und das wäre mir sehr unangenehm.

»Ich kann nicht segeln«, sage ich schnell, dann deute ich auf das Boot. »Und rudern kann ich schon gar nicht. Mir fehlen dazu auch die Muskeln. Wir werden also nicht weit kommen, wenn Sie das von mir erwarten. Allerhöchstens bis zur Severinsbrücke, und die ist gleich da vorn.«

Genauer gesagt ragt sie rund zwanzig Meter von uns entfernt über das Ende des Yachthafens. Wir würden, wenn es nach mir ginge, also nicht einmal den Liegeplatz verlassen.

»Sie halten es tatsächlich für möglich, dass ich Sie rudern lasse? Von hier bis nach Düsseldorf?«

Er sieht verstimmt aus. »Und das in dieser Nussschale?« Seine Stimme ist so ruhig wie der Pazifik. Er schüttelt den Kopf und geht weiter den Kai entlang.

»Selbstverständlich … nicht«, sage ich mit einer Stimme, der die Erleichterung deutlich anzuhören ist, und haste ihm hinterher. »Ich käme nie auf so eine verrückte Idee!« Demonstrativ zucke ich mit den Schultern. »Ich habe das Thema Rudern auch nur so ganz grundsätzlich angeschnitten. Falls es Sie interessiert.«

»Und falls es Sie interessiert –«, er bleibt abrupt stehen, »ich kann Rudern nicht ausstehen. Sie überschätzen mich, wenn Sie glauben, ich könnte gegen jeden Strom schwimmen.«

»Ich dachte, das tun Sie gerne. Zumindest medial«, necke ich ihn.

»Und ich dachte …« Dannenberg zögert. »Ich dachte, ich könnte in Ihnen lesen wie in einer Zeitschrift«, sagt er plötzlich. »Aber ich muss mein Urteil wohl revidieren.«

»In einer Zeitschrift?«

»In der Tat.«

»Und das können Sie nicht?«, freue ich mich.

Er schüttelt den Kopf. »Es ist leider die Horoskopseite. Da ist einfach alles offen. Und ich muss zugeben, ich glaube nicht an Horoskope.«

Er schiebt sich den *Trilby* aus der Stirn und steckt anschließend die Hände in die Hosentaschen. Sein Blick ist nicht anders als herzlich zu nennen, was mich überrascht.

»Nun?«, fragt er. »Welches ist es?«

»Was meinen Sie?«

»Sie sind doch kreativ und besitzen Einfühlungsvermögen. Suchen Sie das richtige Boot aus.«

»Ich soll eines aussuchen? Haben Sie denn mehrere?«

Sein Blick ist amüsiert. »Nein, nur eines. Und als kleiner Tipp: Es ist keine Yacht von fünfundzwanzig Metern Länge.«

»Wie lang denn dann?«

»Elf Komma acht«, gibt er zu.

Na gut, denke ich, so schwer kann das ja nicht sein. Ich laufe den Kai entlang. Er meint zwar, es wäre keine Yacht, aber mal ehrlich, elf Komma acht ist riesig! Das ist bestimmt größer als die Front unseres Mietshauses. Außerdem ist es größer als ein weißer Hai. Und jeder, der den Film gesehen hat, weiß, dass das einfach nur monströs ist!

Diese ganzen Boote nebeneinander haben aber was. Mehrere Segelboote recken ihre Masten in den wolkenlosen Himmel. Nicht alle Bootsrümpfe sind weiß, manche sind bunt lackiert, und so dümpeln rote, blaue und grüne Farbtupfen im Rheinwasser.

Mein Blick springt über die Decks, um die Größe abzuschätzen. »Bekomme ich noch einen weiteren Tipp?«, erkundige ich mich. »Nur wegen der Farbe.«

Dannenberg schüttelt den Kopf.

Okay, ich schaffe das auch so. Ich bin überzeugt davon, dass ich Dannenberg viel besser einschätzen kann, als er vermutet, und das hier ist schließlich nicht die Suche nach dem Heiligen Gral. Und ich bin nicht Indiana Jones. Entweder sein Boot ist eine uralte Schaluppe, die unter Denkmalschutz steht, oder es ist ein topmodernes Motorboot mit allen Annehmlichkeiten. Gegen ein Segelboot spricht ein dezenter Hang zur Muße, den ich Dannenberg unterstelle, und je länger ich die Reihe ablaufe und darüber nachdenke, umso sicherer bin ich mir. Bei einer schnittigen weißen Bavaria Sports Yacht bleibe ich stehen und freue mich diebisch, als ich den Namen des Bootes entdecke. Auf ihrem Rumpf steht nämlich in Kleinbuchstaben *myway*.

»Das war viel zu einfach«, winke ich lässig ab und versuche dabei, möglichst gelangweilt auszusehen. »Und? Was bekomme ich für meinen triumphalen Sieg?«

Dannenberg springt auf die breite Badeplattform, die am Heck angebracht ist. »Wie wäre es mit einem zweiten Frühstück?«

Ich nicke begeistert und nehme die Hand, die er mir reicht, um ihm zu folgen. Leider ist es die Linke, und ich habe ganz vergessen, dass ich diesen hässlichen Handschuh bereits trage, damit niemand meinen improvisierten Spickzettel sehen kann.

Dannenberg dreht ungläubig meine Hand hin und her. »Was um Himmels willen ist das?«

14

»Mein Golfhandschuh«, stammle ich verunsichert, nachdem ich sicher auf dem Boot stehe. »Das trägt man doch heute so, oder nicht?«

»Prinzipiell schon«, weicht er meiner Frage aus und lässt dann meine Hand fallen. Es ist offensichtlich, dass ihn sowohl Optik als auch Haptik meines Handschuhs irritieren. Aber etwas Besseres konnte ich mir halt nicht leisten. Ich verkaufe schließlich Blumen, keine Juwelen! Vielleicht sollte ich Dannenberg daran erinnern. Allerdings möchte ich nicht unbedingt das Thema »Einkommen« ansprechen, weil es zu den Smalk-Talk-Tabus gehört, die Judith mir diktiert hat. Genauso wie Sex, Religion, Implantate oder Idioten-Steigerungen, die mit »mega-« oder »ober-« beginnen. Und heute möchte ich einen besonders guten Eindruck hinterlassen.

»Mein letztes Golfspiel ist schon eine Weile her«, beginne ich vorsichtig. »Und den Handschuh halte ich seitdem in Ehren. Er hat mir damals megaviel Glück gebracht.«

Verdammt – schon der erste Patzer!

Ich plappere schnell weiter, denn Glück ist im Sport doch immer ein gutes Thema. Sind nicht alle Sportler abergläubisch? Wer weiß schon, ob Dannenberg vor diesem Turnier nicht extra den Frisörtermin abgesagt hat? Ich begutachte ihn genauer und werfe einen besonders prüfenden Blick auf seine Nasenspitze. Nicht einmal

Nasenhaare, denke ich erleichtert. Er sieht ziemlich genau so gepflegt aus wie bei unserer letzten Begegnung. Vielleicht ist er doch nicht abergläubisch, er glaubt schließlich auch nicht an Horoskope.

»Was die Etikette angeht, bin ich aber nicht ganz auf dem Laufenden«, gebe ich nun zu, während ich Dannenberg die wenigen Stufen nach oben folge. »Ist es schlimm, wenn ich zu einem Abschlag ein paar Minuten zu spät komme? Es kann ja sein, dass ich zwischendurch mal aufs Klo muss«, erkläre ich lapidar. Dann wird mir bewusst, dass ich laut »Klo« gesagt habe. Hoffentlich war das kein Tabuwort!

»Es gibt eine 5-Minuten-Regel. Sollten Sie also tatsächlich zu spät kommen, dann wird man gnädig sein und Ihnen höchstens einige Strafschläge anrechnen. Trotzdem gebietet es die Höflichkeit, pünktlich zu erscheinen.«

»WOW!«, kreische ich plötzlich auf, und Dannenberg zuckt zusammen. Ich habe mich gerade genauer umgesehen, und diese Yacht ist der Wahnsinn! Allein das viele dunkle Holz, das den Boden bedeckt, sieht umwerfend stilvoll aus. Und die Lederpolster in einem zarten Latte-macchiato-Ton laden direkt zum Sonnenbaden ein. (Warum zum Teufel habe ich keinen Bikini dabei?)

Ich muss mich zwingen, den Mund zu schließen, um nicht wie ein Mondkalb auszusehen.

»Wo wir gerade bei Etikette sind«, bemerkt Dannenberg trocken, »Ihr Gesichtsausdruck ist deutlich genug, sie müssen vor Begeisterung also nicht unbedingt aufschreien.«

»Ich schreie doch nicht!«, widerspreche ich.

»Ach nein?«

»Ich rede lediglich in Großbuchstaben.«

Einen kurzen Moment wirkt Dannenberg irritiert. Dann sagt er: »Also bitte unterlassen Sie es, sich in Großbuchstaben zu äußern.«

»Geht in Ordnung.« Ich nicke. »Keine Großbuchstaben! Keine Großbuchstaben!«

»Vielleicht benutzen Sie besser auch kein Ausrufezeichen«, fügt er noch hinzu. »Das Ausrufezeichen ist ein Prolet.«

»Das können Sie doch unmöglich gehört haben!«, empöre ich mich.

Jetzt lächelt Dannenberg milde. »Nicht nur das. Sie werden es nicht glauben, aber im Gegensatz zu den meisten Menschen, die es gewohnt sind, Smileys in ihre E-Mails zu tippen, verstehe ich sogar Ironie.«

Ich fühle mich ertappt.

Woher weiß Dannenberg, dass ich Smileys in meine E-Mails tippe? Ich habe das doch nie erwähnt! Und auf der Horoskopseite, die er in mir liest, kann das unmöglich stehen. Während ich darüber nachgrüble, löst Dannenberg das Tau vom Poller und startet anschließend den Motor. Im Schneckentempo tuckert das Boot vom Kai weg. Zu meinem Schrecken verlässt Dannenberg den Platz in seinem Cockpit, und ein wenig schwankend taste ich hinter mir nach dem breiten Sitz des Kopiloten. Er kann doch jetzt nicht einfach seinen Posten verlassen?

Voller Erleichterung sehe ich aber, dass er nur die zwei Fender aus dem Wasser zieht, die als Puffer zwischen Schiffsrumpf und Kaimauer gedient haben, und dann sofort zurückkehrt. Die Drehbrücke im typischen Kölner Grün wurde bereits vom Hafenmeister zur Seite geschwenkt und öffnet uns die Durchfahrt.

Wenige Minuten später rekele ich mich auf der breiten Sonnenliege, während Dannenberg die Yacht sicher über den Rhein manövriert. Ich knabbere an einem Stück Wassermelone, das er mir zum versprochenen zweiten Frühstück serviert hat. Dannenberg hat tatsächlich Obst auf seinem Boot. Und zwar nicht nur eine Sorte – er hat den halben Obststand auf dem Wochenmarkt leergekauft! Da sind Früchte dabei, die habe ich noch nie gesehen.

Schade, dass wir nicht einfach einen Ausflug machen. Die Aussicht, gleich Golf spielen zu müssen, macht mir nun doch ein bisschen Angst. Viel schöner wäre es doch, weiter ins Blaue zu fahren. An die Nordsee zum Beispiel oder ans Mittelmeer. Ich stelle mir vor, wie wir plauschend den ganzen Tag an Deck verbringen, bis die Sonne untergeht. Dannenberg würde mir nichts über seine Arbeit oder seine Familie erzählen, sondern von den Kleinigkeiten, die ihm wichtig sind. Davon, dass er zum Frühstück Rührei mit einem Schuss Milch zubereitet. Dass er im Auto mitsingt, wenn Frank Sinatra gespielt wird. Dass er im Hotel immer zuerst die Schokolade vom Nachttisch aufisst und auf der linken Seite des Doppelbetts schläft.

Leider kann ich diesem Tagtraum nicht lange frönen. Die Fahrt geht viel zu schnell zu Ende. Wir befahren einen schmalen Seitenarm und machen schließlich in einem kleinen Privathafen fest. Als ich den Golfkart sehe, der auf uns wartet, wird mir ganz mulmig zumute.

»Können wir vielleicht ein Codewort vereinbaren?« Panisch klammere ich mich an Dannenbergs Arm fest.

»Ein Codewort?« Er blinzelt und zieht sich gegen die Sonne den Trilby tiefer in die Stirn.

»Nur falls ich mal nicht weiß, was ich sagen soll, und

Ihre Hilfe brauche. Mit meiner Freundin Judith vereinbare ich immer ein Codewort. Sie werden es mir nicht glauben, aber das hat mir schon oft das Leben gerettet. Einmal waren wir im Römisch-Germanischen Museum, um uns das Dionysos-Mosaik anzusehen. Da hat sich so ein Kerl an meine Fersen geheftet. Zuerst fand ich ihn ja noch ganz nett, aber dann hat er angefangen, mir die Szenen des Alltagslebens auf den einzelnen Mosaikgebilden zu erklären, was tödlich langweilig war. Judith hat mich damals gerettet. Seitdem ist *Dionysos* unser Codewort für »Hilfe«.

»Der griechische Gott des Weines und der Freude?«

»So ist es.«

»Und der Fruchtbarkeit und Ekstase.«

Ich weiß, dass es mir nichts bedeuten sollte, aber diese Wörter aus Dannenbergs Mund zu hören lässt mich erröten.

»Sie kennen sich wohl damit aus, was?«, erkundige ich mich.

»Mit Ekstase?«

Himmel, jetzt wird mir ganz schön heiß. Die Sonne brennt aber auch verdammt hell hier am Rheinufer.

»Ich meine, mit griechischen Göttern.«

Dannenberg schüttelt den Kopf. »Damit kein bisschen.«

Wenn er nicht sofort aufhört, brauche ich ein Löschfahrzeug für mein Gesicht. Glücklicherweise nähern sich uns in diesem Moment einige Golfspieler mit ihren Caddys, und Dannenberg bedeutet mir, einzusteigen.

Ich bin so nervös, dass ich einfach ohne Unterbrechung weiterrede: »Und wenn Judith und ich auf Partys sind und uns nichts einfällt, worüber wir reden könnten, flüstern wir uns mathematische Formeln ins Ohr.«

Dannenberg lenkt den Wagen über die kurzgemähte Wiese. »Sind Sie gut in Mathe?«, erkundigt er sich.

»Mein Lieblingsfach in der Schule.«

»Wirklich?«

Sein ungläubiger Ton kränkt mich ein bisschen. »Ich war immer gut in Algebra. Das Rechnen mit einer Unbekannten hat mich zu Schulzeiten unglaublich fasziniert. Mathematik ist ein kreatives Fachgebiet. Man kann sich zum Beispiel die binomischen Formeln wunderbar merken, wenn man sie singt. Wollen Sie mal hören?«

»Nein danke.« Die Antwort kommt furchtbar schnell. »Und wozu sagen Sie sich gegenseitig Formeln ins Ohr?«

»Das ist doch ganz klar.« Verwundert schüttele ich den Kopf. »Wie sieht das denn aus, wenn alle sich gut unterhalten, und nur Ihnen fällt kein Gesprächsthema ein? Besonders unangenehm ist es, wenn Sie gerade von Ihrem Exfreund beobachtet werden. Mit den binomischen Formeln können Sie jedenfalls immer vortäuschen, sich königlich zu amüsieren.«

Dannenberg guckt stur nach vorn und antwortet nicht, aber ich sehe, wie seine Mundwinkel zucken.

Im nächsten Moment fahren wir bei einem Clubhaus vor. Hier sind überall Menschen in Golfklamotten. Und die Presse. Jede Menge Journalisten bevölkern den Rasen. Nicht nur als Spieler, sondern auch beruflich. Ich hoffe sehr, dass es am Charity-Charakter des Turniers liegt und nicht am Bauskandal. Vermutlich rechnet ohnehin niemand mit Dannenbergs Auftauchen, nachdem er angeblich fast im Sterben liegt.

Wir werden in eine Liste eingetragen, und Dannenberg reicht mir einen Ausweis, den ich vorzeigen muss. Außerdem stellt er mich offiziell als eine Redakteurin des *Reflex* vor. Ich wünschte, wir hätten darüber vorher gesprochen. Was um Himmels willen soll ich antworten, wenn mich jemand nach meinem Ressort fragt? Ich bezweifle nämlich, dass es ein Fachgebiet Blumen & Gestecke in einem Magazin gibt. Also werde ich höllisch aufpassen müssen, dass ich mich nicht verplappere. Überhaupt wundert es mich, dass es so viele Journalisten gibt, die Golf spielen. Als ich meine Verwunderung Dannenberg gegenüber äußere, erzählt er mir, dass alle zwei Jahre European Masters für Golf spielende Journalisten (EMGJ) stattfinden. Ich halte das für einen Witz.

»Sie sind ein wenig blass um die Nase«, stellt er nun fest. »Kann ich Sie denn für fünf Minuten allein lassen? Ich muss unsere Ausrüstung noch aus dem Clubhaus holen.«

Nein, auf keinen Fall! Mein erster Impuls ist, ihm das auch sofort zu sagen, aber ich würde mich damit total lächerlich machen. Was ist schon so schlimm daran, hier ein paar Minuten zu warten. So lange kann es ja nicht dauern, eine Tasche aus einem Schließfach zu bugsieren. Außerdem sehen die Leute hier eigentlich ganz nett aus. »Ist schon okay«, sage ich schnell, bevor er mir meine Panik anmerken kann. Sobald Dannenberg verschwunden ist, lasse ich meinen Blick schweifen. Diese Dame da in den pinkfarbenen Hosen, die nur zwei Meter entfernt von mir in einer kleinen Gruppe steht, sieht äußerst sportlich aus. Warum nur guckt sie mich mit so einem abfälligen Ausdruck in den Augen an? Unwillkürlich kontrolliere ich mein Outfit, da lässt mich eine Männerstimme plötzlich herumfahren.

»Guten Tag. Laurenz Schneider von *Solitary House.*« Er reicht mir seine Hand. Ich schlage überrumpelt ein und schaue in das grinsende Gesicht von Mats Hummels. Ojemine, es ist tatsächlich derselbe Typ, der mir auch schon auf der Pressekonferenz in der *Mall of Cologne* aufgefallen ist. Nur dass er hier wesentlich entspannter aussieht, weniger gestresst. Laurenz heißt er also.

»Emma Arend.«

»Von?« Seine Hand hält meine immer noch fest.

»Äh … vom Reflex.«

Eine Millisekunde sieht er verwundert aus. Aber der Moment ist so schnell vorüber, dass ich nicht einmal sagen kann, ob es Einbildung war. »Welches Ressort?«

Ich denke an Dannenbergs Worte und sage beinahe »Horoskope«, aber dann fällt mir siedend heiß ein, dass es im *Reflex* gar keine Rubrik mit Horoskopen gibt. Er wird mir wohl auch nicht abnehmen, dass ich Wirtschaftsjournalistin bin. »Ich schreibe für … eine Kolumne.«

»Ist ja interessant. Über welche Themen denn? Beautytrends?«

Nach diesem Kommentar beschließe ich spontan, dass ich Laurenz Schneider nicht leiden kann.

»Unsere Zielgruppe interessiert sich nicht für Beautytrends«, antworte ich pikiert. Der Typ hat echt keine Ahnung, mit wem er sich hier gerade anlegt! Ich lese den *Reflex* ungefähr seit meiner Geburt. (Also so ganz genau stimmt das nicht, denn es gibt ihn erst seit etwa sieben Jahren, aber ich lese ihn, seitdem er das erste Mal an unserem Kiosk verkauft wurde, und das ist auf jeden Fall verdammt lange her.) Und in der ganzen Geschichte des *Reflex* wurde eigentlich nie über Themen berichtet, die klassischen Frauenmagazinen zuzuordnen sind.

»Der Reflex ist eine Zeitschrift für Politik, Wirtschaft und kölsche Kultur.« Ich muss aufpassen, dass ich nicht gleich die Hände in die Hüften stemme und mit dem Fuß aufstampfe.

»Das klingt, als hätten Sie diesen Werbeslogan auswendig gelernt.« Laurenz Schneider lacht und zeigt seine weißen Zähne. (Ich wette, die hat er sich bleichen lassen. Das sieht so was von unecht aus.)

Dann fügt er noch hinzu: »Sie sind bestimmt Online-Redakteurin.«

Ist das jetzt eine Beleidigung? Ich bin mir jedenfalls nicht sicher, wie ich darauf reagieren soll. Sind Online-Redakteure etwa keine *richtigen* Journalisten? Doch bevor ich entscheiden kann, ob ich ihm vorsichtshalber vors Schienbein treten soll, winkt er aus der Gruppe vor uns ausgerechnet die Dame mit der pinkfarbenen Hose heran.

»Susanne, darf ich dir unsere Teampartnerin vorstellen? Das ist Emma Arend vom Reflex.«

Teampartnerin?

Die Angesprochene hebt leicht eine Hand, dann verabschiedet sie sich von ihren Gesprächspartnern und kommt zu uns herüberstolziert. Als wäre das *Green* ihr Laufsteg. Ich ärgere mich über mich selbst, dass ich ihr auch noch die erhoffte Aufmerksamkeit schenke und sie mit großen Augen anstarre. Und was soll der Quatsch mit der Teampartnerin? Woher will Laurenz Schneider das wissen?

»Hallo«, sagt Susanne und lässt eine schlaffe Hand in meine sinken. »Kennen wir uns nicht vom Presseball?«

»Kann ich mir nicht vorstellen«, raunze ich und frage mich gleichzeitig, warum es so lange dauert, bis Dannenberg zurückkommt. Er hat was von fünf Minuten gesagt. Anscheinend hat er kein Gespür dafür, wie lange fünf Minuten dauern und was in dieser Zeit alles passieren kann. Noch viel schlimmer finde ich allerdings den

Gedanken, was in den nächsten drei Stunden alles passieren könnte.

Denn mal realistisch betrachtet: Die ganze Titanic ist untergegangen in weniger als drei Stunden!

15

»Los, Emma.« Susanne klingt genervt. »Du fängst an.«

Dieses Golfspiel wird einfach nur grauenvoll. Es hat schon damit begonnen, dass mir Susanne (sie ist eine Kollegin von Laurenz Schneider und arbeitet ebenfalls für *Solitary House*, was nebenbei bemerkt ein absolut dämlicher Name für ein Magazin ist) das Tages-Du angeboten hat. Das TAGES-DU! Hat man so was schon gehört?

»Bis zum 18. Loch«, hat sie erklärt – nach dem Turnier werden wir uns wieder siezen – ist das nicht albern? Und als Dannenberg endlich zurückkommt, erwartet mich die nächste Überraschung. Es stellt sich nämlich heraus, dass er mit Laurenz nicht nur bekannt, sondern außerdem noch *befreundet* ist. Die ganze Fragerei, für welche Zeitung ich arbeite, war nur eine blöde Masche, um mich in Verlegenheit zu bringen. Er kennt Dannenberg, er kennt den *Reflex* und er wird auch ganz genau wissen, dass ich nicht wirklich für diesen arbeite. Ich wünschte, Dannenberg hätte mich besser darauf vorbereitet. Und weil er das nicht getan hat, bin ich ihm ein bisschen böse.

Soeben lasse ich meine Hand über das geliehene Golfbag kreisen und murmele vor mich hin. »Am besten nehme ich den Driver. Driver«, säusele ich. »Wo ist der Driver?«

Dannenberg ist derweil damit beschäftigt, mit seinem Busenfreund Laurenz Schneider zu fachsimpeln, und nimmt die hilfesuchenden Blicke, die ich ihm zuwerfe, gar nicht wahr.

Ich denke scharf nach. Ein Driver ist ein großer, dicker Klotz. Zumindest sah er in diesem *Wii-Spiel* verdammt knubbelig aus. Und weil ich jetzt etliche Meter überbrücken muss, erscheint mir das auch sinnig. Ich ziehe das Holz heraus, das mir am größten vorkommt, und stelle mich in Positur. Susanne gähnt.

Um möglichst professionell zu erscheinen, recke ich erst einmal meine Glieder. Man sollte schließlich niemals unaufgewärmt Sport treiben, das weiß doch jeder. Also fasse ich den Golfschläger an beiden Enden und schwinge ihn hin und her, wobei ich meine Arme überkreuze. Anschließend folgt der Rumpf-Twist. Ich halte den Schläger beidhändig hoch in die Luft und drehe meinen Oberkörper von rechts nach links.

»Was um Himmels willen machst du da?«, fährt mich Susanne an. Die beiden Männer, die sich bisher lässig auf ihren Schlägern abgestützt hatten, halten im Plaudern inne und starren mich an. Gemächlich lasse ich meine Arme sinken.

»Das ist der Rumpf-Twist«, erkläre ich und mache zum Abschluss schnell noch einige Schwungübungen ins Leere. »Zum Aufwärmen.«

Ist die denn blöd? Als ob man das nicht erkennen könnte!

»Der Rumpf-Twist?«, echot sie.

»Von den fünf Golf-Tibetern.« Ich betone jede Silbe, als würde ich mit einer Zweijährigen kommunizieren. »Das fördert die Beweglichkeit und entlastet die Lendenwirbelsäule.«

So stand es zumindest im Internet, und ich finde, das klingt äußerst einleuchtend. Allerdings frage ich mich nun, ob Susanne überhaupt schon einmal Golf gespielt hat, wenn sie nicht einmal die fünf Golf-Tibeter kennt!

»Machst du das jetzt vor jedem Loch?«

»Selbstverständlich nicht!« Innerlich verdrehe ich die Augen. Äußerlich aber verdrehe ich mir gerade das Kreuz. Ich stelle mich breitbeinig hin, als würde ich versuchen, während einer Busfahrt durch die Kölner City das Gleichgewicht zu halten. Mit beiden Händen umklammere ich den Griff des Schlägers. Dann bricht mir der Schweiß aus.

Ganz ruhig, Emma! Atme tief durch! Das hast du als Kind eine Million Mal gemacht, und heute bist du viel kräftiger als damals. Mit einem leisen Stöhnen unterdrücke ich die aufkommende Panik.

Jetzt oder nie!

Ich hole aus und schlage mit aller Kraft zu. Voller Erleichterung, weil ich es endlich hinter mich gebracht habe, suche ich den Himmel ab. Vor mir liegt ein unendliches Grün, über mir ein noch unendlicheres Blau, und dazwischen sehe ich in der Ferne einige Farbtupfer von unseren Konkurrenten, die sich nun sehr weit verteilt haben.

»Könnt ihr ihn sehen?«, frage ich meine Mitspieler atemlos. Ein *Hole-in-one* war das vielleicht nicht, aber ich bin mir ziemlich sicher, dass ich genug Schwung hatte, um den Hügel da in der Ferne überwunden zu haben.

»Klar und deutlich«, erwidert Dannenberg. Laurenz schnaubt bloß, und Susanne gibt ein erschrockenes Quieken von sich.

Unter dem Rand meiner Cap sehe ich jedenfalls nichts und schiebe sie ein wenig höher.

Dannenberg räuspert sich, bevor er zitiert: »Sieh, das Gute liegt so nah.« Er deutet vor meine Füße, wo der vermaledeite Golfball tatsächlich immer noch auf dem Stäbchen thront, das ich zuvor in die Erde gebohrt habe.

Okay, Emma. Das war nichts, ist aber noch lange kein Grund, jetzt in Schockstarre zu fallen. Mit einem strahlenden Lächeln lasse ich den Schläger hin und her pendeln. »Das war bloß ein … Übungsschlag.«

Susanne blickt mich ungläubig an.

Überraschenderweise kommt mir Laurenz Schneider zu Hilfe: »Das erinnert mich an Henry Cotton«, sagt er. »Kennt ihr den noch? Sir Henry Cotton? Er gehörte in den Dreißigern zur absoluten Weltspitze. Mit solchen Übungsschlägen hat er sich regelmäßig blutige Hände geholt.«

Blutige Hände? Ach du liebe Güte! Darauf bin ich aber nun gar nicht scharf. Und obwohl ich mich freue, dass Laurenz für mich in die Bresche gesprungen ist, kann ich ihn trotzdem nicht besser leiden.

Beim nächsten Schlag konzentriere ich mich deshalb mit aller Kraft auf den Ball. Mit meinem Starren brenne ich ihm beinahe ein Loch in den Kunststoff. Wenn ich ihn jetzt nicht treffe, muss allein die Energie aus meinem Blick ihn telekinetisch ins All befördern. Aber ich treffe – juchu!

Und nicht nur das! Nicht nur ich treffe den Ball, der Ball trifft obendrein noch ein Golfkart, das gerade über den Rasen rollt. Mit einem lauten *Klong* prallt er am Fahrzeug ab und kullert über das Gras.

Auweia. Gab es da nicht etwas, das man rufen musste, um andere Spieler zu warnen, die in der Nähe sind? Ich schiebe ein Stück von meinem Handschuh beiseite und schiele auf das Gekritzel, das durch meinen Angstschweiß verwischt und leider kaum mehr zu entziffern ist.

»FORE!«, rufe ich, bin mir aber nicht ganz sicher, ob es das richtige Wort war. Und im Grunde genommen kommt es auch ein wenig spät, denn der Golfcart ist abrupt stehengeblieben. Eine gutgekleidete ältere Dame steigt aus dem Wagen, ihr blondes Haar von einem Strohhut bedeckt. Ich halte den Atem an, als sie suchenden Blickes ihr Gefährt umrundet, und schiebe mich schnell hinter Susannes Rücken. In der Not könnte ich die Schuld vielleicht auf sie schieben.

»Nichts passiert!«, ruft die Fahrerin und winkt freundlich herüber.

Gott, was bin ich erleichtert! So eine nette, aparte Frau. Ich trete aus Susannes Schatten heraus und winke ebenso freundlich zurück, bevor ich ein »Tut mir sehr leid« hinterherschicke.

Da sagt Dannenberg neben mir: »Sie haben gerade meine Mutter angeschossen.«

»Das war Ihre Mutter?«

Dannenberg nickt und schweigt.

»Aber die ist ja furchtbar nett!«, sage ich verwundert.

»Haben Sie etwas anderes erwartet?« Er klingt erheitert. »Meine Mutter ist sogar äußerst großherzig und sieht gerne über die Fehler anderer hinweg. Ob sie allerdings ebenso großzügig ist, wenn man sie mit Golfbällen traktiert, wage ich nicht zu beurteilen. Übrigens ist sie die Botschafterin von PHU.«

»PHU?«

»*ProHeartUnited*, einer Organisation, die Spendengelder für herzkranke Kinder sammelt und an die auch die heutigen Start- und Preisgelder gehen.«

Mit dieser Erklärung schafft es Dannenberg tatsächlich, dass ich mich lausig fühle. Ich habe nämlich keine Ahnung gehabt, für was dieses Charity-Golfspiel eigentlich organisiert wurde. Auch wusste ich nicht, was *ProHeartUnited* macht. Genau genommen habe ich noch nie von PHU gehört. Und wenn ich ganz ehrlich bin, muss ich zugeben, dass ich es mit Abkürzungen nicht so habe. Ich weiß nicht einmal, wofür genau die Kürzel WHO oder NATO stehen. Oder OPEC. Oder OSZE. Oder ABS, was laut Erika der Lieferwagen, den ich beruflich nutze, eben *nicht* hat.

Es gibt so furchtbar viele Dinge, die ich nicht weiß. Normalerweise stört mich das nicht besonders. Aber einige Kleinigkeiten würde ich doch wirklich gerne wissen, traue mich aber nicht, jemanden danach zu fragen (obwohl ich tatsächlich schon überlegt habe, sie unter dem Pseudonym *Sophie (6)* an »Frag doch mal die Maus« zu schicken):

1. Gibt es den G-Punkt wirklich, und wenn ja, wer kennt seine Koordinaten?
2. Wenn täglich mehr als 14 000 000 000 Liter Rohöl aus unserer Erde gepumpt werden, womit wird dieses gigantische Loch dann aufgefüllt? Etwa mit Wasser? Sinkt dadurch der Meeresspiegel?
3. Ist es besser, dass das Leben keinen Sinn hat, als dass es einen Sinn hat, der mir nicht behagt?
4. Wird Heidi mir jemals verzeihen, dass ich ihr Kostüm vergessen habe?
5. Bin ich lesbisch, wenn ich mich selbst in einem aufreizenden Kleid sexy finde?

Dagegen gibt es eine ganze Reihe von Dingen, die ich weiß. Mehr noch: bei denen ich mir sogar hundertprozentig sicher bin, die perfekte Antwort zu kennen:

1. Macht Schokolade glücklich? (Antwort: Eindeutig ja!)
2. Ist Susannes Busen echt? (Antwort: Nie im Leben! Ich habe nämlich eben gesehen, dass sie keinen BH trägt. Ein Busen *made by nature* und in dieser Größe kann ohne BH niemals in einem solchen Winkel zum Brustkorb stehen. Das ist physikalisch nahezu unmöglich.)
3. Lohnt es sich, religiös zu sein? (Eindeutig ja, denn man weiß ja nie, wofür man es noch brauchen kann.)
4. Habe ich einen freien Willen? (Antwort: Leider nein. Mein Wille ist nicht gleich meiner Vernunft, sondern abhängig davon, was mein Bauch dazu sagt. Und mein Bauch sagt in den meisten Fällen - siehe Punkt 1 - Schokolade.)
5. Ist Dannenberg, der in diesem Moment den Ball abschlägt und bei seiner Hüftdrehung einen Blick auf einen Streifen dezent gebräunter Haut über seinem Hosenbund sehen lässt, der erotischste Mann, der mir jemals begegnet ist? Einschließlich Schauspieler JJ Feild, der mir natürlich noch nie live begegnet ist, dafür aber oft genug in meinen Träumen? (Antwort: Ja, verdammt!)

Das Spiel ist kein vollständiges Desaster. Auch wenn meine Körpersprache wenig dezent ist, sondern das ein oder andere Mal zum Megafon greift und ein undamenhaftes Ächzen von sich gibt. Loch zwei bis sechs schaffe ich gerade noch mit einem *Triple Bogey,* und danach wird es wenig besser, denn auch hier weiche ich von der Ideallinie ab. Susanne ist ein Ass in Golf, das muss ich ihr neidlos zugestehen. Dannenberg und Laurenz Schneider loben sie für ihren Schlag und nennen sie scherzhaft *Tiger*.

Während wir wieder unsere Golftaschen über das *Green* ziehen, um Laurenz und Susanne zu folgen, erkundige ich mich bei Dannenberg nach seiner Mutter.

»Hat sie sich nicht furchtbar erschreckt über die Berichterstattung gestern?«

Dannenberg ist es wohl unangenehm, darüber zu sprechen, denn er raunt mir nur ein »Wir haben telefoniert« zu. Sein Schritt ist aber langsamer geworden, sodass ich endlich mal zu Atem komme.

»Haben Sie ihr gesagt, dass es alles meine Schuld war? Ich meine, dass Kreuzbach überhaupt von Ihrem vermeintlichen Selbstmordversuch wusste?« Das auszusprechen fällt mir nicht gerade leicht. Es macht mir noch einmal bewusst, in welche Schwierigkeiten ich ihn gebracht habe, obwohl ich doch eigentlich nur helfen wollte.

»Ich war der Meinung, dass sie das nicht unbedingt wissen muss. Das ist schließlich eine Angelegenheit zwischen uns beiden.« Er wirft mir einen schnellen Blick zu.

Eine Angelegenheit zwischen uns beiden. Plötzlich wird mir ganz warm. Es klingt, als ob wir tatsächlich Verbündete wären. Obwohl ich nicht genau weiß, wohin mich diese Verbindung führen wird. Bisher hat mir Dannenberg auch mit keiner Geste zu verstehen gegeben, dass er an mir interessiert wäre. An mir persönlich, meine ich, nicht an Daisy.

»Sie hätten mir aber ruhig sagen können, dass dieser Laurenz Meyer Ihr Freund ist. Er hat mich ziemlich überrumpelt mit seiner Fragerei«, sage ich. »Gott sei Dank hat er mich nicht erkannt!«

Dannenberg bleibt so abrupt stehen, dass ich gegen seinen Trolley stoße. »Wieso erkannt? Haben Sie ihn denn schon einmal getroffen?« Sein Ton ist eindringlich, obwohl er nur flüstert.

»Na, auf der Pressekonferenz. Im ersten Moment dachte ich deshalb, dass ich nun erledigt bin, aber da wusste ich noch nicht, dass Sie beide so gut befreundet sind.«

»Einen Moment.« Dannenberg packt mich am Arm und zieht mich zu sich heran. Ich würde diese Intimität wahrlich genießen können, wenn er nicht so erschrocken aussähe. »Sind Sie ganz sicher, dass Laurenz dort war? Kann es nicht sein, dass Sie ihn verwechseln? Es muss doch von Journalisten nur so gewimmelt haben. Trug er ein Namensschild?«

»Nein, aber ich bin mir trotzdem ganz sicher.«

»Weshalb?«

Das ist mir jetzt ein bisschen unangenehm. Warum kann Dannenberg das nicht einfach so hinnehmen? Was ist daran überhaupt so weltbewegend? Laurenz ist schließlich auch Journalist, weshalb sollte er dann nicht zufällig mit Kreuzbach reden? Sehr intim reden … mh, so mit Kreuzbach reden, als wäre er einer von seinen vertrautesten Beratern …?

»Das ist nur wegen der WM«, platze ich heraus.

Dannenberg reißt sich den Trilby vom Kopf und fährt sich energisch durch das Haar. »Was zum Teufel soll das jetzt wieder bedeuten? Daisy«, fleht er, »sprechen Sie bitte nicht in Rätseln.«

Ich druckse herum. »Normalerweise kenne ich mich mit Fußballspielern nicht so gut aus. Aber wegen der WM war ich fast schon gezwungen, mich damit zu beschäftigen«, erkläre ich ihm. »Und Ihr Freund Laurenz ist Mats einfach wie aus dem Gesicht geschnitten. Er könnte locker sein Double geben, wenn Mats mal keine Lust hat, über den roten Teppich zu stolzieren.«

»Nun gut«, sagt er. »Aber wer bitte ist Mats? Und in welchem Verhältnis steht er zu Kreuzbach?«

In diesem Moment weiß ich nicht, was mich mehr verwundert: die Tatsache, dass hier wohl irgendein krummes Ding läuft, oder dass Dannenberg absolut keine Ahnung von Fußball hat. Und welche Frage sich mir ebenfalls nahtlos aufdrängt, ist, weshalb Viktoria einen Mann ziehen lässt, der keine Ahnung von Fußball hat. Diese Frau ist mir ein Rätsel.

»Mats Hummels«, raune ich. »Der Nationalspieler. Mit der Pressekonferenz hat das gar nichts zu tun. Mir ist Ihr Freund nur aufgefallen, weil er genauso aussieht wie ein Spieler unserer Nationalmannschaft, nichts weiter.«

Dannenbergs Verhalten kann ich nicht deuten. Er hat sich den Hut wieder auf den Kopf gesetzt und greift nach dem Griff seines Trolleys. Sein Gesichtsausdruck ist zumindest im Profil eher grimmig.

»Um was für eine Zeitschrift handelt es sich eigentlich bei *Solitary House*? Ich habe noch nie davon gehört«, gebe ich zu. »Ein Immobilienmagazin?«

»Das trifft es ziemlich genau«, antwortet er ausweichend. »Eine sogenannte Special-Interest-Zeitschrift. Erscheint zweimonatlich. Auflage liegt bei circa vierzigtausend.«

»Laurenz ist also nur ein kleiner Fisch?«

Dannenberg zuckt mit den Schultern. »Früher hat er eine andere Karriere angestrebt. Aber er ist ein erfahrener Redakteur. Ich fand es immer schade, dass ich ihn nie für den Reflex gewinnen konnte.«

»Aber im Vergleich zu Haifisch Dannenberg ist er ein Guppy, oder?«

Dannenberg ist weitermarschiert, weil unsere beiden Teamkollegen schon ungeduldig winken. Sein Schmunzeln kann er trotzdem nicht verbergen. »Ich ziehe es vor, auf diese Frage, die ohnehin eine rhetorische ist, nicht zu antworten.«

»Und ich ziehe es vor«, sage ich, Dannenbergs Tonfall kopierend, »aus dieser ausweichenden Antwort auf meine rhetorische Frage meine eigenen Schlüsse zu ziehen.«

Er lacht. »Ist Ihr Optimismus eigentlich angeboren?«, erkundigt er sich, als wir zu Susanne und Laurenz gehen.

Darüber muss ich kurz nachdenken, dann schüttele ich den Kopf. »Dafür braucht man Jahre!« Ich visiere den wartenden Golfball an und schlage ihn in einem hohen Bogen in genau die richtige Richtung. »Ebenso wie fürs Golfspiel.«

Wow, ist das cool! Ich habe nicht nur den perfekten Schlag abgeliefert, sondern gleichzeitig auch noch einen supertollen Spruch. Ich fühle mich einfach großartig. Solche Momente erlebt man normalerweise nur in einem Tagtraum. Aber jetzt bin ich ganz real und in jeder Hinsicht schlagfertig! Einen kurzen Augenblick sonne ich mich in der Wärme, die mir dieses Hochgefühl beschert. Dann sagt Susanne plötzlich:

»Das war mein Ball, den du da gerade weggeschossen hast.«

16

»Das kann nicht sein!« Ich schüttele vehement den Kopf, mein Zopf peitscht dabei hin und her. »Ich habe meinen Ball, äh, markiert.«

»Ach ja?« Susannes Busen bebt. Ich hätte nie gedacht, dass ich so etwas einmal im echten Leben zu sehen bekäme, aber in diesem Fall stimmt es. Sie holt tief Luft, und ein Zittern läuft durch ihren ganzen Körper. »Das ist ja wunderbar«, presst sie hervor, »denn ich habe *meinen* Ball ebenfalls markiert. Mit einem Kreuz.«

Mit einem Kreuz? Nicht mal ihre Initialen? Diese Frau ist wirklich bescheuert. Ich könnte wetten, dass jeder zweite Golfspieler ein Kreuz auf seine Bälle malt. Wie einfallslos ist das denn?

»Und ich habe ein Herz darauf gemalt«, verkünde ich. »Ein pulsierendes Herz.« Hah! Wenn sie das nicht umhaut, dann weiß ich nicht.

Ich nutze die Pause, in der Susanne entgeistert von einem zum anderen schaut, um verstohlen den Boden abzusuchen. Ein weiterer Ball liegt etwa zweieinhalb Meter von mir entfernt im Gras. Und dummerweise prangt auf ihm ein mit glänzend rotem Edding gemaltes pulsierendes Herz. Mir bleibt fast das eigene Herz stehen. Möglichst unauffällig schlendere ich in diese Richtung und stoße ein erschrockenes »Oh!« aus.

»Jetzt hat mich doch tatsächlich eine Mücke in den Fuß gestochen. Also diese Viecher! Ich verstehe nicht, weshalb der *Greenkeeper* nicht etwas gegen das Ungeziefer unternehmen kann. Ist das denn normal, dass man sich hier zerstechen lassen muss?«

Ich bücke mich und reibe mir demonstrativ den Knöchel. Als ich mich wieder aufrichte, habe ich den Ball bereits in den viel zu weiten Schaft meines Handschuhs gestopft.

Dannenbergs gehobene Augenbrauen ignorierend, schreite ich los.

»Dann laufen wir eben hin und sehen nach, wessen Ball es denn nun tatsächlich ist!«

Susanne lässt sich das nicht zweimal sagen. Blöderweise bin ich bereits etliche Meter gegangen, als mir bewusst wird, dass die Koordinaten auf einmal geändert wurden – Ich bin in die falsche Richtung gelaufen.

»Da ist er!«, ruft Susanne und deutet auf eine Stelle viel weiter rechts.

Ich schlage einen Haken und beschleunige meine Schritte. Keiner von uns will sich die Blöße geben und rennen, aber wir eilen im Stechschritt über die Wiese. Neben mir höre ich Susanne keuchen.

Dann lässt sie jede Etikette fahren und rennt los. Das ist mein Startschuss: In einem Affentempo spurte ich über den nächsten Hügel. Susanne dreht sich nach mir um. Sie reißt ihre Augen überrascht auf, als sie sieht, wie ich an ihr vorbeiziehe. Sofort wirft sie den Schläger fort, den sie bis dahin immer noch in der Hand gehalten hat.

Kopf an Kopf weichen wir einer Gruppe von Spielern aus. Der Ball ist nur noch wenige Meter entfernt.

Ich kann es schaffen! Ich sehe, wie Susanne kurz strauchelt. Das verschafft mir mehrere Sekunden Vorsprung.

»Fass ihn bloß nicht an!«, kreischt Susanne. »Du darfst ihn nicht anfassen!«

»Oh nein!«, rufe ich theatralisch aus. »Ich faha…halle!« Wie in Zeitlupe purzle ich über den Rasen und lande flach auf dem Bauch. Als Susanne mich erreicht, gebe ich ein Ächzen von mir.

»Wo ist der Ball?« Sie kreischt immer noch. »Sag bloß, du hast ihn weggestoßen?«

Einen kurzen Moment dauert es, bis genug Luft in meine Lungen geströmt ist, um eine Antwort zu japsen. »Ich glaube …«, keuche ich, »er ist unter mir.«

»Steh sofort auf!« Susanne sieht furchtbar wütend aus. Jetzt kommen auch Dannenberg und Laurenz Schneider immer näher, und mir wird ganz heiß. Mein Rock ist hochgerutscht und präsentiert den beiden mit Sicherheit einen hervorragenden Ausblick auf meine Unterwäsche. Susanne ist so außer sich, dass sie neben mir auf die Knie fällt und anfängt, an mir rumzuschieben.

»Ich weiß gar nicht, warum du dich so aufregst«, sage ich. »Wir spielen doch im selben Team.« Dann lasse ich mich von ihr vom Ball herunterrollen.

Ihr lautes Aufstöhnen durchbricht die Stille auf dem *Green*. »Wie hast du das gemacht?«, fragt sie. »Ich weiß genau, dass es mein Ball war, den du gespielt hast.« In den Händen hält sie mein pulsierendes Herz. Ich muss sagen, diese Zeichnung ist mir wirklich gut gelungen.

Und wenn ich es auch vermeiden möchte, mich selbst zu loben, so kann ich nur sagen: Das war ein 1A-Trick! Ich wette, das bekäme so schnell nicht einmal David Copperfield hin. Dafür schmerzt mir nun die Hüfte, und meine Knie sind mit Dreck und Gras beschmiert.

Dannenberg betrachtet mich nachdenklich, während ich versuche, mein in Unordnung geratenes Outfit zu sortieren. Laurenz Meyer beugt sich gleich fürsorglich zu mir herab.

»Darf ich Ihnen aufhelfen?« Er grinst spitzbübisch, und mir ist sofort klar, dass er auf meinen Po gestarrt haben muss. Ich kann seine helfende Hand schwerlich ablehnen, ohne unfreundlich zu sein. Er wird sogar so *hilfreich*, dass er anfängt, mir ein paar Grashalme von Schultern und Rücken zu klopfen. Unwillkürlich rücke ich von ihm ab.

»Nun, wo das geklärt ist«, beginnt Dannenberg nüchtern, »können wir unser Spiel vielleicht fortsetzen. Es liegen noch acht Löcher vor uns, und ich würde gerne damit abschließen, bevor der Rasen eingerollt wird. Meinen Sie, Sie können weiterspielen, oder sind Sie verletzt?« Er wirft mir einen zweifelnden Blick zu.

Ich? Verletzt? Pah, ich könnte Bäume ausreißen!

Aber Moment – war da nicht ein leichtes Zucken in seinem Augenwinkel? Kurzzeitig bin ich unschlüssig, aber dann geht mir auf, dass Dannenberg mir da gerade einen Rettungsring hingeworfen hat, den ich nur ergreifen muss.

Er ist ja so was von gut! Selbstverständlich bin ich verletzt. Und wie verletzt ich bin! Prompt reibe ich mir über die rechte Hüfte und verziehe das Gesicht.

»Ich befürchte, ich bin tatsächlich verletzt, ja.«

»Du siehst aber ganz gesund aus«, giftet Susanne mich an, die weiterhin fassungslos meinen Golfball betrachtet hat. »Mach jetzt bloß kein Theater, wir wollen schließlich ein Spiel gewinnen!«

Laurenz nickt. »Machen wir weiter.«

»Mit Prellungen sollte man vorsichtig sein.« Dannenbergs Miene ist undurchdringlich. »Im letzten Jahr hat sich Bernard Praetorius bei dieser Veranstaltung eine Prellung zugezogen, die anschließend auf die Größe eines Fußballs angeschwollen ist. Erst hieß es, er falle nur drei Monate aus, dann bestätigte sich, dass er in Frührente gehen musste.«

»Wer bitte ist Bernard Praetorius?«, fragt Susanne.

»Es wundert mich, dass du ihn nicht kennst«, gibt Dannenberg zurück. »Er hat ursprünglich beim *Guardian* gearbeitet und hin und wieder linksliberale Essays für die *Süddeutsche* geschrieben.«

»Ach ja, natürlich!« Susanne tut so, als ginge ihr gerade ein Licht auf. Doch zumindest für mich ist es offensichtlich, dass sie keine Ahnung hat, um wen es hier geht. Mir kommt der Verdacht, dass dieser Bernard Praetorius ebenso real ist wie mein Golf-Handicap, und ich zwinkere Dannenberg anerkennend zu. Das hätte ich ihm gar nicht zugetraut.

»Unsere Chancen auf einen Sieg sind dann aber gestorben.« Sie klingt trotzig.

»Ich denke, wir schaffen es auch ohne Emma, das wenigstens mit Anstand hinter uns zu bringen«, lässt sich Laurenz vernehmen.

»Davon bin ich überzeugt«, sagt Dannenberg. »Auf deinen Schlag kann man sich doch jederzeit verlassen, nicht wahr, Susanne?«

Sie knirscht mit den Zähnen, gibt dann aber ihren Widerstand auf, obwohl ich mir sicher bin, dass sie nur zu gern eine Chance erhalten hätte, sich für den geklauten Ball zu revanchieren.

Golfen ist eigentlich herrlich, denke ich nun, als ich einige Minuten später mit gewaschenen Knien (die Toilette im Club ist ein wahrer Edeltempel, es gibt sogar kleine eingepackte Seifen zum Mitnehmen) in einem schicken Korbsessel sitze, die Beine leger übereinandergeschlagen. Vor mir steht ein blutroter, alkoholfreier Cocktail mit einem Spieß exotischer Früchte. Ich schlürfe ihn durch einen Strohhalm und genieße die Sonne, die auf meine nackten Beine scheint. Vielleicht werde ich heute sogar noch braun.

Meinen Handschuh bin ich endlich losgeworden und empfinde die zarte Brise, die über die Hügel weht und meine Arme streift, als äußerst wohltuend. Von mir aus könnte dieses Spiel noch Stunden dauern. Die Aussicht, nach einem Sonnenbad hier auf der Terrasse auf Dannenbergs Boot zurückzufahren, ist auch nicht gerade unattraktiv. Ebenso wenig wie der blonde Jüngling, der in diesem Moment lässig an meinen Tisch geschlendert kommt, zwei Gläser mit einer champagnerfarbenen Flüssigkeit in der Hand.

»Darf ich mich zu Ihnen setzen?« Er lächelt ein aufgesetztes Reporterlächeln. »Ich komme auch nicht mit leeren Händen.«

Mit einer Handbewegung gebe ich ihm zu verstehen, dass er sich gerne auf dem anderen Stuhl breitmachen kann. Für ein Gespräch bin ich eigentlich viel zu erschöpft.

»Wenn Sie nicht von mir erwarten, dass ich Sie unterhalte, gerne.«

»Haben Sie nicht an dem Spiel teilgenommen? Ich dachte, ich hätte Sie eben im Team von Nils Dannenberg gesehen.«

Aha, daher weht der Wind!

Es ist nicht so, als wäre ich nicht gesellig. Überhaupt trage ich mein Herz viel zu häufig auf der Zungenspitze spazieren. Aber die Erfahrung, die ich mit Baulöwe Kreuzbach machen durfte, der mir mit seinem bärbeißigen Charme alle Geheimnisse entlockt hat, hat mich vorsichtig gemacht.

»Das war ich auch. Aber wie Sie sehen, habe ich mich verletzt.« Mit einer Leidensmiene deute ich auf mein Bein. Dummerweise sieht das so gar nicht verletzt aus. Das scheint meinem Gesprächspartner aber nicht weiter aufzufallen.

»Kennen Sie ihn gut? Ich meine Nils Dannenberg.« Er hat die Gläser abgestellt, ohne auch nur ein einziges Mal an seinem genippt zu haben. Betont gelangweilt inspiziert er seine Fingernägel.

Ein Schauspieler wird aus dem in diesem Leben nicht mehr! Ich wünschte, Judith könnte das sehen. Sie würde sich nicht mehr einkriegen wegen dieser miserablen Leistung.

»Sehr gut sogar«, erwidere ich und gähne. Damit wirke ich garantiert noch gelangweilter als er. »Aber Sie kenne ich nicht.«

»Ach, ich habe ganz vergessen, mich vorzustellen.« Er lacht hohl. »Andreas Schellbach.«

Ich beschließe in diesem Moment, dass es nicht schaden kann, ihn einfach auflaufen zu lassen. »Aha.«

Andreas zuckt bei meiner Antwort kurz zusammen. Verstohlen sieht er sich um. Ich könnte wetten, dass dahinten irgendwelche Zeitungskollegen von ihm stehen, die gerade genau beobachten, wie er Dannenbergs Begleitung intime Details entlockt. Na, die werden sich wundern! Das ist nämlich die Gelegenheit, meinen Fehler bei der Pressekonferenz wiedergutzumachen. Aus mir wird er nichts herauskriegen. Ich sage nämlich kein Wort, nicht ein einziges Wort!

Mehrmals versucht Andreas, mich mit schmeichelnden Worten weichzuklopfen. Erst macht er mir Komplimente über mein Outfit, danach erzählt er mir tatsächlich, dass er Dannenberg schon immer bewundert habe. Ich bleibe stumm und bin so verschlossen wie eine Tulpenknospe. Als er sich dann laut Gedanken darüber macht, wie es wohl um Dannenbergs Seelenheil bestellt sei, unterdrücke ich ein Zähneknirschen und beiße mich an meinem Strohhalm fest. Nach etwa einer halben Stunde bin ich ihn los.

Langsam füllt sich die Terrasse. Mehr und mehr Journalisten beenden ihr Spiel und sammeln sich zu einem Drink. Es werden überschäumende Sektkelche dargeboten und appetitlich aussehende Häppchen in den Farben des Golfvereins.

Ich meine, Dannenbergs Mutter an ihrem eleganten Strohhut wiederzuerkennen, die umringt von zahlreichen Gästen ein Interview gibt. Immer wieder schnippt ein Kameraobjektiv auf.

Schließlich treten die Siegerteams zur Preisverleihung an und werden ausufernd beklatscht. Wir sind immerhin auf Platz 9. Schecks werden vor die Kameras gehalten und an Dannenbergs Mutter überreicht, von der ich nun weiß, dass sie als Initiatorin und Botschafterin für PHU zuständig ist. Ich versuche, mir vorzustellen, wie meine Mutter sich wohl als Grand Dame der Wohltätigkeit machen würde, scheitere daran aber kläglich.

»Besonders freue ich mich, dass mein Sohn Nils heute ebenfalls für die gute Sache eingesprungen ist. Sie kennen ihn sicher nur als knallharten Journalisten, der wichtigen Menschen äußerst unbequeme Fragen stellt. Doch wenn es um *ProHeartUnited* geht, dann hat auch er ein weiches Herz.« Sie sagt *ProHeartUnited* und fasst sich dabei abwechselnd mit beiden Händen an ihre Brust und fügt dann bei »United« die Fingerspitzen zu einem Herz zusammen – eine Geste, die sie mit Sicherheit jahrelang einstudiert hat, die aber die Wirkung auf ihr Publikum nicht verfehlt. Alle stimmen in ihr Gelächter ein. Dannenberg sieht aber kein bisschen fröhlich aus. Ich wünschte, er würde sich mehr bemühen, aber sein Gesichtsausdruck ist eher gequält. Schon richtet der erste Journalist eine Frage an ihn:

»Herr Dannenberg, stimmt es, dass Sie gerade erst aus dem Krankenhaus entlassen worden sind? War das gegen den ärztlichen Rat? Sind Sie auf eigene Verantwortung gegangen?«

Von einem Moment auf den anderen weicht Dannenbergs genervter Gesichtsausdruck einer kühlen Fassade. »Bleiben wir doch bitte beim Thema«, sagt er knapp. Aber davon lässt sich der Reporter nicht abhalten. Es ist, als hätten alle nur auf die Gelegenheit gewartet, sich auf diese dumme Geschichte zu stürzen.

»Frau Dannenberg, wie war es für Sie, als Sie von dem Selbstmordversuch Ihres Sohnes gehört haben?«

»Wussten Sie, dass Ihr Sohn psychische Probleme hat?«

»Haben Sie insgeheim schon befürchtet, dass Ihr Sohn unter einem Burnout leidet?«

»Wie äußerte sich seine Depression? Gab es Warnsignale?«

Dannenbergs Mutter wirkt das erste Mal verunsichert. »Es … es gibt die erfreuliche Nachricht, dass für *ProHeartUnited*«, sie macht ihre typische Geste, »heute sage und schreibe fünfzigtausend Euro zusammengekommen sind. Ich denke, das ist für uns alle ein Grund, zu feiern.«

»Wie erklären Sie sich, dass Sie gar nichts von den Problemen Ihres Sohnes bemerkt haben? Waren Sie zu sehr mit Ihren eigenen Angelegenheiten beschäftigt?«

»Entschuldigen Sie bitte, aber mein Sohn ist zweiunddreißig.« Sie schüttelt den Kopf und versucht tapfer, die große Pappe mit dem abgebildeten Scheck in die Höhe zu halten. »Fünfzigtausend Euro, die den Kindern zugutekommen werden, die einen schweren Start hatten und bereits mit einem Herzfehler auf die Welt gekommen sind. Wir von *ProHeartUnited* bedanken uns bei allen Beteiligten für ihr Engagement und vor allem bei den noblen Spendern, die so großzügig ihr Herz für Kinder unter Beweis gestellt haben.« Sie versucht, sich aus der immer aufdringlicher werdenden Menge zu befreien, aber es gibt kein Durchkommen. Dannenberg ist zur Salzsäule erstarrt. Dass man seine Mutter so belästigt, scheint ihn vor den Kopf gestoßen zu haben.

»Herr Dannenberg, machen Sie Ihrer Mutter Vorwürfe, dass sie so wenig Zeit für Sie hatte, als Sie ein Kind waren?«

»Was erwarten Sie nun von Ihrer Familie?«

»Gibt es irgendetwas, was Sie dazu sagen möchten?«

»Ja.« Dannenberg ist immer noch wie gelähmt, aber dieses Wort ist aus ihm herausgebrochen. Die Fragesteller verstummen auf der Stelle. Ein Mikrofon wird in seine Richtung gehalten. Selbst die Kellner hören auf, mit den Gläsern zu klirren.

Dannenberg sieht sich suchend um. Dann sagt er nur ein Wort:

»Dionysos.«

17

Er meint mich! Mit Dionysos meint Dannenberg mich! Ich bin so überrascht, dass ich mir fast den Obstspieß meines Cocktails in den Rachen pikse. Dannenberg braucht meine Hilfe!

Es ist, als würden sich in diesem Augenblick meine Gehirnzellen auf Knopfdruck teilen. In Millisekunden sprießen neue Synapsen und verknüpfen sich zu einem einzigen berauschenden Gedanken: Dannenberg braucht mich!

Ich schieße aus meinem Sitz hoch, als hätte ich in einem Ameisenhaufen gesessen, dabei werfe ich mein Cocktailglas um, aber das hatte ich glücklicherweise ohnehin schon geleert. Zwar habe ich keine Ahnung, was Dannenberg nun genau von mir erwartet, trotzdem pirsche ich mich von hinten an die Journalisten heran, die Mutter und Sohn in einer Traube umfangen. Die Gespräche wurden wieder aufgenommen, weil Dannenberg keine Anstalten macht, weiterzureden. Ich wette, das ist das erste Mal in seinem Leben, dass er schlicht und einfach sprachlos ist. Ich höre getuschelte Fragen nach Dionysos.

»War das nicht irgendein Gott?«

»Ist das eine Metapher?«

»Was will er uns damit sagen?«

»Scheiße, soll das jetzt irgendwas Philosophisches werden?«

Den jungen Mann, der diese forsche Frage gestellt hat,

kann ich in seiner Verzweiflung gut verstehen. So ist das eben, wenn man nicht eingeweiht ist. Aber *ich* bin eingeweiht, freue ich mich.

»Kann ich mal bitte durch?« Energisch zwänge ich mich in die Gruppe hinein und ramme dem ein oder anderen meinen Ellbogen in die Seite. Jetzt ist nicht der Augenblick, um hasenherzig zu sein. »Ich muss da vorne hin, entschuldigen Sie bitte!«

Jemand tritt mir auf den Fuß. Ein anderer streift meine Brust, aber in diesem Moment darf ich mich nicht damit aufhalten.

»Verzeihung!«, rufe ich nach vorne. Endlich stoße ich zu Dannenberg durch. Geschätzte hundertsechzig Augenpaare sind auf mich gerichtet. Das Dumme ist: Ich weiß immer noch nicht, was ich nun tun soll, um Dannenberg und seine Mutter aus dieser misslichen Lage zu befreien. Ich könnte Feuer rufen, aber das würde sich sicher schnell als Lüge erweisen. Ich kann auch schlecht sagen, dass Dannenberg nun dringend seinen Flieger erreichen muss, und ihn mit mir zerren – das kam bei *Wetten dass …!?* schon immer ziemlich schlecht an. Außerdem bin ich, verdammt noch mal, nicht Superwoman! In meinem Kopf rattert es: Was würde Dannenberg in so einer Situation tun?

Als ich mit der Polizei vor seiner Tür stand, hat er mich Liebling genannt … Was ich letztendlich von mir gebe, ist allein dem Druck geschuldet, unter dem ich stehe. Und was unter Druck entsteht, sind nicht immer Diamanten. »Entschuldige, Liebling, dass ich zu spät komme!«

Sowohl Dannenberg und seine Mutter als auch der Rest der anwesenden Journalisten, Golfer und Kellner starren mich überrascht an. Los Emma, lass dich davon bloß nicht aufhalten! Jetzt oder nie!

Ich hake mich bei Dannenberg ein und drücke ihm einen Kuss auf die Wange. »Hast du es schon verkündet?«, frage ich mit unschuldigem Augenaufschlag. Jetzt ist mir die Aufmerksamkeit aller Anwesenden gewiss.

In Dannenbergs Augen spiegelt sich leichte Panik wider. »Du meinst das mit …« Er stockt.

»Genau, Liebling. Das mit …«

Sag was, Emma! Sag was!

»… deiner *Spende* für *ProHeartUnited.*« Ich kann einfach nicht anders. Während ich das sage, imitiere ich diese bescheuerte Geste seiner Mutter und forme meine Hände zu einem Herz. Dannenberg stößt neben mir ein erleichtertes Schnaufen aus. Was hat er denn erwartet, das ich sage? Und wie viel Geld war noch mal an Spendengeldern zusammengekommen? Ich wende mich an die Menge:

»Weil wir gerade so überaus glücklich sind«, ich überlasse den Journalisten, was sie darunter verstehen mögen, »haben Nils und ich beschlossen, dass wir dieselbe Summe, die bei dieser Veranstaltung zusammenkommt, ebenfalls für *ProHeartUnited* spenden. Wenn zwei Menschen sich im siebten Himmel befinden, dann ist es nur recht und billig, auch andere, weniger Glückliche, daran teilhaben zu lassen, nicht wahr, Liebling?« Das Ganze unterstütze ich mit einem flatternden Augenaufschlag.

Fotos werden geschossen, und ein lautes Gemurmel arbeitet sich durch die Reihen der Zuhörer. Und bevor noch irgendwer dumme Fragen stellen kann, bitte ich darum, dass man uns nun entschuldige.

»Sie werden sicher verstehen, dass wir wenig Zeit haben, denn wir müssen unseren Flieger erreichen!« Oh Gott, jetzt habe ich es doch gesagt! Nie, nie wieder kann ich Dannenberg in die Augen sehen. Geschweige denn seiner Mutter.

»Wir überlassen Sie dann dem Büffet«, füge ich gönnerhaft hinzu. »Ich glaube, ich habe da irgendwo Kaviar gesehen.« Als wäre das ein Startschuss, löst sich die Gruppe auf, und ein lautes Geschnatter beginnt. Wenn es ums Essen geht, sind die meisten Menschen wie Tiere.

Dannenbergs Hand liegt in meiner, und wir bahnen uns einen Weg durch das Gewusel. Was auch immer die Leute von diesem Auftritt halten mögen, so schlimm kann er nicht gewesen sein, denn mehrere sprechen uns unterwegs ihre Glückwünsche aus. Wofür auch immer. Je weiter wir uns entfernen, umso euphorischer werde ich. Das habe ich doch ganz gut hingekriegt. Ich habe Dannenberg gerettet!

Als könnte Dannenberg meine Gedanken lesen, sagt er nun:

»Sie haben mich gerade fünfzigtausend Euro gekostet.«

Wie bitte? Ich muss mich wohl verhört haben. Die Leute haben doch wohl nicht solche Unsummen gespendet! Oder doch?

»Äh«, mache ich. »Wirklich?«

Er nickt stumm.

»Oh mein Gott!«, stoße ich hervor. »Aber aus der Nummer kommen Sie doch bestimmt wieder raus. Es wird doch wohl niemand nachprüfen, ob Sie das Geld tatsächlich spenden, oder?«

»Darauf können Sie Gift nehmen«, erwidert er, klingt dabei aber gar nicht so böse, wie man es erwarten könnte. »Sie kennen meine Mutter nicht.«

»Es tut mir leid. Mir ist auf die Schnelle einfach nichts Besseres eingefallen.«

Mit einem Augenzwinkern bemerkt Dannenberg: »Es ist ganz erstaunlich, was Sie in wenigen Minuten bewirken können, wenn man Ihnen ein Mikro in die Hand gibt.«

Ich schäme mich in Grund und Boden und sage: »Ich hatte gar kein Mikro.«

»Stimmt.« Dannenberg seufzt.

»So ein Mist«, sage ich zerknirscht. »Kann ich das irgendwie wiedergutmachen? Ich würde Ihnen ja einen Teil beisteuern, aber ehrlich gesagt, momentan sieht es bei mir nicht so rosig aus. Wenn Ihnen fünfzig Euro weiterhelfen …?« Ich lasse das mal so stehen. Ich könnte ihn vielleicht als Trost zum Essen einladen, nur befürchte ich, dass ich mir das Lokal, welches ihm gefallen würde, nicht leisten kann.

Verunsichert, weil er gar nichts sagt, konzentriere ich mich allein darauf, wie sich seine Hand in meiner anfühlt. Es ist vielleicht blöd, aber insgeheim hoffe ich, dass er sie nicht gar so schnell wieder wegzieht.

Kaum habe ich das gedacht, lockern sich seine Finger. Er hebt meine Hand und bleibt stehen. Hat er etwa die ganze Zeit versucht, seinen Ärger zurückzuhalten? Wird er jetzt ausflippen? Ich halte den Atem an.

Dannenbergs Lippen bewegen sich lautlos. Er hat die Notizen auf meinem Handrücken entdeckt und entziffert die Golf-Vokabeln, während sich seine Augen weiten. Kurz darauf schiebt er sich den Trilby aus der Stirn. Und dann lacht er. Und wie! Er hört gar nicht mehr auf. Ich hätte nie gedacht, dass Dannenberg so jungenhaft lachen kann. Es reißt mich zwangsläufig mit. Man kann einfach nicht ernst bleiben, wenn ein Mann wie er bebt vor Gelächter. Ich fange ganz automatisch an lozugackern und berge mein Gesicht an seiner Schulter.

»Daisy, Sie sind einmalig.« Er wischt sich eine Lachträne aus dem Auge. Mir wird ganz warm ums Herz, weil ich die Vibration seines Körpers an meiner Wange spüre. Wenn er bloß nicht immer Daisy zu mir sagen würde. Kann er sich denn nicht einmal meinen Namen merken? Oder ist es ihm völlig egal, wie ich heiße?

Leider geht Dannenberg für meinen Geschmack viel zu schnell wieder auf Abstand. Ich bin zwar unheimlich erleichtert, dass er mir das mit der Spende nicht übelnimmt, halte es aber auch für möglich, dass ihn das Geld relativ kaltlässt. Vielleicht bedeutet ihm das nicht so viel. Vielleicht kümmert es ihn kein bisschen, dass er fünfzigtausend Euro zahlen muss. Man muss sich nur mal ausrechnen, was er allein für seine Klamotten ausgibt. Er hat sich bestimmt noch nie von seiner Mutter fünfhundert Euro leihen müssen. Dieser Gedanke beschämt mich. Mit meinen sechsundzwanzig Jahren habe ich es immer noch nicht geschafft, vollständig auf eigenen Füßen zu stehen. In meinem Alter hatte Dannenberg bereits sein Studium beendet, für verschiedene Zeitungen gearbeitet und sein eigenes Magazin gegründet. In einem Porträt über ihn habe ich gelesen, dass er in der zehnten Klasse einen Debattierclub gegründet hat, nachdem Jacques Chirac erneut Atombombentests auf dem Mururoa-Atoll hatte durchführen lassen. Als ich in der zehnten Klasse war, habe ich mit Judith höchstens darüber debattiert, ob Enthaarungscreme praktischer für die Beine ist als Kaltwachs oder ob wir uns an der Stelle von Bridget Jones für Hugh Grant oder Colin Firth entschieden hätten. (Judith war für Hugh Grant, was ich bis heute nicht verstehen kann, denn Colin Firth war in diesem Film immerhin Anwalt für Menschenrechte. Das heißt, er *hilft* Menschen!)

Überhaupt wird mir gerade bewusst, wie verrückt es ist, dass ich mit einem lachenden Dannenberg über die Wiese zu seiner Motoryacht laufe. Er ist so … politisch, und ich habe mir noch nie ein Parteiprogramm durchgelesen. Okay, ich lese regelmäßig den *Reflex*, aber eigentlich hauptsächlich, damit ich ab und zu deren Meinung als meine eigene ausgeben kann. Ich gehe zwar wählen, aber ich würde nie jemanden wählen (verraten Sie das bitte niemandem), der auf seinem Wahlplakat optisch irgendwie blöd rüberkommt.

Dannenberg lebt in einer ganz anderen Welt als ich. Seine Welt ist die der Reichen und Wichtigen. Meine Welt ist dagegen einfach nur unbedeutend. Ich kann nicht einmal nachvollziehen, was für Probleme ihn bei seiner Arbeit wohl bewegen. Neulich hat er zum Beispiel einen Artikel geschrieben über die »Schwierigkeit, die Dünkel der Tradition der *gedruckten* Medien mit der Arroganz des Fortschritts der *digitalen* Medien zu versöhnen«. Ich habe kaum ein Wort davon verstanden. Ich könnte ihm dafür etwas darüber erzählen, wie schwierig es ist, *Que Sera, Sera* zu singen, wenn einen dabei eine Horde tätowierter Rocker beobachtet.

Je näher wir seiner Yacht kommen, umso ernüchterter werde ich. Als Dannenberg den Motor startet, weht mir der auffrischende Wind die zerzausten Haare ins Gesicht. Dannenberg ist furchtbar aufmerksam. Weil meine Cap wegzufliegen droht, holt er mir aus der Kajüte ein zauberhaftes Seidentuch von Hermès. Wem dieses Tuch ursprünglich gehört hat, frage ich besser nicht und binde es mir schnell um den Kopf. Ich kann nur ernsthaft hoffen, dass ich damit aussehe wie Grace Kelly, auch wenn ich mich gerade eher fühle wie Tante Erna.

18

Bereits im Hausflur wabert mir der Geruch von Burgern entgegen. Mit Wehmut denke ich an die leckeren Häppchen, die ich auf dem Golfplatz unangetastet zurückgelassen habe. Aber immerhin: Michi hat tatsächlich eingekauft und gekocht! Dass er nur seine üblichen Burger gebraten hat, sollte mich nicht stören, denn zumindest sind sie bereits fertig.

Als ich den Schlüssel im Schloss herumdrehe, höre ich allerdings etwas anderes, was sogleich dunkle Vorahnungen in mir weckt: Andreas Bourani singt dröhnend seinen WM-Song *Auf uns* in unserem Wohnzimmer. Die Haustür lässt sich kaum öffnen, weil ein Berg Schuhe davorsteht, den ich mit der Tür nach innen schiebe. Das können unmöglich alles Schuhe von Michi sein, und der Geruch weckt in mir den Wunsch, Michis Gäste hätten sie anbehalten.

Ich bin, gelinde gesagt, überrascht. Michi hat mit keinem Wort erwähnt, dass der dicke Dirk und Idioten-Ingo heute Abend kommen wollten. Was würde ich dafür geben, mich jetzt ungestört in die Badewanne legen zu können und dabei leise plätschernde Musik zu hören. Stattdessen lausche ich dem Klang von Bierflaschen, die aneinandergestoßen werden.

»Hi Emma!« Ingo grinst mich an, während Dirk nur ein dumpfes Grunzen von sich gibt, weil er gerade einen Riesenbissen zerkaut.

»Wie siehst du denn aus?« Michi verschluckt sich fast an seinem Kölsch. »Bist du unter die Marktfrauen gegangen?«

Ach du Schande! Ich habe tatsächlich immer noch das Tuch auf dem Kopf, das Dannenberg mir geliehen hat. Schnell knüpfe ich den Knoten auf und reiße es mir herunter. »Die Sonne«, improvisiere ich. »Ich glaube, ich habe mir einen leichten Sonnenstich geholt. Wieso bist du überhaupt schon zu Hause? Seid ihr schon fertig mit euren … Bäumen?«

»Silberlinden.« Michi nimmt einen Schluck aus seiner Flasche und unterdrückt einen Rülpser. »Jep. Der alte Grewels hat uns nach Hause geschickt. Heute spielt Griechenland gegen Kolumbien. Wir sind für den Underdog.«

»Aha.«

»Du hast doch bestimmt noch nicht gegessen, oder? Ich habe dir extra frische Tomaten und Salat für deinen Burger geholt, so magst du ihn doch am liebsten. Hey, Dirk, gibst du Emma mal die Colaflasche?«

Dirk schluckt mühsam seinen dicken Fleischballen hinunter. »Klar. Wenn sie unbedingt will.«

»Lass nur«, winke ich ab. »Ich möchte eigentlich gar nichts.« Auch wenn es lieb von Michi ist, dass er an mich gedacht hat, bei diesem Anblick vergeht mir der Appetit. Alle drei tragen Schlabberklamotten und Tennissocken. Ein Teil des Ketchups muss auf dem Weg vom Teller zum Mund auf dem Sofa zwischengelandet sein, denn ich sehe frische Tomatenflecken auf dem beigefarbenen Stoff.

»Cooler Rock!«, lässt sich Ingo vernehmen.

»Ja, sehr cool, Emma! Schschscht, guckt euch das Stadion von *Belo Horizonte* an – das sieht total geil aus!«

Der Abend verspricht zumindest mir kein bisschen *Belo Horizonte*, das ist mir jetzt bereits klar.

»Nur zu eurer Information: Ich gehe baden. Michi, du weißt ja, dass der Schlüssel von der Badezimmertür fehlt. Kannst du bitte aufpassen …?« Ich lasse den Satz unbeendet, und Michi gibt nur ein abwimmelndes »Jaja« von sich.

Na wunderbar! Wenn man einen harten Tag hinter sich hatte, kann man sich sicher sein, dass er im Fußball seinen krönenden Abschluss finden wird. Meine Laune, die – so dachte ich – bereits ihren maximalen Tiefpunkt erreicht hat, sinkt noch ein Stückchen tiefer. Hoffentlich kann mir eine ordentliche Ladung Badeschaum da wieder raushelfen.

Wenige Minuten später strecke ich meine müden Beine wohlig seufzend im heißen Wasser aus. Meine Hüfte schmerzt tatsächlich immer noch ein wenig. Träumend nehme ich das Hermès-Tuch auf, das ich neben mir auf der Waschmaschine abgelegt habe, und lasse die zarte Seide durch meine Finger gleiten. Es wäre wohl ziemlich idiotisch, anzunehmen, dass es Dannenbergs Mutter gehört hat. Ich schnuppere daran, aber es riecht nur leicht nach Waschpulver. Und eigentlich ist es auch völlig egal, weil ich sowieso kein Interesse an Dannenberg habe – ich habe schließlich Michi! Dannenberg würde auch gar nicht zu mir passen. Er ist viel zu seriös und intellektuell. Die Erinnerung daran, wie schön es war, gemeinsam mit ihm zu lachen, verdränge ich. Michi passt viel besser zu mir. Wir lachen eigentlich ständig miteinander! Erst neulich, als wir gemeinsam … also als Michi mit seinen Kumpels … ach, was soll's, mir fällt gerade keine Situation ein, bei der wir zuletzt zusammen herzhaft gelacht haben. Lachen ist in einer Beziehung eigentlich auch gar nicht so wichtig. Das Wichtigste ist, dass man sich, egal was passiert, verzeihen kann! Und Michi kann sehr gut verzeihen. Er ist kein bisschen nachtragend. Ob Michi allerdings so cool reagiert hätte wie Dannenberg, wenn ich ihn zu einer Spende von fünfzigtausend Euro verdonnert hätte, wage ich zu bezweifeln. Bei dem Gedanken daran wird mir jetzt noch ganz heiß im Gesicht. Wie gelassen Dannenberg geblieben ist! Ich wünschte wirklich, dass Michi auch ein wenig mehr Gelassenheit an den Tag legen würde. Und sich weniger für Fußball interessierte. Mir fallen noch hundert andere Dinge ein, die ich mir von Michi wünsche. Zum Beispiel, dass er …

- beim Sex nicht in den Spiegel schaut
- Idioten-Ingo und den dicken Dirk zum Mond schießt
- an meinem Geburtstag daran denkt, dass ich Orchideen nicht ausstehen kann
- an meinen Geburtstag denkt

Aber wie gesagt, ich kann mich immer auf ihn verlassen. Er ist vielleicht nicht so ein aufmerksamer Charakter wie Nils Dannenberg, aber wenn es drauf ankommt, dann …

Im selben Moment, in dem ich händeringend nach einer Situation in der Vergangenheit forsche, bei der ich mich auf Michi so richtig verlassen konnte, wird die Badezimmertür aufgerissen, und der Dicke-Dirk stolpert herein. Ich bin so geschockt, dass ich nicht einmal aufkreische, sondern nur leise quieke und hektisch die Schaumberge über meine Brüste schaufle.

»Tschuldige, Emma.« Dirk wankt zum Klo und reißt den Deckel auf. »Ich halte es nicht mehr aus.«

»Raus hier!«, schreie ich ihn an, aber Dirk macht keine Anstalten, dem nachzukommen. Er zerrt am Gummibund seiner Hose.

»MICHI!«, schreie ich. Aber auf den kann ich wohl lange warten, wenn das Griechenland-Spiel bereits läuft.

»Wage es nicht, *ihn* hier drinnen auszupacken, wenn ich in der Wanne liege! Raus!«

»Dauert nur ein paar Sekündchen«, beschwichtigt Dirk. Und schon plätschert es in die Kloschüssel.

Ich halte die Luft an und tauche unter Wasser. Das darf doch alles nicht wahr sein! Wieso hat Michi ihn nicht daran gehindert? Das ist so was von ... rücksichtslos. Ich pruste und spucke, als ich wieder an die Oberfläche komme. Gott sei Dank ist Dirk schon fertig. Er knallt im selben Moment die Tür zu, in der ich die Augen wieder aufreiße. Den Klodeckel hat er oben gelassen, und Spülung habe ich auch keine gehört. Ich könnte ausflippen.

Allerdings weiß ich genau, dass es absolut sinnlos ist, meine Wut zum Ausdruck zu bringen, denn Michi würde es nicht verstehen. Er wird höchstens sagen, dass er nicht weiß, warum ich mich so aufrege, es würde mir schon niemand etwas weggucken. Das lässt mein Blut aber erst richtig hochkochen. Ich springe aus der Wanne und reiße das Handtuch vom Haken. Im Schlafzimmer lasse ich mich samt Badetuch auf das Bett fallen und ziehe mir die Decke über den Kopf. Ich bin wütend und hungrig, und außerdem habe ich niemanden, dem ich von meinem Tag im Allgemeinen und diesem Desaster im Besonderen erzählen kann. Judith ist heute Abend mit Norbert bei seinen Eltern eingeladen, und meine Mutter kann ich schon gar nicht anrufen. Heidi würde sich höchstens darüber aufregen, dass ich, was das Golfen betrifft, gelogen bzw. ein wenig geschwindelt habe.

Weil es draußen immer noch hell ist und ich schlecht jetzt schon schlafen gehen kann, wenn ich nicht um halb vier am nächsten Morgen aufwachen möchte, greife ich nach dem *Reflex*, der auf meinem Nachttisch liegt. Es ist keine aktuelle Ausgabe, sondern eine, die schon einige Wochen alt ist. Ich blättere durch die Seiten, bis ich irgendwo unter einer Überschrift Dannenbergs Namen lese. Ich möchte so gerne wissen, was ihn beschäftigt. Worüber denkt er nach, wenn er sich nicht dem Weltgeschehen oder kommunaler Finanzpolitik widmet?

Der Artikel geht über vier Seiten und ist eine Art Dossier über das Leben der Besserverdienenden. Diejenigen mit ihren iPhones, dem Understatement, einen alten Volvo zu fahren, und ihrer Suche nach dem perfekten, handgefertigten Flaschenöffner als Mitbringsel aus dem Italienurlaub. Einem Urlaub, den man selbstverständlich nicht in einem Touristenort verbracht hat, sondern in dem urigen Fischerdorf mit der kleinen Trattoria, die edlen Wein aus den eigenen Weinbergen verkauft. Heute besteht die Mittelschicht laut Dannenberg nicht mehr aus *Bobos*, wie sie ein kanadischer Wirtschaftsjournalist im Jahr 2000 noch genannt hat, die in ihrem Auftreten *bohémien* sind, aber *bourgeois*, was ihr Einkommen betrifft. Die Unterprivilegierten kaufen sich ihr iPhone und investieren damit in ihren vermeintlichen gesellschaftlichen Aufstieg. Sie werden nicht mehr durch aufgedruckte Markennamen abgegrenzt, sondern durch »guten Geschmack«. Die heutigen *Geschmacksbürger*, kritisiert Dannenberg, kaufen, wenn sie überhaupt Fleisch essen, dann nur bio und sind Mitglied in einem Carsharing-Verein.

Ach du liebe Güte, denke ich. Dannenberg kann ganz schön kritisch und bissig sein. Was er wohl von mir denkt? Meint er, dass ich auch eine dieser Unterprivilegierten bin, die nach teuren Markennamen lechzt und damit nur die Luft weiter oben schnuppern will? Warum zum Teufel habe ich dieses blöde teure Seidentuch von ihm mitgehen lassen – wie peinlich! Das muss ich ihm unbedingt zurückgeben. Am besten schicke ich es ihm per Post. Er soll bloß nicht denken, dass ich das mit Absicht behalten habe oder weil ich ein weiteres Treffen forcieren möchte, in dem wir die »Übergabe« dieses Tuchs zelebrieren könnten.

Ich schwinge mich aus dem Bett und schlüpfe in einen Kuschelpyjama. Eigentlich ist es dafür viel zu warm, aber im Wohnzimmer ist Michi immer noch mit Ingo und Dirk zugange. Ich höre sie laut »Tor!« schreien und dann gequält aufstöhnen. Anscheinend wird das nichts mit ihrem Sieg des Underdogs. Sobald ich die Flurtür aufreiße, schwallt mir die Geräuschkulisse aus *Belo Horizonte* entgegen. Irgendwo im Küchenschrank habe ich noch einen großen Luftpolsterumschlag gesehen.

»Hey Emma, kannst du uns noch drei Bier mitbringen?« Michi löst seinen Blick nicht eine Sekunde vom Spielgeschehen, als er diese Frage stellt. Ich atme tief durch. Jetzt ist es also amtlich: Ich bin lediglich die bierholende Putzfrau in diesem Haushalt. Dieser Gedanke trifft mich so unerwartet, dass mir die Tränen kommen. Ich will nicht die unterprivilegierte Freundin eines Fußballkumpels sein. Ich will Emma Arend sein! Die Emma, die ihr Leben selbst in die Hand nimmt. Die sich kein Geld von ihrer Mutter leihen muss, wenn ihre Waschmaschine kaputtgeht, und die die kleinen Momente des Glücks erleben kann, ohne dabei vom Dröhnen des Fernsehers gestört zu werden. Ich möchte:

1. gefragt werden, wie mein Tag war
2. mich unterhalten und nicht fernsehen
3. auf beschlagenen Fenstern mit dem Zeigefinger malen

4. gemeinsam mit jemand anderem Schokolade auf der Zunge schmelzen lassen
5. mich freuen, wenn ich nach Hause komme
6. das alte Kalenderblatt meines Lebens abreißen (Ich weiß, dass sich das besonders kitschig anhört, aber besser kann ich es einfach nicht formulieren.)

Auf dem Küchentisch schlage ich das Hermès-Seidentuch zusammen. Dicke Tränen tropfen auf den sündhaft teuren Stoff, bevor ich es in den Umschlag stopfe. Wie war noch einmal die Adresse? Die Hausnummer will mir partout nicht einfallen, und ich kritzle lediglich *Nils Dannenberg* auf den Umschlag. Dabei schluchze ich auf wie ein Teenager beim ersten Liebeskummer. Dabei geht es gar nicht um Dannenberg. Es geht um mich! Wenn ich nach Michis Bedürfnissen lebe, dann hat das mit meinen eigenen Bedürfnissen gar nichts mehr gemein.

Als die Küchentür aufgeht und Michi hereinkommt, habe ich den Umschlag bereits in meine Handtasche verfrachtet und gieße gerade einen Tee auf, um mich zu beruhigen.

»Ist das Bier alle?«, fragt Michi unbekümmert.

»Wir passen einfach nicht zusammen«, platze ich heraus und wische mir die Tränen aus den Augen.

»Was?« Michi ist sichtlich überfordert von meinem Themenwechsel.

»Wir beide«, ich lasse meinen Zeigefinger zwischen uns pendeln wie ein Metronom, »das passt einfach nicht.« Ein erneutes Schluchzen bricht sich aus meinem Oberkörper Bahn. Ich warte darauf, dass der Schluckauf einsetzt, den ich immer bekomme, wenn ich mich sehr aufrege, aber mein Zwerchfell bleibt ruhig.

»Emma, was soll das? Ich wollte nur noch ein Bier für

mich und die Jungs. Wenn das so schlimm für dich ist, hättest du es ruhig sagen können, dann hole ich es halt selbst. Ist kein Problem.« Er hebt beschwichtigend die Hände und öffnet den Kühlschrank.

»Darum geht es gar nicht«, flüstere ich und sehe, wie ein Ruck durch seinen Körper geht. Schnell rede ich weiter:

»Ich habe über uns nachgedacht und dabei festgestellt, dass unsere Beziehung, so wie wir sie führen, nicht das ist, was ich will.«

Allein bei dem Wort Beziehung bricht Michi der Schweiß aus. Er lässt die Kühlschranktür zuschnappen und klemmt sich das Bier unter den Arm. Fast tut er mir ein bisschen leid. Ich weiß genau, was ihm jetzt durch den Kopf geht, weil ich ihn wirklich gut kenne. Er denkt, dass ich gerade überreagiere. Er kann sich einfach nicht vorstellen, wie sich aus dieser harmlosen Situation eine Grundsatzdiskussion entwickeln kann. Und bestimmt fragt er sich, warum ich mir diese Dramatik nicht bis nach dem Spiel hätte verkneifen können.

»Wenn es wegen dieses Selbstmordversuchs ist … das war echt scheiße von mir. Ich weiß, ich hätte dir besser zuhören sollen. Aber es ist doch alles gutgegangen, oder?«

»Es ist nicht wegen des Selbstmordversuchs!«, rufe ich entsetzt aus. »Das hat damit überhaupt nichts zu tun.« Im selben Moment, in dem ich das sage, wird mir bewusst, dass ich lüge. Alles hat sich verändert! Seitdem ich die Blumen bei Dannenberg abgeliefert habe, ist mein ganzes Leben auf den Kopf gestellt. Komplett!

»Du interessierst dich doch gar nicht dafür, was ich mache!«, sage ich. Und bevor er protestieren kann, fahre ich ruhiger fort: »Das ist auch nicht verwerflich. Ehrlich, ich bin dir überhaupt nicht böse. Das Schlimme ist nur: Ich kann mich auch nicht für das begeistern, was du machst. Dieser ganze Sport, das alles ist mir völlig fremd. Deine Freunde und ich, wir haben einfach so gar keine Gemeinsamkeiten. Es kommt mir so vor, als hätten wir zwei nur zufällig eine WG zusammen und streiten uns hauptsächlich darüber, wer wann einkaufen geht oder den Müll runterbringt.«

Michi windet sich unter meinen Worten. Er ist so leicht zu durchschauen. Ich kann seine Gedankengänge förmlich vor mir sehen.

»Wir müssen nicht unbedingt jetzt darüber reden«, sage ich, um ihm eine Möglichkeit zu bieten, aus dem Gespräch auszusteigen. »Ich wollte dir nur sagen, dass ich morgen früh zu meiner Mutter fahre.«

»Okay.«

»Ich werde einen Koffer mit Klamotten mitnehmen. Und vielleicht auch ein paar Bücher.«

»Ist gut.« Er nickt. »Vielleicht geht es dir ja besser, wenn du mal ein paar Tage hier raus bist.«

Es stimmt mich traurig, dass er nicht merken will, wie ernst es mir ist. Aber ich akzeptiere es. Vielleicht braucht er einfach noch etwas mehr Zeit dafür als ich.

»Geh ruhig wieder zu deinen Freunden«, sage ich und wende mich ab, weil meine Augen brennen.

19

Ich gehe nur einen Schritt zurück, um Anlauf zu nehmen, sage ich mir, als ich den Trolley aus der Straßenbahn hieve. Trotzdem ist es einfach nur bitter, jetzt bei meiner Mutter klingeln zu müssen. Ich wollte unbedingt etwas an meinem Leben ändern und alles alleine regeln, und das Erste, was ich mache, ist, meine Mutter zu fragen, ob ich kurzfristig wieder zu Hause einziehen kann. Wenn das kein Fortschritt ist!

Nervös trete ich von einem Fuß auf den anderen und hoffe inständig, dass Reinhard nicht zu Hause ist. Aber es ist Sonntag. Die Chancen stehen schlecht. Zögerlich betätige ich die Klingel und muss ziemlich lange warten, bis sich die Tür öffnet.

»Hallo Reinhard«, sage ich und versuche mich an einem tapferen Lächeln. »Ist Mama zu Hause?«

Das ist eine blöde Frage, ich weiß das. Natürlich ist sie zu Hause. Aber mein Stiefvater schaut mich so erschrocken an, dass ich irgendwas sagen muss.

»Barbara«, brüllt er in den Hausflur. »Komm mal bitte, deine Jüngste ist da.«

Darf ich etwa nicht reinkommen? Ich finde es kurios, dass er mich hier vor der Tür stehen lässt, bis meine Mutter erscheint. Das hier ist mein Elternhaus, und ich finde, ich habe alles Recht der Welt, mich hier auch willkommen zu fühlen.

Die Schritte auf dem Flur kündigen meine Mutter an.

»Was ist passiert?« Ihr Blick bleibt kurz an meinem Trolley hängen und wandert dann zurück zu meinem Gesicht. Aus dem Haus weht mir der Geruch von frisch gebrühtem Kaffee entgegen, was in meinem Magen ein ganz komisches Gefühl auslöst. Wenn sie mich gleich umarmte, dann muss ich in Tränen ausbrechen.

»Kann ich reinkommen?«

»Habt ihr euch getrennt?«

»Ja«, schluchze ich und falle meiner Mutter um den Hals. Reinhards Aufstöhnen beachte ich nicht weiter. Es tut einfach nur gut, in den Arm genommen zu werden. Mama streichelt mir liebevoll über das Haar. Das hat sie schon ewig nicht gemacht, und ich spüre, wie sich ein Schluckauf anbahnt.

»Ich habe Schluss gemacht«, heule ich. »Kann ich, *hicks*, mein altes Zimmer haben? Nur für ein paar Tage?« Ich schnuppere an Mamas Hals, der nach Nivea-Creme riecht und sich ganz weich anfühlt.

»Komm erst mal rein, Emmamaus.« Sie zieht mich in die Küche und überlässt es Reinhard, mein Gepäck nach drinnen zu schaffen. Emmamaus. Allein bei diesem Kosenamen muss ich schlucken. Das hat sie früher immer gesagt, als ich klein war. Meine Schwester war Heidimaus und ich Emmamaus. Meist hat sie sich verhaspelt, wenn sie eine von uns rufen wollte, deshalb kam dann ein *Emmaheidimaus* heraus. Die Erinnerung daran schüttelt mich regelrecht durch.

»Jetzt trinken wir einen Kaffee, und dann unterhalten wir uns mal in Ruhe.«

Ich werde auf einen Stuhl gesetzt. Auf dem Esstisch stehen noch die Reste vom Frühstück. Brotkrümel kratzen mich am Arm, als ich meine Ellbogen aufstütze. »Kann ich vielleicht einen Kakao haben? So wie früher?«

Mama lacht leise. »Mach ich dir. Ich muss nur sehen, ob ich noch genügend Kakaopulver dahabe. Den nehme ich sonst nur zum Backen.« Sie durchsucht den Küchenschrank und stellt dann einen Milchtopf auf den Herd. Mir ist, als hätte sich eine kuschelige Wolldecke um mein wundes Herz gelegt. Ich könnte meiner Mutter stundenlang dabei zusehen, wie sie am Herd hantiert. Sie löffelt das Kakaopulver in die aufschäumende Milch und rührt Zucker unter. Der Geruch, der sich ausbreitet, weckt so viele Erinnerungen, dass ich vor Rührung Tränen wegblinzeln muss.

»Ist es also endlich passiert.« Sie seufzt und lässt sich mir gegenüber auf den Stuhl fallen, während ich das Kakao-Aroma inhaliere.

»Ich hab mich schon gefragt, wie lange das gutgehen würde mit euch beiden. Michi war ja immer nur mit seinem Sport beschäftigt. Glaube mir, ich kenne nicht wenige Ehen, die am Vereinsleben gescheitert sind.«

Ist das ihr Ernst? Ich weiß jedenfalls, dass es bei Papa und ihr nicht so gewesen ist. Ihre Ehe hat eine zehn Jahre jüngere Arbeitskollegin ruiniert, ganz klassisch. Ob mich das trösten soll?

»Es ist nicht allein sein Sport schuld«, gebe ich zu. »Ich interessiere mich einfach nicht mehr für ihn. Seitdem wir zusammenwohnen, haben wir kaum noch Zeit gemeinsam verbracht. Früher haben wir uns verabredet, da war alles anders. Aber jetzt leben wir völlig aneinander vorbei. Ich möchte das nicht mehr.«

Mama nickt und räumt die schmutzigen Teller in die Spülmaschine. Sie stellt mir keine Fragen, worüber ich froh bin. Ich will mir selber keine Fragen stellen müssen. Ich bin furchtbar traurig, aber Michi ist nicht der Grund dafür. Ich trauere dem Gefühl hinterher, einen Partner zu haben, jemanden, auf den ich mich verlassen kann und der nur für mich da ist. Und ich schäme mich, weil mein Herz einen Hüpfer macht, wenn ich an Dannenberg denke.

»Ich werde mir ein kleines Apartment suchen«, kündige ich an. »Zu Michi in die Wohnung will ich nicht zurück. Ist es okay, wenn ich so lange hier bleibe? Ich verspreche auch, dass ich euch nicht auf die Nerven falle.« Treuherzig schaue ich sie an. Mama seufzt und wischt mit einem Lappen über den Tisch. Ich hebe meine Tasse an, damit sie nicht im Weg ist.

»Reinhard hat aus deinem Zimmer ein Büro gemacht. Ich befürchte, wir haben gerade gar keinen Platz für dich.«

»Was?« Meine Stimme schrillt viel zu laut. Mit dieser Reaktion habe ich niemals gerechnet. »Aber was ist mit Heidis altem Zimmer?«, frage ich. »Ich könnte doch in ihrem Zimmer schlafen, oder habt ihr daraus auch ein Büro gemacht?«

»Aber Heidi wohnt doch hier.«

Ich bin wie vor den Kopf geschlagen. Heidi wohnt hier? Was ist denn mit ihrer supertollen Wohnung in Lindenthal? Ich dachte eigentlich, dass sie da immer noch wohnt, weil es in der Nähe der Anwaltskanzlei liegt, in der sie stundenweise arbeitet.

»Sie ist schon vor drei Monaten wieder hier eingezogen, um in Ruhe an ihrer Doktorarbeit schreiben zu können. Hier hat sie viel mehr Muße, weißt du. Sie muss sich nicht um die Wäsche kümmern. Und kochen muss ich so oder so, da kommt es nicht drauf an, ob eine Person mehr am Tisch sitzt.«

Ich bringe nur ein mühsames »Ach so« heraus. Das kann doch wohl nicht wahr sein! Nie im Leben habe ich damit gerechnet, dass Mama mich wieder wegschicken könnte. Auf einmal schmeckt der Kakao sauer, ich schiebe die Tasse von mir.

»Hat Heidi ihre Wohnung denn ganz aufgegeben?«

Mama nickt. In ihrem Gesicht liegt ein seltsamer Ausdruck, als würde sie mir etwas verheimlichen. Prompt schrubbt sie ein wenig schneller über den Tisch und pfeffert den Lappen in die Spüle. Ist sie etwa verärgert? Womöglich über Heidi? Es scheint ganz so, als bahne sich da etwas an. Ich würde zu gerne wissen, was Heidi angestellt hat. Und ich kann unmöglich heute Abend wieder zurück in unsere Wohnung. Judith werde ich auf keinen Fall fragen, ob ich zu ihr kann! Sie hat schon genug Probleme, mit ihren diversen Jobs zurechtzukommen, und Norbert ist immer so furchtbar gestresst. Auf keinen Fall möchte ich die beiden mit meinen gepackten Koffern überfallen. Eher schlafe ich unter einer Brücke!

»Kann ich wenigstens eine Nacht auf dem Sofa übernachten? Morgen kann ich versuchen, etwas anderes zu finden. Aber ich muss pünktlich zur Arbeit und für eine Pension fehlt mir das Geld.«

Mama stellt die Kaffeemaschine aus und gießt die Reste aus der Kanne in den Ausguss. »Also gut. Das werden wir schon irgendwie hinkriegen. In Heidis Zimmer steht jetzt unser altes Doppelbett. Dann müsst ihr eben zusammen schlafen. Ich kann es nicht ändern.«

Erleichtert stehe ich auf und drücke meiner Mutter einen Kuss auf die Wange. »Danke, Mama.«

»Ich muss es nur Reinhard schonend beibringen. Aber vermutlich ahnt er schon, was ihm blüht. Er hat schließlich Augen im Kopf.«

Tatsächlich hat mein Stiefvater meinen Trolley bereits nach oben in Heidis Zimmer geschleppt. Ich treffe ihn auf dem Flur, wo wir uns kurz verlegen gegenüberstehen. Er hält ein dickes Kissen im Arm.

»Das wird schon wieder«, sagt er, und ich nicke nur. So blöd, wie ich ihn immer gefunden habe, ist er gar nicht. Wahrscheinlich habe ich ihn nur falsch eingeschätzt, wegen seiner doofen Sprüche. Irgendwas muss er schließlich an sich haben, sonst hätte Mama sich nicht in ihn verliebt, oder?

»Danke, dass ich hier bleiben kann.«

»Hier!« Er drückt mir das Kissen in die Hand. »Wiedersehen macht Freude.«

Völlig perplex schaue ich ihm nach, wie er die Treppe nach unten stiefelt. Wiedersehen macht Freude? Ungläubig den Kopf schüttelnd, betrete ich Heidis Zimmer. Dort trifft mich fast der Schlag: Das Zimmer ist ein einziges Chaos, etwas, was ich so von meiner Schwester überhaupt nicht kenne. Sie ist immer diejenige gewesen, die ihre Hörspielkassetten nach Nummern sortiert in einer Box aufbewahrt hat. In ihrem Kinderzimmer hat es eine Kiste für Barbies und eine für *My little Pony* gegeben, und auf ihrem Schreibtisch hat sie früher zehn verschiedene Boxen gehabt, in denen sie ihre Buntstifte aufbewahrt hat, selbstverständlich farblich sortiert. Sie hat eigentlich immer für alles eine Kiste oder Schublade gehabt. Nicht nur für Gegenstände, überlege ich, sondern auch für Menschen. Jetzt herrscht hier ein solches Durcheinander, dass man vermuten könne, ein Alien habe den Körper meiner Schwester übernommen. Das Bettzeug ist durchwühlt und der Teppichboden mit Klamotten übersät. Auf dem Schreibtisch stapeln sich Bücher und Ordner. Lose Blätter sind heruntergerutscht und klemmen zwischen den Rippen der Heizung. Was mich aber am allermeisten schockiert: Unter dem Bett quellen die

Überreste einer Süßigkeitenorgie hervor. Heidi nascht doch nie! Sie legt unheimlich viel Wert darauf, in allem diszipliniert zu sein, erst recht beim Essen. Leere Schokoladenpapiere kommen da fast einer Revolution gleich.

Ich bin mir sicher: Hier stimmt etwas ganz und gar nicht. Es könnte sogar sein, dass Heidi dringend meine Hilfe braucht. Und weil ich ohnehin ein wenig Platz schaffen muss, wenn ich hier schlafen möchte, fange ich an aufzuräumen. Die dreckige Wäsche stopfe ich in den Wäschekorb, und die saubere falte ich zusammen und verstaue sie im Schrank. An die Loseblattsammlung traue ich mich nicht ran, aber die Bücher klappe ich zu und wische sie mit einem Staubtuch ab. Ich sauge die Kekskrümel auf und ziehe das durchwühlte Bett ab. Während die Decken am Fenster lüften, ziehe ich ein frisches Spannbettlaken über. Ich fühle mich jetzt viel besser, denn Putzen hat durchaus einen therapeutischen Effekt. Trotzdem habe ich die ganze Zeit gerätselt, was bloß mit Heidi los ist. Neugierig werfe ich einen Blick in den überquellenden Papierkorb. Ich erwarte eigentlich nichts Bestimmtes. Vielleicht einen Zettel mit einer Notiz, einen weggeworfenen Liebesbrief oder vielleicht auch nur eine Telefonnummer, die ich testweise anrufen könnte. Was ich schließlich aber finde, bereitet mir auf einen Schlag Herzklopfen:

In Heidis Papierkorb liegt ein zerknülltes Rezept. Für Folsäure-Tabletten!

Das Rezept wurde eingelöst, das sehe ich am Stempel der Apotheke. Die Gedanken rasen durch meinen Kopf. Hat Heidi etwa irgendwelche Mangelerscheinungen? War sie deshalb beim Arzt? Wofür zum Teufel braucht man noch mal Folsäure? Ich tippe das Medikament in den Browser meines Handys ein und überfliege die Suchergebnisse. Die Überschriften lassen mich nach Luft schnappen:

- *Warum Folsäure in der Schwangerschaft so wichtig ist – Eltern.de*
- *Ratgeber Folsäure – 9Monate.de*
- *Folsäure in der Schwangerschaft – BabyCenter.de*

Erschrocken lasse ich mich auf Heidis Schreibtischstuhl fallen. Heidi ist schwanger!

HEIDI IST SCHWANGER!

Na, wenn das kein Satz ist, den man in Großbuchstaben denken muss, dann weiß ich auch nicht. Ungläubig schaue ich mir noch einmal das Rezept an. Es wäre schließlich möglich, dass man Folsäure aus anderen Gründen verschrieben bekommt, aber die Arztpraxis, die das Rezept ausgestellt hat, läuft unter dem Namen einer Gynäkologin. Dr. med. Elvira Zeisel, Fachärztin für Frauenheilkunde und Geburtshilfe.

Ob Mama das weiß? Hat sie deshalb eben so komisch reagiert, als von Heidi die Rede war? Ich werde das schon noch rausfinden. Allerdings mit viel Fingerspitzengefühl – Schwangere können bekanntlich sehr empfindlich sein.

Leider kommt Heidi erst am Abend nach Hause. Ich habe gekocht, um Mama zu entlasten und ihr eine Freude zu machen. Es gibt Frikadellen mit Kohlrabigemüse, und ich weiß, dass Heidi das normalerweise sehr gern mag.

»Und?«, frage ich sie, nachdem sie sich einigermaßen wieder beruhigt hat. (Die Aussicht, mit mir ein Zimmer teilen zu müssen, hat sie dazu gebracht, laut »Scheiße!« zu sagen. Das habe ich aus ihrem Mund noch nie zuvor gehört.) »Hast du keinen Hunger?«

»Doch!« Sie stochert in der Frikadelle herum, als wolle sie daraus wieder Hackfleisch machen.

»Willst du vielleicht etwas anderes?«, erkundige ich mich. »Ich könnte auch Milchreis kochen, den hast du früher immer so gerne gegessen, erinnerst du dich?«

Heidi sieht mich daraufhin an, als hätte ich sie nicht mehr alle. »Nein danke.«

Ich gebe es zu, das war nicht besonders geschickt. So nett bin ich nur selten zu ihr.

»Wie war denn dein Tag? Ist ganz schön anstrengend, wenn man so viele Stunden auf den Beinen ist, oder?«

»Geht so. Daran bin ich gewöhnt.«

Ich seufze mitfühlend. »Übrigens ein schöner Rock, den du da anhast. Ist das eine Nummer größer als sonst?«

Jetzt lässt Heidi ihre Gabel auf den Teller fallen. »Sag mal, möchtest du mir unbedingt den Appetit verderben?«, faucht sie.

»Kinder!« Mama versucht, besänftigend auf uns einzuwirken. »Fangt nicht schon wieder an zu streiten. Liebet euch!«

Das hat Oma früher schon immer gesagt. Ich muss ein Kichern unterdrücken, denn Heidi sieht im Augenblick so liebevoll aus wie Godzilla. Ihre Backen sind aufgeplustert, und sie schafft es kaum, den letzten Bissen runterzuschlucken. Ihre Gesichtsfarbe ist dunkelrot.

Mein Stiefvater schnalzt mit der Zunge. »Kann man nicht mal beim Essen Frieden haben mit euch zweien?«

»Entschuldigung.« Ich stoße mit der Gabel gegen meine Zähne, weil ich so breit grinsen muss. Aufs Essen kann ich mich kaum konzentrieren. Die ganze Zeit muss ich daran denken, dass Heidi schwanger ist. Das bedeutet schließlich auch: Ich werde Tante! Ist das nicht wundervoll?

Reinhard mampft zufrieden vor sich hin, während Mama immer wieder zweifelnde Blicke zwischen uns hin und her wirft.

»Wie lange willst du denn hier bleiben?« Heidi gibt sich keine Mühe, zu verbergen, wie furchtbar sie es findet, dass sie sich mit 29 nun ein Zimmer mit mir teilen muss.

»Ich hoffe, nicht allzu lange. Morgen früh studiere ich die Wohnungsangebote in der Zeitung. Vielleicht sucht noch jemand dringend einen Nachmieter für eine kleine, preiswerte Zweizimmerwohnung oder ein Apartment.«

»Klar.« Heidis Stimme trieft vor Ironie. »Kleine, preiswerte Wohnungen gibt es in Köln massenhaft. Der Wohnungsmarkt wird davon geradezu überschwemmt.« Sie schüttelt den Kopf. »Ich verstehe dich nicht. Sucht man sich nicht normalerweise erst eine Wohnung, bevor man mit seinem Freund Schluss macht und auf der Straße steht? Nicht, dass ich nicht froh bin, dass du Michi endlich den Laufpass gegeben hast, aber das war nun wirklich sehr ungeschickt von dir.«

»Ich habe Michi nicht den Laufpass gegeben«, widerspreche ich. Das hört sich in meinen Ohren ganz schrecklich an, so, als hätte ich ihn kaltblütig abserviert. »Michi und ich haben uns getrennt, weil wir festgestellt haben, dass unsere Interessen einfach zu sehr auseinandergehen und wir nur nebeneinanderher leben. Wir haben ganz nüchtern wie zwei zivilisierte, erwachsene Menschen darüber geredet.«

»Ha!« Heidi lacht verächtlich auf.

»Jetzt ist Schluss!« Reinhard haut mit der flachen Hand auf den Tisch, so dass das Besteck hochfliegt und die Gläser klirren.

»Reinhard!«, sagt Mama.

Heidi und ich stehen beide gleichzeitig auf. Sie, um die Küche zu verlassen, und ich, um die Reste von meinem Teller zu kratzen und die Spülmaschine einzuräumen.

»Ich gehe in *mein* Zimmer.« Heidi schiebt ihren Stuhl unter den Tisch und wirft mir einen bösen Blick zu. »Dann kann ich noch in Ruhe arbeiten, bis du ins Bett kommst.«

»Arbeite nicht mehr so viel, Heidimaus.« Mama sieht besorgt aus. »Du musst doch auch mal abschalten und dich erholen.«

»Ach Heidi!« Ich habe ihr den Rücken zugedreht und schütte den Rest aus den Gläsern in den Ausguss. »Ich habe ein wenig dein Zimmer aufgeräumt, ich hoffe, du hast nichts dagegen?«

Heidi antwortet nicht. Während ich mir ein Grinsen verkneife, höre ich, wie die Tür zum Flur zugeknallt wird.

20

Ich habe kaum ein Auge zugemacht. Heidi ist in der Nacht bestimmt dreimal aufgestanden und im Bad verschwunden, und den Rest der Zeit hat sie sich nur hin und her gewälzt. Bei jeder Bewegung wippte die Matratze mit, die leider durchgehend ist, weil das Bett bloß eine Breite von einem Meter sechzig hat. Was würde ich für ein Doppelbett mit Besucherritze geben!

Sie hat kein Wort mit mir gewechselt. Als ich abends ins Zimmer gekommen bin, hat sie so getan, als würde sie schlafen. Und heute Morgen liegt sie starr im Bett. Ich belauere sie mit Blicken, weil ich sehen will, ob sie gegen Morgenübelkeit ankämpft. Aber entweder kann sie das wahnsinnig gut überspielen, oder sie hat kein Problem damit. Als ich sie frage, ob sie auch einen Kaffee möchte, presst sie die Lippen zusammen, schüttelt den Kopf und rollt sich dann genervt auf die andere Seite.

Ich werde früher losmüssen als sonst, damit ich pünktlich im Belgischen Viertel ankomme. Wegen der Vorbereitungen für die Eröffnungsfeier im Rheinauhafen wird es eine furchtbar anstrengende Woche werden. Wie ich zeitgleich noch eine Wohnung finden soll, ist mir schleierhaft.

Mama hat den Frühstückstisch bereits gedeckt. In einer Vase stehen abgeschnittene Hortensienzweige, was wirklich hübsch aussieht. Daneben liegt die Tageszeitung für meinen Stiefvater. Ich hole den Orangensaft aus dem

Kühlschrank und werfe im Vorbeigehen einen ahnungslosen Blick auf das Titelbild. Beinahe fällt mir der Tetrapak aus der Hand. Auf dem Titelblatt der Zeitung prangt ein Foto vom Golfturnier der Journalisten. In Großaufnahme sieht man, wie ich dem überrascht aussehenden Dannenberg einen Kuss auf die Wange drücke. Die Schlagzeile lautet, »Heimliche Liebschaft beim Bauskandal?«, und klein daneben: *Lesen Sie die ganze Geschichte auf Seite 3.*

Nach einer Schrecksekunde stelle ich die Safttüte mit einem Platschen mitten auf dem Foto ab. Hat Mama das etwa schon gesehen? Was soll ich nur tun? Im Augenblick lässt Mama einen Schuss Wasser in den Eierkocher plätschern. Sie ist morgens nicht besonders gesprächig, das hat Heidi übrigens von ihr. Ich hingegen bin nach dem Aufstehen immer besonders gutgelaunt. Der Tag ist noch frisch – alles ist möglich. Nur heute muss ich befürchten, dass dieser Tag enorme Schwierigkeiten bringen könnte.

»Hast du gut geschlafen?«, frage ich Mama scheinheilig und plumpse nervös auf einen der Stühle. Irgendwie muss ich die Tageszeitung verschwinden lassen, ohne dass es auffällt. Ob ich die Titelseite herausreißen kann, wenn ich behaupte, darin mein Frühstück einwickeln zu wollen?

»Mmh«, macht sie nur und stellt eine Thermoskanne mit Kaffee auf dem Tisch ab.

So weit, so gut.

»Heidi liegt noch im Bett«, sage ich, um überhaupt irgendwas zu sagen.

Meine Mutter nickt bloß. Hektisch malträtiert sie eine Tomate unter dem Wasserhahn und beginnt anschließend, sie in schmale Scheiben zu schneiden.

»Sie ist bestimmt dreimal in der Nacht aufgestanden.

Ich dachte, ich werde wahnsinnig. Das ist fast, als würde man sich das Zimmer mit einem Opi teilen.«

Zwei Marmeladengläser werden auf den Tisch geknallt.

Ich frage mich wirklich, was mit Mama los ist. Sie verhält sich so komisch. Als würde etwas in ihr gären. Sonst ist sie doch nicht so angespannt. Ihr Gesicht sieht erhitzt aus, und ihre Augen sitzen in tiefdunklen Höhlen. Besonders gut geschlafen haben kann sie jedenfalls nicht.

»Hast du was?«, frage ich sie direkt.

Mama stöhnt auf. Mit einem Scheppern knallt sie die Besteckschublade zu, die sie gerade erst aufgezogen hatte.

»Sie hat eine Affäre!«, platzt es aus ihr heraus. Und mit einem Aufschluchzen bedeckt sie ihr Gesicht mit den Händen.

Ich springe auf und lege tröstend einen Arm um die Schultern meiner Mutter. »Heidi?«

»Ja«, wimmert sie.

Ich nicke wissend. Schließlich kenne ich Heidis kleines Geheimnis mit den Folsäure-Tabletten. »Aber ist das denn so schlimm? Sie ist doch erwachsen. Es wird doch höchste Zeit, dass sie sich auch mal um ihr Privatleben kümmert. Hast du nicht selbst gesagt, dass du dir Sorgen machst, weil sie viel zu viel arbeitet?«

»Ach, Emmamaus, du weißt ja nicht, wie schlimm es steht!« Ihr Ton jagt mir einen Schauer über den Rücken. »Der Mann ist … verheiratet!« Jetzt weint sie.

Oh nein! Ich weiß gar nicht, was ich sagen soll. Dass Heidi sich auf einen verheirateten Mann eingelassen haben könnte, kann ich mir gar nicht vorstellen. Aber es würde erklären, warum Mama so schlecht auf sie zu sprechen ist. Schließlich war sie selbst einmal eine betrogene Ehefrau. Mamas Weinen schockiert mich mehr, als ich sagen kann. So kenne ich sie gar nicht. Als Papa uns damals verlassen hat, hat sie nie vor uns geweint. Meist hat sie sich in der Küche versteckt, wenn sie allein sein wollte. Haben wir sie doch einmal mit Tränen in den Augen überrascht, dann hat sie behauptet, dass sie bloß einen Zug abbekommen habe, weil das Fenster in der Nacht offen gestanden hat.

»Das kann nicht sein«, sage ich lahm. »Heidi würde nie … Wie kommst du überhaupt darauf? Hat sie dir etwa davon erzählt?«

»Ich bin doch nicht blöd! Nur weil ich alt bin, müsst ihr nicht meinen, dass ihr mich für dumm verkaufen könnt!«

Mir fällt nichts zu sagen ein außer: »Aber du bist doch nicht alt!«

Mama kichert, aber es klingt hysterisch.

»Sie hat diese Nachrichten aufbewahrt. Kleine Zettel, die ich in ihrer Jackentasche gefunden habe. So einen schwülstigen Kram habe ich noch nie gelesen. Man sollte wirklich meinen, dass ein Studierter sich besser ausdrücken könnte, oder?«

»Du spionierst ihr nach?«

»Sei nicht albern! Ich muss ihre Kleidung schließlich auch mal in die Waschmaschine stecken.« Sie wischt sich die Tränen aus den Augenwinkeln und schiebt mich weg, um die Brötchentüte in den Korb auszuleeren.

»Sie sind unterschrieben mit *Armin.* Was ist das überhaupt für ein Name für einen Professor?«

Ihr Prof? Ich blase die Backen auf. Das wäre echt ein starkes Stück! Und ich bin mir auch nicht sicher, inwieweit sich das auf Heidis Promotion auswirken könnte. Und überhaupt: Heißt das etwa, dass sie von ihrem Professor schwanger ist? Mir wird schlecht. Mama darf das auf keinen Fall erfahren. Der Schock würde sie umhauen! So eine Offenbarung muss man ganz behutsam vorbereiten! Da darf man nicht mit der Tür ins Haus fallen.

»Wir müssen ihr irgendwie helfen, von diesem Mann loszukommen, bevor es einen Skandal gibt. Der Mann hat vier Kinder! Ich habe das im Internet gelesen.«

Ich weiß nicht, was mich mehr schockiert: dass der Vater von Heidis ungeborenem Kind bereits vier Kinder hat oder dass Mama tatsächlich etwas im Internet recherchiert. Auf diesen Schreck brauche ich erst einmal einen Kaffee. Am besten schwarz. Ich greife nach der Kanne, als die Tür aufgeht und Reinhard im Vertreteranzug hereingeschlurft kommt. Er hält sich nicht mit einem Morgengruß auf, sondern schiebt bloß den Saft zur Seite und greift nach seiner Zeitung.

Verdammt!

»Guten Morgen, Schatzemann.« Mamas Körper hat sich sofort gestrafft, und sie macht einen auf liebende Ehefrau ohne Sorgen. Mit den Fingerspitzen fährt sie sich über das toupierte Haar. »Dein Ei ist gleich fertig.«

Reinhard beugt sich über die Zeitung. Es kann nur noch Sekunden dauern, bis sowohl Schlagzeile als auch Bild in sein Bewusstsein vorgedrungen sind.

Ogottogott. Immer noch die Kanne in der Hand, überlege ich unter Hochdruck, wie ich das Unglück noch abwenden kann. Wenn Mama von diesem vermaledeiten Golfturnier erfährt und den Spekulationen, die sich über Dannenberg und mich ergießen, dann gibt ihr das sicher den Rest. Außerdem war Dannenberg auch schon verheiratet, und ich weiß nicht einmal mit Sicherheit, ob er bereits geschieden ist. Mama wird mir nie im Leben glauben, dass das, was in der Zeitung steht, nur wilde Vermutungen sind.

In dem Moment schenkt mir der Eierkocher rettende Sekunden, als er ein durchdringendes Piepsen von sich gibt. Reinhard blickt genervt auf, und ich nutze die Gelegenheit.

»Etwas Kaffee?« Mit Schwung gieße ich einen großzügigen Strahl über die Zeitung, die er in Händen hält. Die Flüssigkeit saugt sofort ein, und das aufgeweichte Papier sackt in sich zusammen.

»Was zum Henker …!«

»Oh«, betrübt seufze ich auf. »Das ist mir jetzt aber peinlich. Da habe ich doch glatt daneben gegossen. Entschuldige bitte … Paps.« Schnell entwende ich ihm die nasse Zeitung und klopfe mit Küchenkrepp über das Papier.

»Also *das* kannst du keinesfalls mehr lesen!« Mit einem Ratsch entferne ich die verhängnisvollen Seiten und knülle sie zu einem feuchten Ballen zusammen, den ich hektisch in den Abfalleimer zu den schleimigen Eierschalen stopfe. Das wäre geschafft!

Mein Stiefvater möchte etwas sagen. Sein Brustkorb hebt sich empört, was mich befürchten lässt, dass es nichts Nettes ist. Doch bevor er dazu kommt, fahre ich ihm in die Parade:

»Ich muss leider schon los, sonst komme ich zu spät. Tut mir leid, wenn wir am ersten gemeinsamen Morgen nicht einmal in Ruhe zusammen frühstücken können.« Entschuldigend schlage ich die Augen nieder. »Ich muss die S-Bahn erwischen.«

»Soll ich dir nicht wenigstens schnell ein Brot schmieren?« Mama ist besorgt. Kaum bin ich wieder in ihrer Reichweite, fühlt sie sich für mein Wohlergehen verantwortlich.

»Nicht nötig, ich hole mir unterwegs irgendwo einen

Cappuccino.« Mit einem Schmatzer auf die Wange verabschiede ich mich von ihr und eile aus der Küche. Ich bin froh, wenn ich Heidi heute Morgen nicht mehr begegne. Ich muss nämlich nachdenken. Dass Heidi tatsächlich eine Affäre mit ihrem Professor haben soll, will mir einfach nicht in den Kopf. Wenn es so wäre, dann hätte sie das doch nie und nimmer verheimlicht! Sie hätte die erste Gelegenheit genutzt und mir das brühwarm erzählt. Allein schon, um mir noch einmal zu verdeutlichen, wie weit unter ihr ich ihrer Meinung nach stehe. Sie ist ein solcher Snob! Nicht einmal Dannenberg könnte so stolz sein. Dafür hat er zu viel Humor. Er nimmt sich selbst einfach nicht so ernst, was eine wunderbare Eigenschaft bei einem Mann ist. Überhaupt finde ich, dass Dannenberg ganz wunderbare Attribute in sich vereint. Er ist klug. Und unerschütterlich. Ich wünschte, ich besäße nur einen Bruchteil seiner Qualitäten. Um dem ein wenig nahe zu kommen, nehme ich mir vor, heute besonders gelassen zu sein und mich durch nichts aus der Ruhe bringen zu lassen. Mein zweiter Vorname ist ab sofort Nonchalance. Emma *Nonchalance* Arend. Ab heute werde ich besonders auf *mich* achten. Sollte Erika mir wieder eine Arbeit aufbrummen, die mir zuwider ist, dann werde ich zum ersten Mal ein ernstes Wort mit ihr reden.

Wie sehr ich mein neues Selbstbewusstsein auf dem Weg zur Arbeit schon verinnerlicht habe, zeigt sich, als ich an der Baustelle im Belgischen Viertel vorbeikomme. Ich trage hautenge Jeans und Pumps, was die Bauarbeiter, die sich gerade die erste Zigarette anzünden, dazu veranlasst, mir laut hinterherzupfeifen. Ich könnte mich jetzt davon belästigt fühlen, aber ich bin nun nicht mehr bloß Emma Arend, sondern Emma *Nonchalance* Arend! Deshalb lächle ich freundlich und werfe ihnen eine Kusshand zu. Das Pfeifkonzert wird lauter. Genau das liebe ich so an Köln: Selbst von den Bauarbeitern bekommt man hier frühmorgens Komplimente!

Im Laden geht es gleich weiter mit der Prüfung meiner Gelassenheit. Erika blafft mir schlechtgelaunt ein »Heute ist nichts mit Kaffeetrinken und Zeitunglesen, wir haben mordsviel zu tun!« entgegen.

»Wunderbar«, gebe ich zurück. »Ich bin nämlich voller Tatendrang, du kannst dich auf mich verlassen. Wir werden aus dem Rheinauhafen den schönsten Hafen von ganz Europa machen! Einen *Daisy-Düfte*-Rheinauhafen!« Ich werfe meine Tasche in die Ecke und stemme die Hände in die Hüften, während ich meinen Blick anerkennend über die neue Blumenlieferung schweifen lasse. Erika lässt ihre Zigarette aus dem Mundwinkel baumeln und betrachtet mich konsterniert.

»Guten Morgen, liebe Moni!« Ich reiße mich vom Anblick der üppigen Blüten los und umarme meine Kollegin, die dabei ist, sich eine pinkfarbene Schürze überzuziehen. »Du bist die beste Kollegin von allen, habe ich dir das schon einmal gesagt?« Seitdem ich mit Michi reinen Tisch gemacht habe, fühle ich mich unendlich erleichtert. Das ist der erste Schritt in ein neues Leben.

»Bisher noch nicht.« Sie schaut mich prüfend an. »Aber das kannst du ruhig öfter wiederholen. Ich habe ein furchtbares Wochenende hinter mir.«

»Was ist denn passiert?«

»Ach, so dramatisch war es nicht. Harald ist krank. Sommergrippe. Du kannst dir gar nicht vorstellen, wie anstrengend ein Mann sein kann, wenn ihm nur ein bisschen der Hals kratzt.«

Und ob ich das kann! Michi ist nämlich genauso. Also *war* genauso. Im selben Moment, da mir diese Vergangenheitsform ins Bewusstsein dringt, spüre ich Wehmut aufkeimen. Und mein Enthusiasmus erhält einen gehörigen Dämpfer.

»Ist Harald denn jetzt krankgeschrieben?«, erkundige ich mich, um den Gedanken an Michi abzuschütteln.

»Selbstverständlich nicht!« Sie klingt böse. »Er ist immer nur am Wochenende krank. Sobald montags der Wecker klingelt, fühlt er sich zum Märtyrer berufen. Seine Kollegen können doch unmöglich die Woche ohne ihn auskommen. So schlimm kann es also nicht sein.« Sie seufzt. »Übrigens hat eben jemand angerufen und deinen Blumenservice bestellt. Du musst mittags zu irgendeinem Hotel.«

»Ich dachte, wir nehmen diese Woche keine Aufträge mehr an? Erika hat doch gesagt, dass der Rheinauhafen vorgeht.«

Monika zuckt mit den Schultern. »Vielleicht ist es einer dieser Aufträge, die man eben nicht absagen kann, keine Ahnung. Ist bestimmt ein hohes Tier oder ein Promi.«

In meiner Hosentasche vibriert es, was ich zu ignorieren versuche. Am liebsten würde ich sofort gegen diesen Auftrag protestieren. Wenn nun schon wieder von mir erwartet wird, dass ich singe, dann gibt es Schwierigkeiten! Ich schaue mir den Auftrag an, den meine Chefin für mich notiert hat.

Dreißig langstielige rote Rosen, schlicht gebunden. Abzuliefern Hotel Hyatt Regency. Keine Verkleidung, kein Daisy-Düfte-Shirt – am besten Kostüm (schwarz)

Empfänger: Habermann

Das lässt sich aber bestimmt schnell erledigen, denke ich erleichtert, weil ich kein Gedicht aufsagen noch mich auf sonst eine Art der Lächerlichkeit preisgeben muss. Und da im Hyatt auch bald Heidis Empfang stattfinden wird, kann es nicht schaden, mir den Laden vorher mal anzusehen. Damit schlage ich sogar zwei Fliegen mit einer Klappe!

Das Smartphone in meiner Tasche vibriert schon wieder.

»Willst du nicht mal rangehen?« Monika schnippelt an einem Buchsbaum herum, der sich spiralförmig in die Luft schraubt.

Ich schüttele den Kopf. »Ich habe beschlossen, während der Arbeit nicht mehr zu telefonieren.«

»Und wenn es wichtig ist?«

»Was soll schon sein?« Schulterzuckend setze ich mich und greife nach der Schere, um die weißen Schleifen, mit denen wir unseren Buchs verzieren werden, in passende Stücke zu schneiden. »Die Arbeit geht in jedem Fall vor.«

Es brummt erneut in meiner Tasche.

»Der ruft schon wieder an. Wenn jemand so penetrant ist, dann ist es vielleicht doch wichtig«, gibt sie zu bedenken.

Aber ich traue mich nicht ranzugehen. Wenn es Heidi ist, hat sie bestimmt wieder etwas zu motzen wegen ihres Empfangs. Wenn es Mama ist, dann will sie sich wegen Heidi ausheulen, und sollte es Dannenberg sein (was ich nicht glaube), dann würde mich das aus meiner Eloquenz herauskatapultieren und in eine stotternde Idiotin verwandeln. Mein Herz macht allein bei dem Gedanken an ihn schon Extrasprünge.

»Wenn du nicht endlich nachguckst, dann werde ich es tun!«

»Und wie willst du das anstellen?«, frage ich und lächle. Meine Hosen sind wie angeschweißt, ich bekomme das Handy selbst kaum heraus. Allerdings stört der Gedanke, was so wichtig ist, doch enorm meine Konzentration. Ich sollte es einfach hinter mich bringen.

Mit einem Blick sehe ich, dass es Michi ist. Was mich überrascht, denn mit ihm habe ich so bald nicht gerechnet.

»Ja?« Das Telefon halte ich mit spitzen Fingern fest.

»Ich versuche seit Stunden, dich zu erreichen. Bin ich es etwa nicht mehr wert, mit mir zu telefonieren, oder was?«

Dass Michi aber auch so übertreiben muss. Er hat in der letzten halben Stunde etwa fünfmal angerufen. Von *stundenlang* kann da doch nicht die Rede sein!

»Entschuldige, ich hatte so viel zu tun. Was ist denn?«

»Was ist?«, faucht er. »Das hätte ich echt nicht von dir gedacht, Emma! Ganz egal, wie es in letzter Zeit zwischen uns gelaufen ist, ich hätte nie gedacht, dass du mich so hintergehen würdest! Niemals!«

Hoppla.

»Ich weiß nicht, worauf du jetzt hinauswillst. Können wir vielleicht später darüber reden. Ich könnte dich in der Mittagspause anrufen.« Dass ich heute Mittag statt im Café nebenan im Hotel Hyatt Regency anzutreffen bin, verschweige ich besser.

»Ich will aber jetzt mit dir reden!«

Was um Himmels willen hat Michi denn so aufgebracht? Hat er etwa gemerkt, dass ich aus dem Badezimmer seine Hightech-Körperfettwaage mitgenommen habe? Das war nicht okay, ja, aber muss er deshalb gleich so sauer werden?

Monika sieht meinen gequälten Gesichtsausdruck und hebt fragend die Schultern. Ich schüttele den Kopf und forme ein »später« mit meinen Lippen.

»Michi, das kann ich dir erklären! Die Beziehung einer Frau zu ihrer Waage ist sehr diffizil und von einem hohen Maß an Vertrauen geprägt. Ich habe mich an das Gerät gewöhnt. Ich könnte es schlicht nicht ertragen, es zurückzulassen. Wenn ich mir eine neue Waage kaufe, dann gibt es keine Garantie, dass ich dasselbe Modell wiederfinde. Und es ist sehr wahrscheinlich, dass mir auf einem anderen Gerät ein Ergebnis angezeigt wird, das mir … nicht zusagt.«

»Tickst du noch ganz sauber?«

»Du musst nicht gleich ausfällig werden!«, rüge ich ihn. »Ich werde dir die Waage gerne ersetzen. Für dich ist es doch kein Problem, wenn du eine neue kaufst, oder?«

»Ich rede verdammt noch mal nicht von dieser scheiß beschissenen Waage!«

Ich atme tief ein. Ich bin Emma *Nonchalance* Arend! Nonchalance, Emma!

»Wenn du sauer bist, weil ich …«

»Wer ist dieser Scheißkerl?«, unterbricht er mich rüde.

So langsam überkommt mich eine Ahnung. Wieso habe ich nicht früher daran gedacht, dass er das Bild von Dannenberg und mir in der Zeitung sehen könnte? Sonst liest Michi doch nur den Sportteil, wieso muss er ausgerechnet heute damit anfangen, sich für banale Lokalberichterstattung zu interessieren?

»Du meinst den Mann auf dem Foto?«

Anstelle einer Antwort blafft er ein »Wie lange gehst du schon fremd?« in den Hörer.

»So ist das gar nicht!« Ich senke meine Stimme. »Ich habe nichts mit Dannenberg. Das Foto ist irgendwie ein ganz blöder Zufall. Ich wollte dir noch davon erzählen, aber dann ist …«

»Wer ist dieser Typ?«

»Also das … ist der … Selbstmörder. Du erinnerst dich vielleicht?«

»Aha.«

»Was heißt denn jetzt ›Aha‹?«

»Ich wusste es!« Jetzt klingt seine Stimme weinerlich. »Dirk hat gleich gesagt, dass du irgendwie komisch bist, weil du wegen Kleinigkeiten gleich so einen Aufstand machst.«

»Findest du es eine Kleinigkeit, wenn dein Kumpel unsere Toilette benutzt, während ich im selben Raum nackt in der Badewanne liege?«

»Du kannst ja schlecht angezogen in der Badewanne liegen, oder?«

»Darum geht es doch nicht! Das ist so … so rücksichtslos von euch. Ist dir vielleicht mal in den Sinn gekommen, dass man in solchen intimen Momenten gerne allein ist? Wieso dürfen der dicke Dirk oder Idioten-Ingo mich nackt in der Wanne sehen, aber wenn ich Dannenberg einen Kuss auf die Wange gebe, dann flippst du gleich aus?«

»Wie hast du meine Freunde gerade genannt?«

»Beim Namen«, keife ich, »beim Namen habe ich sie genannt!«

»Emma«, seufzt Michi erschöpft. »Ich hätte nie gedacht, dass ich das mal sagen würde, aber ich bin total von dir enttäuscht. Und ich könnte mir selbst in den Arsch treten, dass ich eine zweite Karte für das Eröffnungsspiel im August für dich gekauft habe. Du hast es echt nicht verdient!«

»Du hast mir eine Karte gekauft? Für den FC?« Ich bin versucht, hysterisch zu wimmern. Am liebsten würde ich Michi sagen, wie sehr mir dieser ganze Fußballkram zum Hals raushängt. Wieso nur hat er das nie gemerkt? Wieso versucht er kein bisschen, sich in mich einzufühlen?

Doch mit einem Mal kommen die vielen Erinnerungen hoch, von den Momenten, wo Michi und ich wirklich glücklich waren und Spaß zusammen hatten. Zum Beispiel, als wir in dieser Karaoke-Bar waren und *I will survive* gesungen haben. Oder bei unserem Ausflug nach Bonn in die Rheinaue, wo wir Tretboot gefahren sind. Es gibt da so Miniwasserfälle, und wir haben gedacht, wir könnten so schnell treten, dass wir in null Komma nichts darunter hersausen, ohne nass zu werden. Es hat leider nicht funktioniert. Sobald das Tretboot unter den Wasserstrahl gelangt ist, hat uns die Wucht des Strahls an Ort und Stelle festgekrallt. Wir mussten anschließend klitschnass mit Bus und Bahn nach Hause fahren und waren am nächsten Tag beide erkältet.

Auf einmal werde ich sentimental. Vielleicht ist Michi doch nicht so gefühlskalt, wie ich dachte. So wichtig, wie ihm dieses Spiel ist, ist es eigentlich eine sehr nette Geste von ihm, eine Karte für mich zu kaufen. Und mit dem Kussfoto habe ich ihm wohl ganz schön weh getan.

»Es tut mir leid, Michi«, sage ich und meine es auch ganz genau so. »Ich habe es wirklich nicht verdient, dass du mich mitnimmst. Und ich kann verstehen, dass du böse auf mich bist. Du hast ein so gutes Herz. Meinst du, du kannst noch eine weitere Karte bekommen und Dirk und Ingo mitnehmen? Sie sind schließlich deine besten Freunde. Bestimmt würden sie sich sehr freuen. Und sie wissen das im Gegensatz zu mir auch richtig zu würdigen.«

»Das wird schwierig werden.« Michi seufzt, und es dauert einen Moment, bis er weiterspricht. »Aber vielleicht ist es möglich.«

21

Der Marmorboden ist so glatt, dass ich höllisch aufpassen muss, nicht auszurutschen. Aber wie sich das Licht darin spiegelt! Und dann dieses Wasserbassin mit den niedlichen kleinen Springbrunnen – ob da Fische drin schwimmen?

Das Licht, das von den Pfeilern auf die Wasseroberfläche gestrahlt wird, schimmert blau. Ich nähere mich dem Empfang und trete über einen zentimeterdicken flauschigen Teppich, in den meine Absätze herrlich weich einsinken. Hoffentlich bin ich richtig angezogen. Ein Kostüm besitze ich leider nicht, deshalb habe ich ein anthrazitfarbenes Etuikleid gewählt mit einem sehr schmalen Seidengürtel. Auf einen zusätzlichen Blazer konnte ich bei den Temperaturen, die gerade herrschen, verzichten. Auf jeden Fall sehe ich sehr businessmäßig und schick aus.

In meinem Arm liegen dreißig langstielige Rosen mit halbgeöffneten Blütenköpfen. Sie wurden lediglich in weißes Seidenpapier gewickelt und duften betörend. Am liebsten würde ich sie behalten. Sie passen auch genau zu meinem neuen Lippenstift, dessen schwarze Hülse sich mit einem einzigen *Klick* öffnen lässt. Laut Chanel eine unwiderstehliche, ultrafeminine Geste! Seitdem ich diesen Lippenstift besitze, warte ich darauf, dass ich zu einem besonderen Anlass einmal mit dieser unwiderstehlichen und ultrafemininen Geste glänzen kann, aber bisher blieb mir dieser Augenblick verwehrt.

Die Rezeptionistin lächelt mich wohlwollend an. Trotz der ungewohnten Umgebung fühle ich mich wohl. »Ich bringe einen Strauß Rosen für eine Frau Habermann«, sage ich. »Emma Arend von Daisy Düfte.«

»Herzlich willkommen im Hyatt Regency, Frau Arend«, schnurrt sie. »Einen Moment bitte.« Sie winkt eine Kollegin hinzu, die in diesem Augenblick aus einer Tür hinter der Rezeption tritt.

Ich bin doch hoffentlich nicht zu spät und diese Frau Habermann wartet schon ungeduldig?

»Es wurde ein Tisch für Sie im Glashaus reserviert«, sagt die Kollegin, die durchgehend in Dunkelblau gekleidet ist. »Wenn Sie mir bitte folgen würden.« Sie tritt hinter dem Empfang hervor.

»Verzeihen Sie. Da liegt bestimmt ein Missverständnis vor. Ich soll eigentlich nur diese Blumen hier abliefern. Moment.« Ich bücke mich und ziehe den Zettel heraus, den ich zur Sicherheit unter der Innensohle meines Stöckelschuhs verstaut habe.

»Dreißig langstielige rote Rosen, schlicht gebunden. Abzuliefern Hotel Hyatt Regency. Empfänger: Habermann«, lese ich vor.

»Bitte entschuldigen Sie, wenn ich mich nicht vorgestellt habe. *Ich* bin Frau Habermann« Sie zeigt auf das Namensschild an ihrer Brust. Ihre Berufsbezeichnung darunter lautet *Teamleader Event Service*.

»Sie werden bereits erwartet.« Mit einer Geste deutet sie zum Treppenaufgang.

Also gut. Es macht mir durchaus nichts aus, mich hier noch etwas länger umzusehen. Das Hotel ist nicht so modern, wie ich es vielleicht erwartet habe, aber doch sehr luxuriös mit dem vielen Glas, dem Marmor und den schlanken Säulen. Ich stöckele neben der freundlichen Dame die Stufen nach oben. Links vom Treppenaufgang erstreckt sich eine dekorative Sushibar, an der gerade ein Koch mit viel zu großen Messern hauchzarte Scheibchen Lachs absäbelt. Das sogenannte Glashaus daneben ist ein offenes Restaurant, welches vollständig mit Glas überdacht ist. Der Ausblick ist atemberaubend! Man sieht direkt auf die Hohenzollernbrücke, die sich in weiten Stahlbögen über den Rhein erstreckt, und auf den Dom. Ich tripple Frau Habermann hinterher, wobei ich den Blick neugierig von Gesicht zu Gesicht schweifen lasse. Wir steuern auf einen Tisch zu, der von zwei gelben Ohrensesseln eingerahmt wird. Die Rückenlehne ragt so hoch auf, dass die Person in dem linken Sessel geradezu zerbrechlich winzig aussieht. Sie ist allein. Ihre bestrumpften Beine hat sie elegant übereinandergeschlagen. Die Hände ruhen in ihrem Schoß. Als unsere Blicke sich treffen, stoße ich ein überraschtes »Oh!« aus.

Frau Habermann bleibt stehen und stellt uns vor. »Frau Dannenberg – Emma Arend!«

In diesem Moment macht es in meinem Kopf Klick. Ich liefere hier gar keine Blumen für einen besonderen Event ab. Dannenbergs Mutter hat mich mit diesen Rosen hierhergelockt, um mich unter die Lupe zu nehmen.

»Setzen Sie sich bitte!«, sagt sie, nachdem die Hotelangestellte uns allein gelassen hat.

»Darf ich Ihnen Ihre Blumen überreichen?« Weil Frau Dannenberg aber keine Anstalten macht, mir den Strauß abzunehmen, lege ich ihn behutsam auf dem Tisch ab. Ich lächle unsicher, bevor ich ihr gegenüber Platz nehme.

»Möchten Sie nicht ebenfalls ein Gedicht dazu aufsagen, wie bei meinem Sohn Nils?«

Ich bin völlig überrascht. Woher weiß sie von der Sache mit Kreuzbachs Gedicht? Hat Dannenberg etwa doch mit ihr über mich gesprochen? Nervös rutsche ich auf dem weichen Polster hin und her. Eine wirklich bequeme Position ist nicht einfach zu finden, wenn man von einer solch eleganten Erscheinung streng gemustert wird.

»Mögen Sie denn Gedichte?«, erkundige ich mich vorsichtig.

»Das kommt immer auf das Genre an.«

Sie sieht misstrauisch aus. Ihre weißblonden Haare ragen kerzengerade nach unten bis zu ihrem Kinn. Ihr Gesicht ist nicht gänzlich faltenfrei, aber über ihrer Oberlippe ist die Haut starr wie ein Hemdkragen.

»Welche Art Gedichte bevorzugen Sie denn?«

»Liebesgedichte. Liebesgedichte haben mich schon zu Schulzeiten sehr inspiriert.«

Ich seufze auf. Was denkt sie bloß von mir? Meint sie, dass ich ihren Sohn mit Liebesgedichten bedrängt hätte? Wie peinlich! »Leider kann ich kein einziges Liebesgedicht auswendig. Aber wie wäre es mit dem Erlkönig?«

Sie verzieht keine Miene, aber ich meine, dass es um ihren Mundwinkel ein ganz klein wenig zuckt. »Nein danke. Was möchten Sie zum Essen trinken?«

»Essen wir denn?«

»Ich lade Sie ein. Das Hyatt Regency verfügt über einen eigenen Sushi-Koch. Ich bin sicher, so etwas Köstliches haben Sie noch nie gegessen.«

Ich möchte sie zwar nicht enttäuschen, aber Sushi finde ich so was von ekelig, das bekomme ich nie im Leben runter. »Ehrlich gesagt wird mir von rohem Fisch schnell übel.«

»Tatsächlich?« Sie hat eine Augenbraue angehoben, und mich wundert, dass sie das trotz Botox überhaupt kann. Aber mit dieser skeptischen Haltung sieht sie ihrem Sohn unheimlich ähnlich. Wie von alleine verformt sich mein Mund zu einem breiten Lächeln.

»Gibt es hier vielleicht auch was Anderes, weniger Fischiges?«

Sie hat ihre Hand gehoben, um über eine zarte Rosenknospe zu streichen, aber bei dieser Frage erstarrt ihre Bewegung in der Luft.

»Was würden Sie denn gerne essen?«

Ich weiß, dass ich jetzt besser »einen leichten Salat« sagen sollte oder »etwas Vegetarisches«, aber mein Magen knurrt gierig. »Etwas mit Fleisch wäre prima.«

»Wein?«

»Super!«, platzt es aus mir heraus.

Frau Dannenberg winkt einen sehr attraktiven Kellner an unseren Tisch.

»Das rosa gebratene Kalbsfilet, Risotto mit Périgord-Trüffel und das Sommergemüse mit Rosmarin-Jus für Frau Arend. Ich nehme den gebeizten Label Rouge Lachs mit Beerenkapern und einen Pfifferlingssalat. Dazu bitte eine Flasche Grauburgunder Kabinett Salwey von 2012.« Sie klappt die Speisekarte zu.

Wow! Ich bin hingerissen, wie sie diese Bestellung aufgegeben hat. Ich würde allein bei den ganzen Fremdwörtern anfangen zu stottern. Aber Nils' Mutter ist absolut souverän. Das macht sie bestimmt öfter. Ich bin zwar in Bestellungen auch nicht ganz unerfahren, aber bei mir klingt das meistens so:

Die Nummer 38 mittelgroß mit extra Mozzarella und eine Pizza Prosciutto, bitte. Liefern Sie kostenfrei bis in die Zülpicher Straße? Nein, keine Cola, danke!

»Gefällt Ihnen Ihre Arbeit im Blumenladen?«, fragt Frau Dannenberg und reißt mich damit aus meinen Gedanken.

»Ich bin ganz zufrieden. Es ist nicht mein Traumberuf, aber mir gefällt die Kreativität. Und ein Bürojob wäre auch nicht das Richtige für mich.«

»Sie scheinen äußerst einfallsreich zu sein«, erwidert sie.

Ob das ein Kritikpunkt ist? Mir fällt nichts ein, was ich Geistreiches darauf sagen könnte. Ihr Job ist ja auch ziemlich abwechslungsreich. Ich könnte mir vorstellen, dass es gar nicht so einfach ist, anderen Leuten das Geld für einen guten Zweck aus der Tasche zu locken. Das erfordert sicher ebenso viel Einfallsreichtum.

»Arbeiten Sie schon lange für *ProHeartUnited*?« Ich muss mich regelrecht zwingen, meine Finger im Schoß liegen zu lassen und nicht diese bescheuerte Geste mit dem Herz nachzuahmen.

»Seit 1999 bin ich als Ehrenbotschafterin tätig.« Ihre Finger spielen mit der Serviette. »Ich bin sehr spät noch einmal Mutter geworden. Meine Tochter Greta kam mit einem schweren Herzfehler zur Welt und starb an den Folgen einer Operation, als sie achtzehn Monate alt war.«

»Oh«, entfährt es mir. »Das ist ja schrecklich!«

Sie nickt. »Das war es. Und das ist es immer noch.«

Ich greife über den Tisch und drücke ihre Hand. Eine Geste, die sie sichtlich überrascht. Aber ich kann nicht anders. Vor allem habe ich ein schlechtes Gewissen, weil ich ihre *ProHeartUnited*-Herzchen-Nummer für eine einstudierte Show gehalten habe. Mir wird schwer ums Herz, wenn ich an Dannenberg denke. Wie furchtbar muss es für ihn gewesen sein, seine kleine Schwester zu verlieren. Und ich Idiot jammere ihm etwas wegen meines Goldhamsters vor.

»Wie haben Sie meinen Sohn dazu gebracht, einfach so fünfzigtausend Euro zu spenden?«

Ich zucke zusammen, denn mit einer solchen Frage habe ich nun überhaupt nicht gerechnet. »Ich befürchte, ich habe ihn dazu gezwungen und ihn vor vollendete Tatsachen gestellt. Ich weiß, dass das nicht richtig war, aber ich dachte, dass man mit einer Spende die blöden Fragen der Journalisten ablenken könnte. Das hat ja auch geklappt. Aber ehrlich gesagt, ich habe gar nicht genau zugehört, wie viel zusammengekommen ist. Mir ist das Herz in die Hose gerutscht, das kann ich Ihnen sagen!«

Jetzt lächelt sie zum ersten Mal. »Seit Jahren scheitere ich daran, meinem Sohn einen größeren Geldbetrag für unsere Organisation abzuschmeicheln. Er ist ja so verbohrt, wenn es um die Familie geht. Können Sie sich vorstellen, dass er nicht einmal bereit war, eine kostenfreie Werbung für uns in seinem Magazin unterzubringen?«

»Wirklich nicht? Das ist ja unglaublich.«

»Aus wirtschaftlicher Sicht sei das untragbar, und die Leser des Reflex erwarteten geschmackvolle Werbung für Luxusgüter. Uhren, Schmuck, exklusive Veranstaltungen. Er wolle keinesfalls riskieren, dass *ProHeartUnited* unter meiner Führung mit ihm in Zusammenhang gebracht wird.«

»Unglaublich«, sage ich. »Dass er aber auch so stur sein kann!« Ich schnalze mit der Zunge.

Frau Dannenberg hebt ihr Weinglas und prostet mir zu. So streng, wie ich befürchtet habe, scheint sie doch nicht zu sein. Aber Dannenberg hat auch gesagt, dass sie sehr großzügig sei. Aus seinem Mund klang das eigentlich respektvoll, aber jetzt bin ich mir doch nicht mehr so sicher, ob nicht ein leichter Vorwurf dahintersteckte.

In diesem Moment wird meine Grübelei von einem Tumult unterbrochen. Gegenüber der Treppe flucht ein unrasierter Typ in schwarzer Lederkluft laut und stößt einen Stuhl um. Mit einem Knall schlägt dieser auf dem Parkett auf. Zwei umherhuschende Servicekräfte geben ihr Bestes, um den aufgebrachten Mann zu beruhigen. Ich sehe Frau Habermann auf die Gruppe zueilen. Mehrere Security-Männer im Anzug dirigieren den Randalierer in einen der Räume – respektvoll, aber bestimmt.

Dannenbergs Mutter wirkt irritiert. »Was heutzutage alles in ein 5-Sterne-Hotel gelassen wird, ist mir unbegreiflich.«

Sie nippt an ihrem Weinglas, welches der Kellner gerade frisch aufgefüllt hat, und tupft sich die Mundwinkel mit ihrer Serviette ab. Mir kommt dieser Mann irgendwie bekannt vor, aber ich komme nicht drauf. »Darf ich fragen, warum Sie mich hierherbestellt haben?«, erkundige ich mich bei Frau Dannenberg. Sie wird mir schon nicht den Kopf abreißen.

»Ich möchte sie näher kennenlernen«, sagt sie. »Es kommt selten vor, dass ich von meinem Sohn überrascht werde. Ich habe mich gefragt, was wohl dahintersteckt. Haben Sie beide eine Affäre?«

Das ist nicht das erste Mal, dass mir das unterstellt wird. Aber das erste Mal, dass ich tatsächlich wahrheitsgemäß antworte.

»Leider nein.«

Frau Dannenberg ist von meiner Offenheit aus dem Konzept gebracht. Sie stellt ihr Glas viel zu hart ab, und der köstliche Weißwein spritzt auf den Tisch.

»Warten Sie!« Ich zupfe meine Serviette auseinander und tupfe auf der Tischdecke rum, als auch schon der Kellner kommt und uns das Essen serviert. Es duftet köstlich.

»Ich habe einen Bärenhunger«, plappere ich drauflos und nehme noch einen hastigen Schluck Wein. »Sehen

Sie nur, wie hübsch das angerichtet ist!« Mit dem Messer zeige ich auf die grünen Spargelspitzen, die sich auf meinem Kalbfleisch türmen. Ich schneide es auf und bewundere den rosigen Kern im Inneren.

»Unglaublich sexy.«

»Wie bitte?« Sie beugt sich zu mir vor. »Sprechen Sie vom Fleisch?«

»Nein.« Ich seufze. »Von Ihrem Sohn.«

Jetzt hüstelt sie in ihre Serviette. Ich sollte mich definitiv etwas zurücknehmen. Aber der Wein scheint mir schon ein wenig zu Kopf gestiegen zu sein. Vielleicht ist es besser, wenn ich mal kurz aufs Klo gehe und mir etwas Wasser ins Gesicht spritze, bevor ich mich vollends blamiere.

»Würden Sie mich kurz entschuldigen? Ich muss mal aufs …« Oh nein, fällt es mir siedend heiß ein, ich kann doch während des Essens unmöglich vom Klo sprechen! Hektisch suche ich nach einer Alternative. »Ich suche nur mal kurz den … Waschraum auf. Meine Strumpfhose richten.«

Verflixt! Ich habe ja nicht einmal eine Strumpfhose an!

Schnell schnappe ich nach meiner Handtasche, die ich neben dem Stuhl abgelegt hat, und gehe leicht schwankend um den Treppenaufgang herum. Ich muss auch dringend Erika anrufen und ihr sagen, dass ich etwas später komme. Auf meinem Weg kann ich Frau Dannenbergs Blicke heiß in meinem Rücken spüren. Reiß dich zusammen, Emma! Immer schön einen Fuß vor den anderen setzen!

Hier oben muss es doch ein Klo geben! Man kann von den Gästen doch nicht erwarten, dass sie jedes Mal die Treppe wieder nach unten laufen. Da! Ich sehe das rettende WC-Zeichen und trippele auf meinen Stöckelschuhen in den Damenbereich. Oje, ich sehe ganz schön derangiert aus. Mein Gesicht ist rot vom Wein, und meine Nasenspitze glänzt. Mit etwas Klopapier tupfe ich mich ab und lasse kaltes Wasser über meine Handgelenke laufen. Die Strähnen, die aus meiner Frisur herausgerutscht sind, stecke ich wieder auf, als ich Gelächter höre, das den Gang herunterkommt. Männliches Gelächter.

Ich trete auf den breiten Flur, der hier wieder mit dicken Teppichen ausgelegt ist, ziehe mein Handy aus der Tasche und wähle Erikas Nummer. Auf der Toilette schallt es zu sehr, aber hier kann ich ganz unauffällig und leise auf ihre Mailbox sprechen. Ich lehne mich bequem an einer der Türen an. Das Gelächter nähert sich. Eine der Stimmen kommt mir sogar bekannt vor. Plötzlich gibt die Tür hinter mir nach, und ich stolpere rückwärts. Gott sei Dank ist der Raum leer. Ich will die Tür schnell wieder zuziehen, bevor jemand meinen Fauxpas bemerkt, da dringt die Stimme von Laurenz »Mats« Schneider an mein Ohr. Was für eine Überraschung! Schnell schlüpfe ich in den Raum und lehne die Tür an, bis nur ein schmaler Spalt offen bleibt. Leise atmend linse ich auf den Flur. In einem reichverzierten Spiegel an der gegenüberliegenden Wand erkenne ich drei Männer im Businessanzug, und einer davon ist tatsächlich Laurenz.

Sein dunkles Haar fällt ihm weich in die Stirn, und auf seinem Kinn zeigt sich ein dunkler Bartschatten. Er ist sehr attraktiv, das kann man ihm nicht absprechen. Schade nur, dass er ein Idiot ist.

»Und die Rechnungen?«, fragt einer der beiden gerade.

»Werden ordnungsgemäß ausgestellt und von dir bezahlt«, antwortet Laurenz.

Ich spitze die Ohren. Das klingt, als könnte es interessant werden.

»Du hast damit eine astreine Buchführung. Ihr vereinbart anschließend ein Treffen, und Attila gibt dir das Geld in bar zurück. Abzüglich der zehn Prozent Provision versteht sich.«

Die Männer bleiben nur wenige Schritte vor meiner Tür stehen. Einer von ihnen schüttelt langsam den Kopf.

»Ohne Unbedenklichkeitsbescheinigung vom Finanzamt kann ich das nicht bringen, Laurenz«, wendet er ein.

»Du bekommst so viele Unbedenklichkeitsbescheinigungen, wie du willst. Vom Finanzamt, der Berufsgenossenschaft, was auch immer. Die kann jeder Schwachkopf ausstellen.«

»Und was genau habe ich davon?«

»Einen Haufen Geld, der offiziell in keinem Kapital auftaucht. Davon bezahlst du die Schwarzarbeiter.«

Bei dem Wort *Schwarzarbeiter* schnappe ich nach Luft und halte mir gleichzeitig die Hand vor den Mund. Laurenz scheint sich hier auf hauchdünnem Eis zu bewegen.

»Was ist, wenn jemand die Scheinfirma überprüft? Jeder kann schließlich hinfahren und feststellen, dass *Attila – Abbrucharbeiten, Gerüst- und Trockenbau* eine einfache Postadresse in einem Wohngebiet ist.«

»Sechs bis neun Monate«, winkt Laurenz ab. »Länger existiert diese Adresse nicht. Der Strohmann haut ab nach Italien und hütet wieder seine Schafherde. Anschließend übernimmt eine neue ›Firma‹ deine Trockenbau-Arbeiten. Glaub mir, du kannst auf keine andere Art mehr Geld verdienen. Nicht einmal mit Kokain. Und das Risiko ist minimal. Keine Großbaustelle kommt heute noch ohne Schwarzarbeit aus. Der Wettbewerb zwingt sie geradezu dazu.«

»Und wie profitierst du davon?«

»Nur eine kleine Vermittlungsprovision. Lediglich drei Prozent. Das ist lächerlich wenig, und dafür besorge ich euch die Firmen, die an euch horrende Rechnungen ausstellen für Bauarbeiten, die in Wirklichkeit nie geleistet wurden.«

»Hatte Kreuzbach das wirklich nötig? So kurz vorm Börsengang? Was muss das ein Trottel sein, dass er so ein Risiko eingeht.«

Genau diese Frage stelle ich mir auch gerade. Hat Kreuzbach von alldem gewusst?

»Kreuzbach hat doch überhaupt keine Ahnung, was sich unter seiner Hand abspielt. Er will Ausschreibungen gewinnen, alles andere überlässt er seinen Bauleitern.« Laurenz lacht auf.

Auweia! Das klingt ganz schön illegal, was die drei da besprechen. Wenn ich nur wüsste, mit wem genau Laurenz da verhandelt. Aber nie im Leben könnte ich von denen eine detaillierte Personenbeschreibung abgeben. Ganz abgesehen davon, dass ich überhaupt keinen Beweis in der Hand hätte. Ich muss sie unbedingt fotografieren, schießt es mir durch den Kopf.

Ich presse mein Smartphone in die schmale Ritze der Tür und fokussiere die drei Männer, die sich in diesem Moment auf die Schultern klopfen ob ihrer genialen Idee. Leider habe ich vergessen, den Ton meines Handys auf stumm zu schalten. Ich merke es in dem Moment, als mein Zeigefinger den Auslöser betätigt und ein Schnipsen durch den Flur hallt.

22

Wieso zum Teufel muss die moderne Digitalkamera eines Handys bitte schön einen Krach machen wie eine uralte Spiegelreflex? Mir rutscht das Herz in die Hose. Laurenz' Lachen erstirbt in derselben Sekunde. Seine Augen sind weit aufgerissen. Ich sehe in den Spiegel auf der gegenüberliegenden Seite des Flurs und damit direkt in seine braunen Pupillen, die mich fixieren.

Mit einem Knall schlage ich die Tür zu und drehe mich um die eigene Achse. Bitte, bitte, lieber Gott, lass es einen anderen Ausgang geben! Wo bin ich hier überhaupt? Sieht aus wie ein Konferenzraum. Zig Tische sind in einem großen U angeordnet, auf ihnen Thermoskannen, Saftfläschchen und Teller mit Plätzchen. Ich haste um die Tischreihe herum und reiße eine Seitentür auf. Die führt jedoch nur in einen weiteren Konferenzraum derselben Größe. Ich höre noch, wie hinter mir die Flurtür aufgerissen wird und Laurenz laut meinen Namen brüllt, da schlägt sie schon hinter mir zu. Ich muss hier weg! Kurzfristig blitzt ein Bild von Dannenbergs Mutter in mir auf, die sicher nicht gerne auf mich wartet. Und dass mein leckeres Essen kalt wird, ist ebenfalls eine Schande! Dieser blöde Laurenz. Habe ich wirklich gedacht, er sei ein Idiot? Von wegen! Laurenz ist ein Krimineller!

Mein Herz wummert wie wild, als ich ein weiteres Zimmer durch einen Seiteneingang verlasse. Ich muss aus diesen Zimmern herauskommen. Es kann schließlich nicht lange dauern, bis die drei sich aufteilen und einer von ihnen auf die Idee kommt, mir den Weg vom Flur her abzuschneiden. Kaum habe ich diesen Gedanken gefasst, schleudert mir auch schon eine fremde Männerstimme ein »Stehen bleiben!« in den Nacken. Reflexartig lasse ich mich auf den Boden fallen.

Ich danke den Innenarchitekten für ihre Voraussicht, den Boden mit flauschigem Teppich auszukleiden. Auf Knien rutsche ich unter eine Tischreihe. Meine Handtasche schleift neben mir her. Autsch! Wie viele Beine kann denn ein einziger Stuhl bitte haben? Ich krieche durch einen Wald von Stuhlbeinen!

»Es ist völlig sinnlos, sich unterm Tisch zu verstecken! Ich kann Sie sehen!«

Ganz egal, ob er mich sieht, er braucht ziemlich lange, um die Tischreihen zu umrunden.

Der Mann flucht. Ich hoffe, er hat sich ordentlich die Hüfte an einer Tischkante geprellt, dieser … dieser … Mistkerl! Jedenfalls ist er kurzfristig abgelenkt.

Vor mir blitzt etwas Lilafarbenes auf. Sieht aus wie ein Vorhang. Ich schlängele mich unter der Tischreihe hervor und richte mich dahinter auf. Dicht an die Wand gepresst, unterdrücke ich meinen lauten Atem. Nicht auszudenken, wenn sich die Stoffbahn bewegt oder meine Körperform sich dahinter abzeichnet! Zentimeter für Zentimeter rutsche ich weiter nach innen, bis sich mir etwas hart in den Rücken bohrt. Dann wird mir bewusst, dass das in meinem Kreuz, was sich so kalt anfühlt, eine Türklinke ist. Vor Erleichterung schießen mir die Tränen in die Augen.

Die Gardine bauscht sich auf, als ich die Tür vorsichtig öffne, dann schlüpfe ich nach draußen in einen spärlich beleuchteten Gang. Hier stapeln sich noch mehr Stühle und Rollwägen mit Tischwäsche, Sektkübeln und allerlei Kram, den man für große Gesellschaften so braucht.

Ich kreische erschrocken auf, als ein Mann mit einem schweren Tablett am Ende des Ganges auftaucht. Gott sein Dank ist er nur ein Kellner!

»Sie haben mich nicht gesehen!«, rufe ich ihm zu und laufe an ihm vorbei. Stirnrunzelnd blickt er mir hinterher. Plötzlich stehe ich in einem Treppenhaus. Den Aufzug zu nehmen, traue ich mich nicht, und außerdem höre ich von unten Stimmen. Ich reagiere also genau so, wie weibliche Darstellerinnen in Horrorfilmen immer reagieren und worüber man sich als Zuschauer tierisch aufregt, weil es einfach nur dämlich ist: Ich laufe die Treppe nach oben.

Der Schweiß läuft mir den Rücken hinab, und ich ringe keuchend nach Atem. Als ich die Tür im sechsten Stockwerk aufreiße, von der ich hoffe, dass sie mich wieder in den offiziellen Bereich des Hotels befördert, packt mich eine kräftige Hand am Arm. Ich schreie. Und in derselben Sekunde legt sich eine Hand, die ziemlich unangenehm nach Zwiebeln riecht, auf meinen Mund. Ich gebe ein Röcheln von mir.

»Hier ist schon wieder so eine!« Ich werde fortgeschleift. »Muss durch den Personalbereich geschlüpft sein, der Aufzug ist ohne Karte gesperrt. Wie kann es sein, dass Hinz und Kunz diese Schleichwege finden? Das ist eine verdammt beschissene Sicherheitslücke!«

»Hören Sie«, sagte eine erschöpfte Frauenstimme, »das ist in den acht Jahren, die ich hier als Teamleader des Eventservice arbeite, noch nie passiert!«

Ich reiße die Augen auf, denn die Stimme gehört zu Frau Habermann, die mich vor gar nicht allzu langer Zeit noch sehr freundlich in Empfang genommen hat.

Erkennt sie mich denn nicht? Und weshalb kann dieser Gorilla nicht mal seine stinkige Hand von meinem Mund nehmen?

»MMMMMHHHH!«, mache ich hilflos.

Endlich guckt sie zu mir rüber. »Nehmen Sie doch bitte die Hand vom Gesicht dieser Frau!« Und als der Gorilla ihrer Aufforderung nachkommt: »Frau Arend, sind Sie das?«

Mein Mund fühlt sich durch die rüde Behandlung ganz wund an. »Ja«, krächze ich. »Ich habe mich verlaufen.«

»Ja klar!«, blafft der Security-Typ. »Das sagt jede!«

»Ehrlich.« Ich bin immer noch außer Atem. »Ich war auf Toilette, weil ich … also … Ich musste ganz dringend … einen Nierenstein ausscheiden. Das ist ziemlich … schmerzhaft. Und deshalb war ich nicht so ganz bei mir. Irgendwie habe ich danach die Orientierung verloren.«

»Sie haben die Orientierung verloren«, wiederholt Frau Habermann. »Über fünf Stockwerke hinweg?«

»Bin ich tatsächlich so weit gelaufen?« Ich stütze mich hilfesuchend an der Wand ab. Jetzt, da der Gorilla mich nicht mehr festhält, überkommt mich ein leichter Schwächeanfall. »Man sagt ja, unter extremen Bedingungen … wären Menschen zu Höchstleistungen fähig. Könnte ich bitte ein Glas Wasser bekommen?«

»Selbstverständlich, Sie Ärmste!« Frau Habermann ist es offenbar gewohnt, auf jede Macke der Gäste höflich einzugehen, und verschwindet aus meinem Blickfeld. »Wenn Sie Nierenprobleme haben, dann ist es wichtig, dass Sie viel trinken.«

Ich versuche, mich zu orientieren. Anscheinend stehe ich in einem sehr breiten Entree zu den Hotelzimmern.

Eine Art Küche erstreckt sich über die linke Seite. Ich sehe eine Kaffeemaschine und diverse andere Getränke und denke, ich hätte besser die Gelegenheit nutzen und einen Schnaps ordern sollen.

»Was soll jetzt mit dieser Frau geschehen?«, ranzt der Sicherheitsmann Frau Habermann an. »Auf jeden Fall muss sie hier verschwinden, sonst bekommt Jimmy einen Tobsuchtsanfall.«

Frau Habermann reicht mir ein Glas Wasser, das ich gierig austrinke. »Ich werde sie persönlich nach unten begleiten.«

Jetzt bin ich doch ein bisschen neugierig, was es mit dieser ganzen Geheimniskrämerei auf sich hat. »Wer ist denn dieser Jimmy?«, erkundige ich mich.

»Jetzt tun Sie doch nicht so!«, blafft der Gorilla. »Jimmy Bluestone. Wegen dem sind Sie doch überhaupt nur hier hochgekommen.«

»Ganz sicher nicht«, sage ich. »Diesen Namen höre ich überhaupt zum ersten Mal. Ist das ein Künstlername? Hört sich ziemlich künstlich an, wenn Sie mich fragen. So heißt doch kein echter Mensch, oder?«

»Lassen Sie ihn das bloß nicht hören!«

»Herr Bluestone«, mischt sich Frau Habermann ein, »ist leider eine etwas schwierige Persönlichkeit. Sie haben vielleicht mitbekommen, dass es im Restaurant zu einem Zwischenfall gekommen ist?«

»Ach«, entfährt es mir. »Etwa der Mann, der die Stühle umgeworfen hat?«

»Seine zweite Suite war noch nicht vollständig ausgestattet, als er heute ankam«, sagt sie entschuldigend.

»Seine zweite Suite?« Wofür braucht ein Mensch denn mehr als eine Suite? Er kann doch ohnehin nur in einem Bett schlafen.

»Herr Bluestone kauft immer eine zweite Suite. Er wünscht, dass sie zu einem Fitnessraum umgebaut wird. Da wir aber erst heute Morgen von seiner Ankunft erfahren haben, kamen wir mit dem Umbau ein wenig in Verzug.«

»Er war nur sauer, weil Sie sein Bett noch nicht umgebaut hatten!«, sagt sein Bodyguard. »Er schläft nun mal nicht gerne auf einem Lattenrost. Jimmy will unter seinem Hintern ganz einfache Europaletten haben. Das kann doch wohl nicht so schwer sein.«

Ich unterdrücke ein Kichern. Was für ein verrückter Kerl dieser Jimmy doch sein muss! Die arme Frau Habermann sieht jedenfalls schrecklich unglücklich aus. Ich hingegen finde das herrlich! Das muss der beste Job der Welt sein, in dem man auf solch kuriose Menschen treffen darf.

Außerdem ist es hier oben wunderschön. Die Fensterfront vor mir bietet denselben Blick wie unten vom Glashaus aus, nämlich direkt auf den Kölner Dom. An den Wänden weisen verheißungsvolle Schilder die Richtung zur »Hyazinthen-Suite« oder »John F. Kennedy Suite«.

Als plötzlich eine Tür aufgerissen wird, zucken wir alle zusammen.

»Mir reicht es jetzt mit dieser Scheiße! Das war das letzte Interview! Außerdem habe ich keinen Bock, noch länger diese abgefuckten Klamotten zu tragen!« Wutschnaubend stiefelt ein Rocker in einem echt hässlichen Netzhemd auf uns zu, bleibt überrascht stehen und kratzt sich dann nachdenklich das unrasierte Kinn.

»Hi!«, sage ich und grinse dümmlich.

»Häh?«, gibt er auch nicht viel intelligenter von sich.

Jetzt fällt mir auch ein, woher ich ihn kenne. »Sie sind doch der Typ mit …«, ich tippe mir mit dem Zeigefinger an die Brust, »mit diesem superschönen Betty-Boop-Tattoo!«

»Und Sie«, dämmert es ihm, »sind die Tante mit den Blumen.«

»Ja«, jetzt grinse ich noch breiter. »Ich bin die Tante mit den Blumen und dem Doris-Day-Lied. Was für ein … Zufall.«

Eine halbe Stunde später sitzen wir im Schneidersitz in seiner Suite. Jimmy (eigentlich heißt er Jürgen) hat eine Gitarre ausgepackt. Er versucht, mir französische Chansons beizubringen, was gar nicht so leicht ist, weil ich kein Französisch kann. Dafür mangelt es mir nicht an Enthusiasmus. Jimmy ist verrückt nach dem *Eurovision Song Contest*. Er würde eigentlich viel lieber Chansons singen als Rocksongs. Jetzt singt er äußerst gefühlvoll *L'oiseau et l'enfant*, das Gewinnerlied von 1977. Ich trällere nur den Refrain mit.

»*L'amour c'est toi, l'amour c'est moi. L'oiseau c'est toi, l'enfant c'est moi.*« Der Vogel bist du, das Kind bin ich, oder so ähnlich. Für mehr reicht meine Auffassungsgabe heute nicht.

Frau Habermann hat sich, gleich nachdem sich herausgestellt hat, dass Jimmy und ich uns gut verstehen, aus dem Staub gemacht. Man konnte ihr direkt ansehen, wie erleichtert sie war, dass ihr jemand diesen schwierigen Gast abnahm. Dafür hat sie versprochen, mich bei Frau Dannenberg mit einer wirklich glaubwürdigen Ausrede zu entschuldigen. Ich hoffe, sie hat Wort gehalten. Es wäre mir nämlich sehr unangenehm, wenn Dannenbergs Mutter dächte, ich hätte sie mutwillig sitzenlassen. Etwas zu essen bekomme ich auch noch. Nachdem ich Jimmy von meiner Flucht und dem verpatzten Mittagessen erzählt habe, lässt er uns vom Room-Service einige Häppchen bringen. Trotzdem rutsche ich unruhig auf einem der dicken Kissen herum, die wir vor dem Kamin ausgebreitet haben.

»Ich sage Lobo, dass er uns auf dem Flügel begleiten soll«, sagt Jimmy und deutet auf das monströse Musikinstrument, welches direkt hinter uns steht. »Er kann so geil Klavier spielen. Wir könnten auch Sinatra-Songs singen. Ich bin Frank und du Nancy.«

»Das wäre toll.« Ich nicke, bin aber nicht ganz bei der Sache. Diese Präsidenten-Suite ist einfach phänomenal. Allein das Badezimmer ist ein Traum. (Eben bin ich kurz darin verschwunden, meine angebliche Nierenkrankheit. Es gibt dort sogar eine Sauna!) Aber ich möchte unbedingt so schnell wie möglich zurück ins Restaurant und mich bei Frau Dannenberg entschuldigen. Das sage ich Jimmy nun auch. Auch auf die Gefahr hin, dass er mir das übelnehmen könnte.

»Sie ist schließlich Nils' Mutter. Man sollte niemals die Mutter des Mannes beleidigen, der … also … auf den man irgendwie steht, nicht wahr?«

»Weiß nicht«, sagt Jimmy. »Kommt auf die Mutter an.«

»Oh, sie ist eine ganz zauberhafte Frau. Eine richtige Charity-Lady«, schwärme ich. »Sie engagiert sich seit Jahren für *ProHeartUnited*.« Ich mache die Herzchen-Geste vor meiner Brust, was bei Jimmy ein komisches Starren auslöst. »Alles für die armen kranken Kinder.« Ich seufze. »Wenn du wirklich mal deine Chansons live singen möchtest und deine normalen Konzerte dafür nicht der richtige Rahmen sind, dann wäre es doch ideal, das mit einer Charity-Veranstaltung zu verbinden.«

»Meinst du?«

»Da bin ich ganz sicher!«

»Die werden mich in der Luft zerreißen!« Jimmy lässt den Kopf hängen. »Mit meinem Manager habe ich das tausendmal durchgekaut. Den Markt dafür gibt es einfach nicht. Und er hat gesagt, dass mir das keiner abkauft. Der Rocker, der plötzlich Liebeslieder singen will.«

»So ein Quatsch! Du musst das einfach mal ausprobieren. Wenn es dann nicht gut ankommt, dann schiebst du es einfach auf den guten Zweck. Behauptest, dass du das nur *ProHeartUnited* zuliebe gemacht hast. Unauffälliger kannst du das doch gar nicht testen.«

»Weiß nicht. Ich muss das mal mit Bienchen besprechen. Sobald dieser Interview-Marathon hier vorbei ist.«

Ach ja, Bienchen. Maja Wischnewski. Die junge Frau mit diesem seltsamen Tunnelohrring. »Mach das. Das ist eine gute Idee. Sie wird dir bestimmt ihre ehrliche Meinung sagen.«

Wir umarmen uns zum Abschied.

»Erik kann dich runterbringen«, sagt Jimmy nun. »Falls dieser Typ, der dich verfolgt hat, immer noch da ist.«

»Danke! Das ist wirklich lieb von dir!« Ich bin ganz gerührt, dass Jimmy so fürsorglich ist.

Mit Jimmys Bodyguard an meiner Seite kann mir gar nichts passieren. Erik ist mindestens anderthalb Köpfe größer als ich und so breit, dass er kaum durch eine normale Tür passt. Es wundert mich, dass es überhaupt Anzüge in seiner Größe gibt. Allein in einen Ärmel seines Jacketts könnte ich beide Beine reinstecken. Okay, vielleicht nicht beide. Aber ein Oberschenkel von mir würde ganz sicher reinpassen. Erik ist darauf trainiert, sich breitzumachen. Er marschiert neben mir her zum Aufzug und verströmt eine Aura der Sicherheit. (Leider auch immer noch ein Odeur von Zwiebeln.) Wir betreten das

Glashaus, und ich sehe sofort, dass der Tisch, an dem ich mit Frau Dannenberg gegessen habe, leer ist.

»Sie ist schon weg«, sage ich enttäuscht. »Dann nehme ich mir jetzt ein Taxi.« Wir laufen die Treppe nach unten in die Lobby, und da sehe ich ihn: Laurenz.

Er sitzt leger in einem Sessel und blättert gelangweilt in einer Zeitung. Aber ich weiß genau, dass er mit Argusaugen den Eingang des Hotels bewacht.

»Da ist er«, raune ich Erik zu, »der Mann, der mich verfolgt hat. Mit dem dunkelgrauen Anzug.«

»Der, der so aussieht wie Mats Hummels?«

»Ja, genau!« Ich bin erleichtert. Endlich ein Mensch, der mich versteht. »Der Arsch«, rutscht es mir heraus.

Erik nickt wissend. »Keine Angst. Wenn der dir zu nahe kommt, zerquetsche ich ihn wie eine Mücke. Der wiegt ja gerade mal hundertfünfzig Pfund.« Erik mustert Laurenz abschätzig. Ich muss gestehen, ich würde nur zu gerne sehen, wie Erik Laurenz zerquetscht. Was ist das auch für ein Typ, der seinen eigenen Freund so hintergeht? Der krumme Geschäfte macht, während der andere sein Leben der Aufklärung und Berichterstattung widmet? Laurenz ist wirklich ein ganz schlechter Mensch. Schade, dass er nicht zu uns kommt. Er hat mich nämlich entdeckt und ganz große Augen bekommen. Ha! Das hättest du nicht gedacht, Schweinehund, dass ich einen persönlichen Bodyguard habe, was? Aber nicht nur das, ich habe nämlich auch einflussreiche Freunde im … im Musikbusiness. Okay, das ist jetzt nicht ganz so vorteilhaft in dieser Situation. Aber egal. Ich habe einen Erik!

Laurenz lässt die Zeitung neben sich auf das Polster fallen und steht auf. Er macht zwei Schritte vorwärts, was mir ein erschrockenes Quieken entlockt. Ich hüpfe an Eriks Seite und klammere mich an seinen Oberarm wie ein Äffchen.

»Hier lang!« Er breitet seine kräftigen Arme um mich und baut dadurch einen Schutzwall auf. Damit wecken wir natürlich auch die Aufmerksamkeit der anderen Gäste, die sich in der Lobby aufhalten.

»Wer ist das? Ist das irgendeine Spielerfrau?«

»Ich glaube, die habe ich neulich bei *RTL Explosiv* gesehen.«

»Quatsch, die war beim *Perfekten Promi-Dinner*. Ist eine von dieser Girlgroup. Mmh, in echt sieht die gar nicht so toll aus wie im Fernsehen. Viel kleiner.«

Also wirklich! Ich bin überhaupt nicht klein! Außerdem trage ich extra diese hohen Schuhe – sieben Zentimeter, das soll mir mal einer nachmachen!

Bevor wir aber den Ausgang erreichen, höre ich, wie mein Name gerufen wird:

»Frau Arend! Bitte warten Sie!« Frau Habermann hastet auf ihren Absätzen hinter uns her. Erik, der bis dahin den Gesichtsausdruck eines Pitbulls angenommen hatte, entwickelt sich spontan zur Schweiz. Er ist so neutral, dass er beinahe mit einer der Säulen verschmilzt. Ich stelle mir vor, dass er sogar seine Ohren auf Durchzug schaltet. Sie sind eine Art Radar, der alles aufnimmt, was im Umkreis von fünfzig Metern passiert, aber persönliche Gespräche komplett ausblendet. Ist das toll! So einen Erik hätte ich gerne für immer.

»Gut, dass ich Sie noch erwische!« Frau Habermann atmet erleichtert aus. »Ich habe Frau Dannenberg informiert, dass Sie für uns in einer sehr schwierigen Situation hilfreich eingesprungen sind und dass es Ihnen furchtbar leidtut. Sie war sehr verständnisvoll und möchte das Essen gerne zu einem anderen Zeitpunkt nachholen.«

»Oh, danke! Das ist supernett von Ihnen!«

»Hier!« Sie drückt mir eine blasslila Karte in die Hand. »Meine Kontaktdaten. Ich kann Ihnen gar nicht sagen, wie dankbar ich Ihnen bin, dass Sie mir geholfen haben. Sie haben anscheinend ein glückliches Händchen für anspruchsvolle Persönlichkeiten.«

Das ist wirklich schön formuliert. Ich nicke begeistert. Man kann sich auf mich verlassen, weil ich geschickt im Umgang mit schwierigen Menschen bin. Wenn das nicht ein wunderbares Kompliment ist!

»Es hat mir viel Spaß gemacht.«

»Wenn Sie wieder einmal hier sind, dann lassen Sie es mich wissen! Menschen wie Sie können wir im Hyatt immer gut gebrauchen!«

Oh! Ich weiß gar nicht, was ich sagen soll. War das gerade ein Jobangebot? Es gibt Tage, die könnten schlechter laufen als dieser. Ich verabschiede mich herzlich von Frau Habermann und stecke ihre Visitenkarte ein.

Im selben Moment, in dem wir das Hotel verlassen, fährt ein Taxi vor. Laurenz stolpert durch die Lobby hinter uns her. Sein Gesichtsausdruck schwankt zwischen Wut und Hilflosigkeit. Aber was soll er schon machen? Gegen meinen Erik kann er gar nichts ausrichten.

Das Taxi bleibt stehen, und mein Bodyguard hält mir gentlemanlike die Tür auf.

»Emma!« Laurenz' Stimme klingt verzweifelt. »Du hast da etwas völlig missverstanden. Lass uns einen Drink nehmen und darüber reden!«

Darauf reagiere ich gar nicht erst und klettere schnell auf die Rückbank. Wer weiß, was Laurenz gemacht hätte, wenn er mich in einem der Konferenzräume erwischt hätte. Hätte er dann auch nur bei einem Drink mit mir reden wollen? Ich bezweifle das.

Erik schließt die Tür und hält Laurenz mit einer Handbewegung auf Abstand. Das Taxi wendet. Ich sehe noch, wie Laurenz wild gestikuliert und Erik anbrüllt, der sich drohend aufbaut und ihn mit seinem breiten Brustkorb einfach wegstößt.

Erleichtert, weil das überstanden ist, beuge ich mich nach vorn. »Fahren Sie mich bitte zum Rheinauhafen. Kranhaus Nord.«

23

Mir ist ganz schön mulmig zumute. Wird Dannenberg mir überhaupt glauben, was ich ihm gleich erzählen werde? Und wenn er mir glaubt, wird er mich dann dafür hassen, dass ich seinen Freund entlarvt habe? Bedanken wird er sich wohl kaum, überlege ich. Aber ich muss es ihm einfach sagen! Es ist vielleicht genau das markante Puzzleteil in einem Haufen von gleichfarbigen Teilen. Das Puzzleteil, nach dem Dannenberg bei seiner Recherche womöglich ewig gesucht hat. Das eine, das alle anderen verbindet. Und außerdem entlastet es seinen Schwiegervater! Das ist mir vorher gar nicht eingefallen.

Ich bezahle das Taxi, was mir einen kleinen Schrecken einjagt. Wieso ist das so teuer? Fluchend werfe ich die Autotür zu und stolziere dann missmutig zum Eingang des Kranhauses. Eigentlich müsste ich in diesem Augenblick zweihundert Meter weiter Buchsbäume arrangieren und mit Schleifchen schmücken. Ich kann nur hoffen, dass Erika meine Nachricht auf ihrer Mailbox abgehört hat und nicht stinksauer ist, weil mein »Auftrag« im Hotel so lange gedauert hat. Es ist bereits nach zwei.

Ich hole tief Luft und drücke die Glastür auf. Mit etwas Glück ist heute ein anderer Concierge im Dienst als beim letzten Mal. Herrn Winkel möchte ich so bald nicht noch einmal begegnen.

Ich merke aber ziemlich schnell, dass mein Glück für heute verbraucht ist. Herr Winkel steht starr vor Schreck hinter der Theke. Seine ganze Haltung drückt Abneigung aus, als er mich erblickt.

»Fräulein Daisy.« Es ist kein herzliches Willkommen, so viel ist mal klar.

»Guten Tag, lieber Herr Winkel.« Ich versuche es mit einem freundlichen Lächeln, ernte dafür aber nur ein angespanntes Zucken. Winkel scheint ziemlich nervös zu sein.

»Könnten Sie bitte –«

»Herr Dannenberg ist nicht im Hause!«

»Oh, das ist aber schade. Ich habe nämlich eine wichtige Nachricht für ihn.«

»Als Concierge bin ich selbstverständlich dafür da, Bewohnern des Hauses Nachrichten auszurichten. So sie denn nicht gegen die guten Sitten oder gegen Gesetze verstoßen.« Bei diesen Worten schaut er mich durchdringend an.

Ich hole tief Luft und krame dann in meiner Handtasche nach dem Polsterumschlag mit dem Hermès-Schal. Als ich den zerknitterten Umschlag herausziehe, schreckt Winkel für einen kurzen Moment zurück.

»Können Sie das Herrn Dannenberg bitte zukommen lassen? Er hat mir etwas ausgeliehen, was ich ihm unbedingt zurückgeben möchte.«

Winkel befühlt misstrauisch den Umschlag, als befürchtete er, es könnte sich eine Briefbombe darin befinden. »Ausgeliehen. Soso.«

»Und hätten Sie vielleicht was zu schreiben für mich? Ich muss ihm unbedingt noch etwas sagen.«

Wortlos reicht er mir Block und Kugelschreiber.

Ich weiß gar nicht, wo ich anfangen soll. Blöd ist, dass

ich das Foto nur auf meinem Handy habe und Dannenbergs iPhone, dessen Nummer ich ohnehin nicht kenne, auf dem Grund des Rheins liegt.

»Sie haben doch einen Drucker hier, oder?«

Winkel rückt seine Krawatte zurecht und nickt zögernd. Man sieht ihm an, dass er jetzt gerne verneint hätte.

»Kann ich ein Foto mit dem Handy an das Gerät schicken, und Sie drucken es mir aus?«

»Das ist durchaus möglich. Aber …« Er lässt das Ende lange durch den Raum schwingen.

»Sie können sich das Foto gerne ansehen. Es verstößt garantiert gegen kein Gesetz und ist absolut jugendfrei.«

Winkel seufzt und willigt schließlich ein.

Per Bluetooth stelle ich eine Verbindung her und sende das Bild von Laurenz und seinen Komplizen an Winkels Drucker. Während das Gerät leise rattert, schreibe ich eine schnelle Notiz an Dannenberg:

Ich war heute mit Ihrer Mutter im Hyatt Regency zum Essen (das ist eine lange Geschichte). Dabei habe ich unfreiwillig ein Gespräch zwischen Laurenz Schneider und zwei anderen Männern mitbekommen. Es handelte von illegalen Geschäften, die auch mit dem Bau der Mall of Cologne *in Zusammenhang stehen. Es war von Scheinfirmen die Rede, von Strohmännern und Schwarzarbeit. Immer wieder fiel der Name Attila (das muss irgendein Bauunternehmen sein). Ich sage nur: MAFIA!*
Laurenz kassiert drei Prozent für die Vermittlung. Es tut mir so leid. :-(

Seien Sie vorsichtig!
Emma

Ich falte den Brief zusammen und halte ihn Winkel hin, der ihn sofort packt. Da fällt mir ein, dass Winkel eventuell komisch reagieren könnte, wenn sein Auge auf das Wort »Mafia« fällt. Ich ziehe den Zettel wieder zu mir, aber Winkel lässt ihn nicht mehr los.

»Sie werden den Brief doch nicht lesen, oder?«

Empört schnappt er nach Luft. »Selbstverständlich nicht!« Er zerrt den Brief wieder zurück und mein Arm wischt über die ganze Theke. »Das oberste Prinzip in unserem Hause ist Diskretion, hören Sie? DIS-KRETION!« Er schwingt die Finger seiner anderen Hand dabei durch die Luft, als dirigierte er zu einer Melodie, die nur er hören kann.

»Ich würde ihn trotzdem lieber einpacken.« Der Zettel wandert wie beim Tauziehen wieder über die Theke zu mir. »Geben Sie mir bitte den Umschlag zurück, dann stecke ich den Brief mit hinein.«

»Tut mir leid.« Er schüttelt den Kopf. »Aber ich kann Ihnen keinen Briefumschlag, der für einen unserer Hausbewohner bestimmt ist, aushändigen.«

»Ich will den Umschlag ja nicht wegnehmen, ich möchte nur etwas hineintun.«

»Aber Sie dürfen ihn nicht öffnen!« Er zerrt mit solcher Kraft an dem Zettel, dass ich schon befürchte, er reiße bald durch.

»Aber der Umschlag gehört mir, ich habe Ihnen den doch gerade erst überreicht!«

»Das ist nur insoweit richtig, als der Umschlag Ihnen gehörte, bis zum Zeitpunkt, als Sie ihn in meine Hände gaben. *Ab* diesem Zeitpunkt übernehme ich sozusagen die Funktion eines Briefzustellers und muss das Postgeheimnis wahren.«

»Das ist doch jetzt nicht Ihr Ernst?«

»Mein vollster sogar!«

Keiner von uns will nachgeben. Nach quälend langen Sekunden, in denen wir uns über den Zettel hinweg böse anstarren, lässt Winkel endlich los. Dieser spießige … pingelige … kleinkarierte … Concierge!

»Hätten Sie dann vielleicht einen Briefumschlag für mich?«

»Aber selbstverständlich.« Es raschelt kurz hinter der Theke, dann übergibt er mir feierlich einen Umschlag und das ausgedruckte Foto.

»Das macht zwanzig Cent für die Fotokopie und weitere fünfzig für den Briefumschlag.«

Ich könnte in diesem Moment schreien, so sehr ärgert mich Winkels Blasiertheit. Wenn er wüsste, um was es hier geht, dann würde er sich bestimmt nicht so gemein verhalten. Aber ich sage kein Wort! Soll er doch hinterher aus der Zeitung davon erfahren, mir ist es egal! Ich stopfe die beiden Zettel grob hinein und klebe den Umschlag zu, bevor ich ihn ordnungsgemäß adressiere, um Winkels Anspruch an einen korrekten Brief gerecht zu werden.

»Es ist wirklich wichtig«, wiederhole ich noch. Dann verabschiede ich mich und trete nach draußen auf die Straße.

Ich würde gerne sagen: Der Rest ist Schweigen. Aber so ist es leider nicht. Eigentlich habe ich heute schon so viel erlebt, dass es locker für drei weitere Tage ausreichen sollte, aber ich darf mich auch noch mit Erikas schlechter Laune herumschlagen, als ich endlich zu ihnen stoße. Sie und Monika haben mit Hilfe von Monikas Mann die Buchsbäume und eine Handvoll Palmen ausgeliefert und sind immer noch dabei, sie zu arrangieren. Meine Füße schmerzen höllisch – immerhin bin ich seit Stunden auf sieben Zentimetern Pfennigabsatz unterwegs. Mein Etuikleid gehört auch nicht zu dem, was ich grundsätzlich unter Arbeitskleidung verstehe. Deswegen dauert es auch bis halb fünf, bis wir mit der Dekoration fertig sind.

»Morgen erwarte ich einen anderen Arbeitseinsatz von dir!«, blafft Erika mich an. »Spätestens um zehn müssen die Vorbereitungen für das *Dîner en blanc* stehen.«

Das Dinner in Weiß findet eigentlich erst in ein paar Tagen statt, aber Erika ist furchtbar angespannt. Es wird eine der schönsten Veranstaltungen zur offiziellen Eröffnung des neugebauten Rheinauhafens werden. In einer langen Reihe werden Hunderte von Menschen gänzlich weiß gekleidet an ebenso weißen Tischen speisen. Erika ist wegen der negativen Berichterstattung um die *Mall of Cologne* ziemlich gestresst. Ich verstehe, dass sie sich Sorgen macht, sie könnte ihr Geld in eine Bauruine gesteckt haben. Aber ich bin auch gestresst! So wie es aussieht, bin ich heute nur um Haaresbreite einem Kriminellen entwischt. Ich habe einen Superstar beruhigt, mit Dannenbergs Mutter wenigstens zur Hälfte Mittag gegessen und mich mit einem pedantischen Concierge um einen Brief gestritten. Außerdem habe ich gerade erst meine Beziehung zu Michi beendet und sitze praktisch auf der Straße. Und meine Schwester hat eine Affäre mit ihrem Professor.

Aber was das Allerschlimmste ist: Sie hasst mich.

Als ich in der Bahn auf dem Weg nach Hause sitze, ist mir zum Heulen zumute. Im Hausflur trete ich die Pumps von meinen Füßen. Mama und Reinhard sitzen auf der Terrasse, unterhalten sich und lachen zusammen. Ich freue mich für sie. Ganz egal, wie blöd Reinhard auch sein mag, er macht meine Mutter glücklich. Und nur das ist es doch, was zählt. Ich bin so erschöpft, dass ich es nicht einmal schaffe, mir ein Bad einlaufen zu lassen. Obwohl der Abend noch jung ist, lege ich mich auf das Doppelbett in Heidis Zimmer und schließe die Augen.

Ich döse bestimmt seit einer Stunde vor mich hin, als meine Schwester ins Zimmer schleicht. Weil ich keine Lust auf Streit habe, stelle ich mich schlafend. Die Matratze senkt sich, als Heidi sich neben mir zusammenrollt. Ich kann die Wärme, die ihr Körper ausstrahlt, in meinem Rücken spüren. Es wäre so schön, wenn ich ihr von meinem Tag erzählen könnte. Ich habe versucht, Judith zu erreichen, aber sie ging nicht ans Telefon. Alle paar Minuten habe ich auf mein Handydisplay geschaut, weil ich mit einem Anruf von ihr oder von Dannenberg gerechnet habe. Aber inzwischen habe ich aufgegeben. Ob er meine Nachricht überhaupt erhalten hat? Und wenn ja, würde er mich deswegen anrufen? Ich grüble sogar darüber nach, was Michi gerade macht. Ob er mit Dirk und Ingo vor dem Fernseher sitzt? Dann unterbricht ein Zittern meine Gedanken. Die Matratze wackelt, und ich höre ein gedämpftes Geräusch. Als ich mich auf die Seite drehe, sehe ich, wie Heidis Schultern beben.

Sie weint.

Ein unterdrücktes Schluchzen entfährt ihr und mir wird ganz heiß. Seitdem Papa damals ausgezogen ist und wir um die Aufmerksamkeit von Mama kämpften, haben wir uns nur noch gestritten. Ich kann mich kaum noch daran erinnern, wie es vorher zwischen uns war. Aber Heidi ist meine Schwester. Sie ist neunundzwanzig Jahre alt und hat gerade ihr Studium abgeschlossen. Sie ist jetzt Frau Dr. jur. Arend und höchstwahrscheinlich schwanger. Und in diesem Augenblick liegt sie neben mir im Bett und weint. Ich kann gar nicht sagen, wie sehr mich das schmerzt.

»Heidi.« Vorsichtig berühre ich sie an der Schulter.

Sofort rückt sie von mir ab. »Lass mich!«

Durch die Vorhänge dringt immer noch Licht herein. Ich kann sehen, wie anstrengend es für sie ist, ihre Gefühle unter Kontrolle zu halten. Ihr Nachthemd klebt ihr am Rücken. Zaghaft rutsche ich Zentimeter für Zentimeter an sie heran. Meine Knie berühren ihre Oberschenkel. Ich schlinge meinen Arm um ihre Taille und halte sie fest. Ganz fest.

Sie toleriert es. Ich vergrabe meine Nase in ihr Haar und presse mich an sie, während ihr Körper von Schluchzern geschüttelt wird. Lange liegen wir so da. Bis es draußen endlich dunkel geworden ist und die Nacht alles Licht verschluckt hat.

»Warum hast du nichts gesagt?«, flüstere ich an ihren Hinterkopf.

»Was soll ich denn sagen?« Ihre Stimme klingt ganz zerbrechlich.

»Dass du schwanger bist, zum Beispiel.«

»Spinnst du?« Sie schubst mich weg und dreht sich endlich um. Es ist so dunkel, dass ich nicht in ihrem Gesicht lesen kann.

»Ich habe zufällig das Rezept von deinen Folsäure-Tabletten gefunden.«

»Spionierst du mir etwa nach?«

»Ich habe nur aufgeräumt. Dein Saustall hier war ja eine Zumutung.«

Heidi schnappt empört nach Luft. Aber dann atmet sie langsam aus, und ich erahne ein zaghaftes Lächeln. »Schlimm, oder? Früher warst du eigentlich immer diejenige, die nur Chaos verbreitet hat.«

»Daran hat sich gar nicht so viel geändert«, gebe ich zu. »Ich könnte dir Sachen erzählen –«

Wir schweigen einen Moment.

»Mama denkt, du hast eine Affäre mit deinem Professor«, sage ich und halte den Atem an.

Heidi seufzt. »Wenn es doch nur so wäre.«

»Was?« Ich richte mich im Bett auf und taste nach der Nachttischlampe.

»Lass das Licht aus!«, stößt Heidi hervor. »Ich kann dir das keinesfalls erzählen, wenn du mich dabei anguckst. Es ist alles so schrecklich, ich weiß gar nicht, wo ich anfangen soll.«

Irritiert sinke ich in das Kissen zurück. »Das heißt, das Kind ist nicht von Professor Reifenhäuser?«

»Nein. Der ist ein alter Knochen. Wie kommt Mama nur auf den Gedanken, ich könnte etwas mit dem anfangen? Brrrr«, schüttelt sie sich.

»Sie sagt, sie hätte in deiner Jackentasche irgendwelche Briefchen von ihm gefunden.«

»Das darf doch nicht wahr sein! Mama ist echt das Letzte! Wie kann sie mir das antun und in meinen Klamotten herumwühlen?«

»Sie hat sie nur vor dem Waschen herausgefischt«, sage ich, obwohl ich mir sicher bin, dass das eine Lüge ist. Mama hat auf jeden Fall genüsslich in Heidis Sachen geschnüffelt! Und obwohl ich bisher immer dagegen war, zu lügen, habe ich in den letzten Tagen meine Einstellung dazu grundlegend überdacht. Mittlerweile finde ich, dass man in beinahe jeder Lebenslage zu einer Lüge greifen darf. »Wer ist denn jetzt dieser Armin?« Ich weiß, es ist schrecklich, aber ich platze beinahe vor Neugierde.

»Er, oh Gott!« Heidi bricht in Gekicher aus. »Ich schäme mich so. Ich kann dir das einfach nicht erzählen!«

»So ein Quatsch! Natürlich kannst du.«

»Nein! Du kannst dir ja überhaupt nicht vorstellen, wie unglaublich peinlich das ist. Vor allem, weil ich mich immer über dich und Michi lustig gemacht habe. Und gerade jetzt, wo du mit Michi Schluss gemacht hast, da …« Sie stockt. »Du hast doch nicht etwa deswegen mit ihm Schluss gemacht, weil ich so schlecht von ihm geredet habe, oder?«

Da kann ich sie beruhigen. »Ich habe auf einmal gemerkt, dass wir nicht zusammenpassen«, wiederhole ich meine hohle Phrase, obwohl ich ehrlicherweise zugeben müsste, dass ich das schon länger wusste und bloß zu viel Angst davor gehabt habe, allein zu sein. Es fällt mir ohnehin schwer genug, es mir selbst gegenüber einzugestehen. Und seitdem Dannenberg mir in diesem malträtierten Aufzug die Tür zu seinem Penthouse geöffnet hat, kann ich einfach an niemand anderen denken als an ihn. Von da an hatte Michi keinen Platz mehr in meinem Kopf. Glücklicherweise merkt Heidi nicht, wie sehr mich das gerade durcheinanderbringt.

»Ich bin ja so ein Snob«, sagt Heidi und wirft sich die Hände vor das Gesicht.

»Heißt das etwa, dass dieser Armin dir nicht gut genug ist?« Empört stoße ich die Luft aus. Er ist immerhin der Vater ihres ungeborenen Kindes. »Was ist denn? Hat er etwa kein abgeschlossenes Studium vorzuweisen?« Ich weiß nicht, warum ich so sauer reagiere. Vielleicht, weil ich mich bei Dannenberg ebenso unzulänglich fühle. Es wäre immerhin möglich, dass er ähnlichen Überlegungen nachgeht wie Heidi, und das könnte ich keinesfalls ertragen.

»Wer zum Teufel ist er denn? Ist er der Hausmeister in eurem Institut? Arbeitet er bei der Müllabfuhr oder als

Tierpfleger im Kölner Zoo?« Meine Stimme wird immer lauter, während Heidi sich im Bett windet.

»Oh Gott«, keucht sie. »Er … er ist … Taxifahrer.«

»Bitte was?«

»TAXIFAHRER VERDAMMT!«, kreischt sie nun.

»Ach so«, winke ich ab. »Ich habe im ersten Moment verstanden, er sei Taxifahrer. Na dann.«

»Du bist so eine blöde Kuh!« Heidi reißt das Kissen unter ihrem Kopf heraus und wirft es mir an den Kopf. Ich muss so sehr lachen, dass ich beinahe aus dem Bett purzle. Doch diese Attacke kann ich keinesfalls auf mir sitzen lassen. Ich schnappe mir mein eigenes Kissen und donnere es Heidi auf den Kopf. Wenige Minuten später sind unsere Arme müde von einer hitzigen Kissenschlacht, und wir liegen keuchend nebeneinander auf der Matratze.

»Wir sollten so was nicht tun, das ist bestimmt nicht gut für das Baby«, gebe ich zu bedenken.

»Auf jeden Fall ist es nicht gut für meine Blase.« Heidi rollt sich aus dem Bett und verschwindet in Richtung Badezimmer.

»Wird das jetzt die ganze Nacht so gehen?«, stöhne ich, als sie kurz darauf wieder zurück unter die Bettdecke kriecht.

»Möglich.« Sie starrt die Decke an und seufzt. »Es tut mir leid, dass ich dich in letzter Zeit immer so gepiesackt habe. Ich war so fertig wegen der Doktorarbeit. Und die Sache mit Armin hat mich total verunsichert. Und dann das Baby …« Sie stöhnt leise. »Ich habe doch nicht jahrelang studiert, um jetzt nur noch Windeln zu wechseln.«

»Aber du kannst auch nicht so weitermachen und dich fast schon lebendig begraben lassen«, gebe ich zu bedenken. »Es gibt auch noch anderes als nur den Job.« Und dann sage ich etwas, das ich ganz bestimmt nicht einmal mir selbst eingestehen wollte: »Ich war so eifersüchtig auf dich. Du und Mama, ihr seid so vertraut. Ich kam mir dabei immer völlig überflüssig vor.«

»Das solltest du auch.« Heidi klingt ein bisschen böse. »Ich habe das schließlich über Jahre mitgemacht. Papa hat dich doch immer bevorzugt. Es war ganz egal, was ich gemacht habe. Ich konnte noch so gut sein im Ballett oder beim Reiten – das hat ihn überhaupt nie interessiert. Er hatte immer nur Augen für dich.«

Ich falle aus allen Wolken. »Das stimmt doch überhaupt nicht! Du durftest wenigstens alles machen. Bei mir hieß es immer, dass wir uns das nicht mehr leisten können.«

»Ja, aber das war viel später!«

»Das ist aber das Einzige, woran ich mich erinnern kann!«, blaffe ich.

»Wirklich?« Heidi ist irritiert. »Du weißt nicht einmal mehr, dass Papa mit dir Motorboot gefahren ist?«

»Das wäre mir völlig neu.«

»Und das mit dem Rosenmontagszug, als du auf dem Wagen mitfahren durftest?«

»Keine Ahnung. Außerdem hat sich Papa doch seit Jahren nicht gemeldet. Da siehst du mal, wie wahnsinnig viel ihm an mir liegt.«

Jetzt ist Heidi wirklich baff. Sie schweigt.

Und weil das anscheinend gerade der richtige Augenblick für Geständnisse ist, fasse ich mir ein Herz und sage:

»Weißt du noch, die Sache mit deinem Ballettkostüm?«

»Als könnte ich das vergessen!«

»Es ist so … Ich … also … ich habe es damals mit Absicht zu Hause liegenlassen.«

»Ich weiß«, sagt Heidi.

Vor Angst halte ich die Luft an.

»Aber ich verzeihe dir.«

24

Die Sonne strahlt so hell, dass ich blinzeln muss. Mir ist ganz leicht zumute, als ich zu Fuß durch die Stadt laufe, um mich mit Judith zu treffen. Wir wollen uns unbedingt ansehen, wie die ganzen Leute in Weiß an diesem superschicken Dinner im Rheinauhafen teilnehmen. Heidi und ich haben uns endlich ausgesprochen, und ich merke jetzt erst, wie sehr mich dieser unterschwellige Konflikt belastet hat. Das bedeutet aber nicht, dass wir seitdem ein Herz und eine Seele wären. Erst heute hat sie mich beim Frühstück zusammengestaucht, weil es Rührei gegeben hat und ihr doch allein vom Geruch speiübel werde. Dass das erst neuerdings der Fall ist, wollte ich vor Mama und Reinhard nicht ansprechen.

So ist das eben mit den Hormonen in der Schwangerschaft. Ich bin da sehr verständnisvoll und habe ihr lediglich gesagt, dass sie dann besser in ihrem Zimmer frühstücken sollte. (Okay, in Wahrheit habe ich gesagt, dass sie dann *verdammt noch mal* eben woanders einziehen soll! Aber das war nur ein kleiner Ausrutscher, und ich finde, das sollte man nicht zu streng bewerten.)

Dannenberg hat sich nicht gemeldet. Ich weiß nicht, was ich genau erwartet habe – mit Sicherheit nicht, dass er mir vor Dankbarkeit ein nagelneues Hermès-Tuch oder auch nur ein paar Blumen schickt –, aber dass er überhaupt nicht reagiert, verursacht mir Magenschmerzen. Die ganze Woche habe ich den Zeitungskiosk in unserer

Straße in der Hoffnung belauert, etwas Erhellendes über den Bauskandal zu lesen. Aber die Zeitungen schweigen sich aus. Das Fiasko mit Laurenz Schneider und Dannenbergs Mutter erscheint mir inzwischen wie ein skurriler Traum.

»Vielleicht hat er deine Nummer verlegt?« Judith ist keine große Hilfe.

»Selbst wenn – die Nummer meiner Mutter steht im Telefonbuch, ebenso wie Daisy Düfte. Und außerdem hat er sie schon einmal herausgefunden. Wenn es ihm also wirklich wichtig wäre, dann dürfte das kein Problem sein für einen Nils Dannenberg!«

»Dann hat er keine Zeit, weil das, was du herausgefunden hast, seine ganze Redaktion in Aufruhr versetzt hat. Ich wette, er hat in den letzten Tagen Stunden damit zugebracht, mit der Polizei zu sprechen, mit seinem Schwiegervater oder irgendwelchen Leuten von der Steuerbehörde. Und du darfst nicht vergessen, dass er einen seiner besten Freunde verloren hat.«

»Ich glaube nicht, dass Laurenz sein *bester* Freund war. Und außerdem kann es sein, dass er mir gar nicht geglaubt hat.«

»Aber auch wenn er deine Anschuldigung für Schwachsinn halten würde – er ist doch Journalist, er würde das ganz sicher nachprüfen. Und dann würde er herausfinden, dass du die Wahrheit gesagt hast und Laurenz eigentlich zur … Mafia gehört.« Am Ende ihrer Ausführungen fängt sie an, breit zu grinsen.

Hätte ich ihr doch bloß nie davon erzählt! Im Nachhinein ist es mir furchtbar peinlich, dass ich das Wort *Mafia* überhaupt nur gedacht habe. Aber nein, ich Volltrottel muss das auch noch in den Brief schreiben, den ich Winkel überreicht habe! Was für eine Blamage!

Wir stehen diskutierend an der Rheinpromenade. Ich werfe einen Blick auf das trübe Wasser. Über uns kreischen Möwen, die sich herabstürzen und Fritten aus einer alten Pommesschale herauspicken, die irgendein Ferkel neben den Mülleimer geworfen hat.

»Ich hatte wirklich Angst vor diesem Laurenz«, versuche ich, meine Überreaktion zu verteidigen. »Er hat mich durch das ganze Hotel verfolgt. Ich möchte dich mal sehen, wenn du unter …«

»Ist ja schon gut!« Judith kichert. »Wäre ich doch nur dabei gewesen!«

»Das sagst du nur wegen Jimmy.«

Judith verpasst mir einen Rippenstoß. »Das ist einfach der Oberhammer! Wieso passieren dir ständig so tolle Sachen? Was würde ich dafür geben, wenn ich mich an deiner Stelle mit Jimmy Bluestone auf einem Kissen vor dem Kamin hätte wälzen können.«

»Also manchmal wundere ich mich wirklich über deinen Geschmack. Außerdem haben wir uns nicht gewälzt. Jimmy und ich haben bloß ein paar Lieder gesungen.«

Judith stöhnt auf. »*Jimmy und ich!* Wie sich das anhört. Echt, Emma, dafür hasse ich dich!«

Ist es nicht wundervoll, wenn man eine Freundin hat, die einem so ungehemmt ein »Ich hasse dich« an den Kopf wirft? Ich bin ganz gerührt. Denn so etwas würde sie niemals jemandem sagen, den sie nicht aufrichtig liebt.

»Je länger ich darüber nachdenke, umso sicherer bin ich mir, dass Winkel meinen Brief gar nicht weitergereicht hat. Mit Absicht! Nur um mir eins auszuwischen.«

Judith zieht zweifelnd eine Augenbraue in die Höhe. »Nach allem, was du mir über diesen Concierge erzählt hast, kann ich mir das nicht vorstellen. Der ist doch superpingelig. Warum rufst du ihn nicht einfach an?«

»Auf keinen Fall! Ich werde ihm nicht hinterherlaufen. Das ist so würdelos!«

»Nicht Dannenberg! Ich meine diesen Winkel.«

»Bloß nicht!« Ich winke ab. »Viel lieber möchte ich jetzt mit dir diesen Abend verbummeln. Wir schauen uns diese Schickimicki-Typen an und lästern über sie. Ganz in Weiß wird das ultrakomisch, wenn die sich beim Essen bekleckern.«

»Vielleicht hätten wir uns auch besser etwas Weißes anziehen sollen«, meint Judith.

Ich schaue an mir herunter. So unpassend finde ich mein Outfit jetzt nicht. Ich trage ein rotgeblümtes Blusenkleid mit Wasserfallausschnitt. Um meine Taille habe ich eine passende Schleife aus Seide gebunden, was mir das Aussehen eines hübsch verpackten Geschenks gibt. Judiths Beine stecken in einem quietschgelben Faltenrock, um den ich sie schon seit zwei Jahren glühend beneide. Wenigstens sie hat eine weiße Bluse an.

»Wir schauen doch nur zu«, sage ich.

Schon von weitem hören wir die Live-Musik. Kleine Kinder laufen uns mit weißen Luftballons über den Weg. Man könnte meinen, auf einer High-Society-Hochzeit zu sein.

»Oh, ist das schön!«, schwärmt Judith. Ich kann ihr da nur zustimmen. Mehr als einen Kilometer lang erstrecken sich die geschmückten Tische. Überall nur fröhlich lachende Gesichter. Manche haben Tische, Speisen und Getränke selbst mitgebracht, wieder andere exklusive Sitzplätze und Menüs gebucht. Boote der Feuerwehr spritzen riesige Wasserfontänen über den Rhein. An einem Stand kaufen wir uns frische Crêpes, die wir essen, während wir das Spektakel auf dem Wasser beobachten.

Das Gedrängel wird immer größer, je näher wir dem Yachthafen kommen. Judith wird angerempelt, stolpert und tritt mir dabei auf die Füße.

»Autsch!«, entfährt es mir.

»Idiot!«, ruft hingegen Judith, was uns die Aufmerksamkeit einiger der Flanierenden beschert. »Hast du das gesehen? So ein Rüpel! Kann sich nicht mal entschuldigen.« Sie schüttelt wütend den Kopf.

Ich hingegen bin wie gelähmt. Mein Blick folgt dem dunklen Haarschopf, der dabei ist, in der Menge zu verschwinden.

»Judith, schnell!« Ich zerre sie am Arm hinter dem Rüpel her.

»Das war er!«

»Dannenberg?«

»Quatsch, Laurenz. Dieser Mafioso, der mich durch das Hyatt gejagt hat.«

»Ich glaub's nicht. Oh Gott, ist das spannend!«

Wir schlängeln uns hastig durch die Masse an Leuten, immer auf der Hut, damit Laurenz uns nicht bemerkt.

Was macht er bloß hier, frage ich mich. Ist der Rheinauhafen etwa sein neuster Treffpunkt, um krumme Geschäfte abzuwickeln? Wir heften uns an seine Fersen. Einmal dreht Laurenz sich um, als hätte er eine dunkle Ahnung, dass ihm jemand folgt, und Judith und ich quetschen uns schnell hinter eine Straßenlaterne.

»Wir könnten so tun, als würden wir knutschen«, schlägt Judith vor. »Aber ohne Zunge.«

Ich suche die Menge ab. »Er geht weiter.«

Dann ist Laurenz auf einmal aus meinem Blickfeld verschwunden, und ich bleibe ruckartig stehen. »Er ist weg, verdammt!«

»Kann doch nicht sein«, meint Judith. »Gerade stand

er doch noch dort an diesem Tisch mit den hübschen Windlichtern. Guck doch. Da, wo dieses Pärchen sitzt. Der Mann hat eine irre schöne Brille.«

Ich habe jetzt wirklich keinen Nerv für schöne Brillen, trotzdem folgen meine Augen reflexartig Judiths ausgestreckter Hand.

»Oh«, mache ich.

»Frau Arend, das ist ja eine nette Überraschung.«

Die Stimme gehört Dannenbergs Mutter, die an diesem Tisch sitzt und mir freudig eine Hand entgegenstreckt. Neben ihr hat sich Laurenz auf seinen Platz fallen lassen, der mich erst von oben bis unten mustert und dann spöttisch angrinst. Ich schüttele stumm Frau Dannenbergs Hand. Diese Überraschung zieht mir den Boden unter den Füßen weg.

Nils Dannenberg senkt die Speisekarte, die er gerade studiert haben muss, und starrt mich über den Rand hinweg an. Oh Gott, ich wusste, dass er einfach umwerfend mit Brille aussehen würde! Mein Herz fängt sofort wie wild an zu pochen.

»Eine Familienfeier«, sagt Judith laut. »Wie nett.«

Diesmal kann sogar ich die Ironie in ihrer Stimme hören und bin konsterniert. Familienfeier? Erst jetzt wird mir bewusst, dass Judith von einem hübschen »Pärchen« gesprochen hat. Damit wird sie wohl nicht Mutter und Sohn gemeint haben. Nur mit Mühe reiße ich mich von Dannenbergs Gesicht los und bemerke die attraktive Erscheinung an seiner Seite.

Ich erkenne Viktoria sofort. Sie sieht genauso aus wie auf dem Foto in den Nachrichten. Elegant, kultiviert und umwerfend schön. Sie trägt geschmackvollen Goldschmuck an ihrem Handgelenk. Ihr weißes Kleid ist ein schulterfreier, fluffiger Traum aus Chiffon. Sie sieht beinahe aus wie eine Braut. Und hinter ihr über der Stuhllehne hängt das buntbedruckte Hermès-Tuch. *Mein* Hermès-Tuch! In diesem Moment würde ich am liebsten laut zählen, um den aufkommenden Schluckauf in meinem Zwerchfell zu unterdrücken. Dannenberg hat also den Brief erhalten. Und ganz sicher hat er auch gelesen, was ich über Laurenz geschrieben habe. Und er hat es trotzdem nicht für nötig befunden, mich wenigstens mal anzurufen. Stattdessen geht er mit diesem schmierigen, fiesen Ekelpaket essen!

»Möchten Sie beide sich vielleicht zu uns setzen? Wir würden uns sehr freuen. Nicht wahr, Nils?«

Dannenberg nimmt seine Brille ab und steckt sie in die Brusttasche seines weißen Hemdes. »Ja, selbstverständlich. Bitte setzen Sie sich doch.« Aber sein Gesichtsausdruck straft seine Worte Lügen. Er wirkt gequält.

»Neben mir ist noch Platz.« Laurenz' dämliches Grinsen hat in keiner Weise nachgelassen.

»Das wird etwas eng werden.« Viktoria lächelt. »Aber Sie sind in echt tatsächlich schmaler als im Fernsehen.«

Blöde Kuh!

Habe ich wirklich gedacht, dass sie nett aussieht? Pah! Sie ist eine von diesen Besen, die Bosheiten hinter Komplimenten verstecken. Eine von denen, die sagen: *Gut siehst du aus, gar nicht mehr so blass und krank wie beim letzten Mal.*

»Tut uns leid«, sagt Judith an meiner Stelle.

Ich bin kaum fähig, auch nur einen klaren Gedanken zu fassen, geschweige denn, die richtigen Worte zu finden. Wieso sitzt Dannenberg hier mit diesem Verbrecher an einem Tisch? Und weshalb ist seine Frau dabei, von der ich eigentlich dachte, sie sei seine Ex?

Los, Emma! Sag irgendwas!

Judith fasst mich am Arm. »Wir sind leider nicht passend gekleidet für das *Dîner en blanc*. Trotzdem vielen Dank!«

Oh Gott, ich danke dir, dass ich Judith an meiner Seite habe. Und sie hat so recht! Wir sind überhaupt nicht passend gekleidet. *Ich* passe überhaupt nicht hierher! Aus diesem perfekten Bild in Weiß steche ich heraus. Ich störe nur. Ich störe ganz gewaltig. Was mir bisher nur andeutungsweise bewusst war, ist mir jetzt völlig klar: Dannenberg und ich passen kein bisschen zusammen. Ich bin der Kaffeefleck auf seinem weißen Hemd.

»Ich hoffe, dass wir unser Gespräch bald fortsetzen können«, sagt Frau Dannenberg, was ich unheimlich nett von ihr finde. Aber ich bin so verstört, dass ich nur undeutlich stammeln kann.

»D… das wäre schön.«

Dannenberg steht auf. »Daisy …«

Ich sehe, wie Viktoria nach seiner Hand greift, mit der er sich am Tisch abgestützt hat. Das wirkt auf ihn wie eine kalte Dusche. Ganz langsam lässt er sich zurück in seinen Sitz sinken.

Das tut weh. In meiner Brust zieht sich etwas schmerzhaft zusammen.

»Emma«, sage ich. »Ich heiße Emma.«

»Auf Wiedersehen, Emma«, sagt er beinahe kühl. »Und danke für die Blumen, die Sie für Herrn Winkel besorgt haben, er hat sich sehr darüber gefreut.«

25

»Was ich immer noch nicht verstehe«, sagt Judith, als wir am nächsten Tag noch einmal telefonieren, »von was für Blumen hat er denn bitte gesprochen?«

»Ich habe keine Ahnung«, gebe ich zu. »Ich habe Winkel doch überhaupt nie Blumen gebracht.« Gerade bin ich dabei, Kaltwachs auf meine Beine aufzutragen und zähle stumm bis zehn, bevor ich den ersten Streifen abreiße.

»Dann wollte er dir damit etwas *durch die Blume* sagen«, stellt Judith äußerst scharfsinnig fest.

»Autsch! Ja, so weit bin ich in meinen Überlegungen auch schon gekommen. Die Blumen sind ganz bestimmt ein Symbol für die Nachricht, die ich ihm geschrieben habe. Trotzdem kann ich nicht begreifen, weshalb er sich so komisch verhalten hat. Das Ganze sah mir sehr nach einer Familienzusammenführung aus.«

»Du glaubst doch nicht wirklich, dass er wieder mit dieser dussligen Kuh zusammen ist?«

Genau dafür liebe ich Judith! Sie ist wirklich die beste Freundin, die man sich wünschen kann. Sie muss Dannenbergs Exfrau nicht einmal kennen, um zu wissen, dass sie diese nicht ausstehen kann.

»Leider ist sie eben keine dusslige Kuh.« Ich seufze und pappe den nächsten Wachsstreifen auf meine Wade. »Viktoria hat einen eigenen Wikipedia-Eintrag. Sie hat Psychologie und Soziologie studiert und später eine Ausbildung zur Journalistin an der Henri-Nannen-Schule in Hamburg absolviert. Sie ist so was wie ein weiblicher Dannenberg fürs Fernsehen und moderiert eine von diesen kritischen Frauenmagazinen.«

»Solche Frauen hasse ich«, erklärt Judith sogleich. »Man kann sich keine zehn Sekunden in ihrem Dunstkreis aufhalten, ohne sich vollkommen unzulänglich zu fühlen.«

»Du sagst es. Ich habe jetzt aber gar keine Zeit, mich deshalb verrückt zu machen. Mir bleiben nur noch zwei Stunden bis zu Heidis Empfang. Aaaaah«, mache ich, weil ein Teil des Wachses Haut von meinem Knöchel mit abgerissen hat. »Meine Mutter und mein Stiefvater streiten sich auch schon den ganzen Tag. Wir müssen gleich ins Hyatt, den Blumenschmuck abliefern. Und Heidi ist wie vom Erdboden verschluckt.«

»Meinst du, sie hat Panik?«

»Ich weiß es nicht«, sage ich ehrlich. »Ich hoffe nur, sie macht keinen Blödsinn wegen … na ja, wegen des Babys.«

Ich verspreche Judith, sie gleich nach dem Empfang anzurufen, und lege auf.

In meinem Magen hat sich seit gestern Abend ein dicker Knoten gebildet. Schon zum Frühstück habe ich keinen Bissen runterbekommen, was aber nicht das Schlechteste ist, denn mein Bauch sah noch nie so flach aus wie heute. Ich schlüpfe in mein nagelneues Cocktailkleid und drehe mich vor dem Spiegel. Mama hat gesagt, ich würde darin aussehen wie ein Testbild. Und das nur, weil es schneeweiß ist mit rundum schmalen schwarzen Streifen. Aber ich bin von mir selbst hingerissen. Ich trage eine blickdichte schwarze Strumpfhose und weiße Plateauschuhe und bin sicher, so muss sich

Romy Schneider gefühlt haben, als sie auf Alain Delon zugestöckelt ist. Oder Brigitte Bardot, als sie sich in Saint Tropez Gunter Sachs geangelt hat. Ach egal! Ich bin Emma Arend, die gleich durch das Hyatt Regency wandeln wird!

Mama stöhnt in diesem Augenblick laut auf. »Hätte ich mir doch bloß das Blütenkleid gekauft! Ich wünschte wirklich, ich hätte nicht auf dich gehört, Reinhard.« Meine Mutter kommt in Fahrt. »Jetzt sieh dir nur an, wie alt ich in diesem beigefarbenen Kostüm aussehe. Geradezu vertrocknet!«

Zaghaft linse ich in ihr Schlafzimmer. Ich muss Mama recht geben. Sie wirkt um Jahre gealtert. Beige ist allenfalls für ein Sofakissen akzeptabel, keinesfalls aber für eine Mutter, deren Tochter ihre Promotion erlangt hat. (Was sich ohnehin schon alt genug anhört.)

»Dein Schrank ist voll mit bunten Fähnchen«, lässt sich mein Stiefvater vernehmen. Seine Stimme sinkt gleich um eine Oktave ab, was sie immer macht, wenn er versucht, die Nerven zu bewahren – so viel habe ich in den letzten Tagen begriffen. »Das lohnt sich doch gar nicht, schon wieder ein neues Kleid zu kaufen.«

»Ach ja?« Mama knallt lauthals eine Schranktür zu. »Du meinst also, weil ich schon über fünfzig bin, würde ich es bis zum Tode nicht mehr schaffen, den Stoff aufzutragen, oder wie?«

Auweia.

»Was haltet ihr von einem Kaffee?«, rufe ich über den Flur. »Ich koche schnell welchen.«

»Sieh dir das an, Emmamaus!«

Verflixt. Mama versperrt mir den Weg zur Treppe.

»Findest du nicht auch, dass ich damit wie eine Oma aussehe?«

»Kein bisschen.« Ich kreuze die Finger hinter meinem Rücken. »Das ist ja kein *normales* Beige«, erkläre ich. »Und du weißt doch, dass sie im Hyatt diese … äh … speziellen Lampen haben.«

»Spezielle Lampen?«

Ich nicke ernst. »Hast du neulich nicht diesen Bericht im WDR gesehen? Da ging es um diese besonders Art der Beleuchtung in 5-Sterne Hotels. Eine warme, schmeichelhafte Beleuchtung«, wiederhole ich, »die mit dieser ganz neuen … LED-Technik erzielt wird. Beige erscheint dann nicht wie *langweiliges* Beige, sondern erhält einen zart lilafarbenen Schimmer. Manchmal auch rötlich, je nachdem.«

Mama schüttelt ungläubig den Kopf. »Reinhard hast du das gehört? Haben wir diesen Bericht denn nicht gesehen?«

Die Stimme meines Stiefvaters brummt im tiefsten Bass. »Würde mich sehr wundern.«

»Jedenfalls«, mische ich mich schnell ein, »dieses Licht soll gerade in Kombination mit Beige- und Pudertönen den Teint besonders gut zur Geltung bringen.«

»Hast du gehört, Reinhard? Es bringt den Teint zum Strahlen!«

»Ich würde auch strahlen«, blafft er zurück, »wenn ich mein weißes Hemd mit den Streifen finden könnte. Und wo ist meine silberne Krawattennadel?«

Mama verdreht die Augen. »Die habe ich dir auf die Kommode gelegt.«

»Falten«, werfe ich ein. »Falten soll diese Beleuchtung auch minimieren.«

»Falten, Reinhard! Hörst du? Ich werde bestimmt zehn Jahre jünger aussehen.«

»Vielleicht sogar fünfzehn«, setze ich noch einen drauf.

»Dann ist das Beige eventuell doch nicht so schlimm«, überlegt Mama.

»Damit hast du bestimmt recht. Gute Wahl! Ich koche dann jetzt mal Kaffee«, sage ich und schlängele mich an ihr vorbei zur Treppe.

Allein die Fahrt zum Hotel im Auto meines Stiefvaters eine Stunde später ist ein Martyrium. Ich wäre gerne vorgefahren, um die Gestecke abzuliefern, aber Reinhard wollte mir partout nicht sein Auto überlassen. Dabei wäre es viel weniger stressig für ihn und Mama gewesen, wenn sie mit dem Taxi nachgekommen wären. Aber so darf ich mir die ganze Autofahrt lang anhören, wie sehr Mamas Kostüm jetzt knittern und dass Heidi nie im Leben mehr pünktlich erscheinen wird. Außerdem könnten Heidis Gäste eventuell noch absagen. Grassierte nicht gerade auch ein Magen-Darm-Virus?

»Nicht, dass ich wüsste«, raunzt Reinhard.

»Emmaheidimaus, versuch bitte noch mal, deine Schwester zu erreichen. Sie kann uns doch nicht so im Ungewissen lassen. Oh Gott, das ist sicher alles wegen ihrer Affäre mit Professor Reifenhäuser! Bestimmt hat seine Frau es herausgefunden und setzt ihr nun die Pistole an die Brust«, jammert sie.

Mama verfügt wirklich über eine blühende Phantasie. Was bin ich froh, dass ich das nicht von ihr geerbt habe!

Ich tippe ein »Wo bist du?« in mein Smartphone und sende es an Heidis Nummer.

»Heidi hat keine Affäre mit ihrem Professor«, versuche ich, meine Mutter zu beruhigen, und merke im selben Moment, dass ich damit einen großen Fehler begangen habe.

Mama dreht sich auf dem Beifahrersitz um. »Was

weißt du darüber?« Ihre Augen verengen sich zu schmalen Schlitzen.

Oh nein! Ich sage kein Wort! Nicht ein einziges Wort!

»Dieser Armin ist nicht Professor Reifenhäuser. Er ist Taxifahrer«, platzt es aus mir heraus. Ich beiße mir auf die Lippe.

»Woher willst du das wissen?«

»Heidi hat es mir neulich erzählt. Du kannst also ganz beruhigt sein.« Halt endlich die Klappe, Emma! Nicht auszudenken, wenn mir jetzt auch noch die Sache mit dem Baby rausrutschen würde.

»Taxifahrer, ja?« Mama runzelt die Stirn. »Kann man davon leben?«

»Woher soll ich das wissen?« Am liebsten würde ich mir den Mund zuhalten. Weil das aber wirklich albern aussähe, setze ich mich alternativ auf meine Hände. »Am besten fragst du das Heidi, wenn sie kommt.«

Falls sie überhaupt kommt.

Ich weiß nicht weshalb, aber ich habe ein ungutes Gefühl in der Magengegend. So ein Kribbeln, was man empfindet, wenn man auf der Autobahn fährt und sich vorstellt, dass man bei 160 km/h das Lenkrad verreißt. Mir wird ein bisschen übel. Das kann aber auch daran liegen, dass ich kaum etwas gegessen habe.

Reinhard fährt den Lieferanteneingang an, und wir geben die Gestecke ab, die unfassbar schön geworden sind mit dem Moos und den kleinen Stöckchen. Hoffentlich wird Heidi zufrieden sein. Ihr Empfang findet in der sogenannten *Bibliothek* statt. Allerdings gibt es dort nur Buchattrappen, denn der Name leitet sich lediglich vom Ambiente mit der dunklen Holzvertäfelung ab.

»Nein, ist das schön!« Mama ist ganz aus dem Häuschen. »Reinhard, man kann direkt auf den Kölner Dom sehen. Und schau nur diese bezaubernde Bestuhlung.« Sie beginnt sogleich, an einer der Hussen zu zupfen. »Ach du liebe Güte«, sagt sie und lässt den Stoff fallen.

»Was ist denn?«, frage ich.

»Hast du dir mal die Stühle darunter angesehen? Also wirklich. Man sollte meinen, dass sie sich in einem 5-Sterne Hotel Stühle leisten können, die man nicht unter einer Stoffbahn verstecken muss.« Dann fängt sie an, die Lage des Bestecks mit dem Daumen abzumessen.

Ich ignoriere Mamas Geplapper und starre stumm auf mein Handy. Heidi hat immer noch nicht auf meine Nachricht reagiert. Ich wähle ihre Nummer. Wie zu erwarten, springt die Mailbox an.

»Heidi, wo bist du? Wir warten alle schon auf dich. In einer halben Stunde werden bestimmt die ersten Gäste eintreffen. Ruf mich bitte zurück!«

Ich tigere durch den Raum, während Mama von Tisch zu Tisch hüpft, um die Faltenfreiheit der Tischdecken zu kontrollieren. Fünf Minuten warte ich ab.

»Heidi, ich bin's noch mal. Wo zum Teufel bist du? Ruf wenigstens mal an!«

Weitere zehn Minuten später:

»Heidi! Du kommst jetzt sofort hierher, sonst rede ich kein Wort mehr mit dir!«

»Wenn du jetzt nicht kommst, bin ich gezwungen, die Polizei zu rufen!«

»Soll ich den Empfang sofort absagen, oder warte ich noch, bis Professor Reifenhäuser eingetroffen ist?«

»Die ersten Gäste sind da. Mann, haben die sich aufgebrezelt. Könnte peinlich werden, wenn du nicht innerhalb der NÄCHSTEN 10 SEKUNDEN HIER AUFTAUCHST, VERDAMMT!«

»Der Sekt schmeckt köstlich. Falls du diese Nachricht irgendwann abhörst – du verpasst wirklich was.«

»Hilfe«, jammere ich in das Telefon. »Gerade ist Michi gekommen. Hörst du? MICHI! Er hat gesagt, dass er dir versprochen hat, zu kommen, und das deshalb auch einhält, obwohl wir uns getrennt haben. Er hat seine neue Freundin mitgebracht, Heidi. SEINE NEUE FREUNDIN! Das kann doch nicht wahr sein, dass er nach ein paar Minuten bereits eine Neue hat! Ich stehe da wie ein Idiot, und Mama betrinkt sich.«

Eine Minute später klingelt mein Handy.

»Heidi«, stoße ich erleichtert aus. »Endlich! Wo bist du?«

»Am Bahnhof.«

»Was soll das heißen, am Bahnhof?« Oh Gott, hoffentlich plant sie nicht, sich vor einen Zug zu werfen! »Sag mir bitte, dass du auf dem Weg zu uns bist!«

»Emma«, sie seufzt. »Ich kann das nicht.«

»Wie, du kannst das nicht? Was denn? Du musst dich doch nur hinstellen und lächeln! Lächeln und winken, Heidi, mehr ist es nicht.«

»Das ist mir alles zu viel. Ich bin so durcheinander. Die Sache mit Armin und dann auch noch das Baby. Ich habe solche Angst.«

»Aber das weiß doch kein Mensch«, beschwöre ich sie. Mit dem Handy am Ohr verstecke ich mich in einer Nische und betrachte die Attrappen in den Regalen. Man könnte hier auch mal wieder Staub wischen.

»Man kann noch gar nichts sehen. Niemand kann auch nur erahnen, dass du schwanger bist. Heidi, du hast so viel erreicht! Das Studium war so was von hart, ich weiß genau, wie viel du dafür geschuftet hast. Und jetzt holst du dir die Lorbeeren dafür ab. Wir sind doch alle nur hier, weil wir uns für dich freuen. Wir sind so stolz auf dich. *Ich* bin stolz auf dich!«

»Das sagst du doch nur, damit du dich nicht allein um alles kümmern musst.«

»Blödsinn! Außerdem ist es jetzt auch schon egal. Stell dir vor, Tante Mechthild hat gerade eine Rede auf dich gehalten. Du wirst es ewig bereuen, wenn du auf keinem einzigen Foto zu sehen bist. Onkel Rainer knipst ununterbrochen. Zwei deiner Kommilitonen haben eben ein Ständchen gesungen, und gleich wird das Büffet eröffnet. Soll ich dich am Bahnhof abholen?«

»Nein, nicht nötig.«

»Kommst du?«

Sie seufzt. »Gib mir ein paar Minuten.«

Erleichtert lege ich auf. Heidi ist nichts passiert. Sie ist gesund und munter und lediglich nervlich ein wenig überspannt, was in Anbetracht der Umstände (also *ihrer* Umstände) ja auch verständlich ist. Ich schleiche mich zu meinem Stiefvater und erkläre ihm, dass Heidi am Bahnhof feststeckt, aber gleich hier sein wird, da sehe ich, dass Michi sich mit Heidis Professor unterhält. Oh Gott! Ich kann nur hoffen, dass er ihn nicht mit seinem Fußballkram belästigt. Heidi wird mir nie verzeihen, wenn ich das nicht zu verhindern weiß. Mein Blick schweift auf der Suche nach Michis neuer Freundin durch den Raum. Aber die sitzt an einem der Tische und nagt an ihrem Daumennagel. Sie ist ein wirklich niedliches Mädchen in Jeans und Glitzertop und bestimmt fünf Jahre jünger als ich, stelle ich überrascht fest.

»Zoller soll drei Millionen gekostet haben«, sagt Michi gerade. »Der teuerste Einkauf seit Lukas Podolski.«

Oh nein, oh nein, oh nein!

Michi ist schon in voller Fahrt. Ich muss ihn aufhalten.

Professor Reifenhäuser sieht auch irgendwie umnebelt aus. Bestimmt ist er jetzt schon genervt, weil er gezwungen ist, sich mit einem Fußballverrückten zu unterhalten. Was soll ich nur tun? Etwas planlos schnappe ich mir ein volles Sektglas von einem der Stehtische und wanze mich langsam an die beiden ran.

»Ich habe gelesen, dass Zoller die Nummer 23 bekommt«, antwortet der Professor. »Da kann man nur hoffen, dass er sie mit genauso viel Herzblut trägt wie sein Vorgänger.«

Jetzt oder nie!

»Ach, Michi!«, rufe ich aus. »Das ist aber schön, dass du auch gekommen bist. Lass uns anstoßen!« Mit Schwung schubse ich mein Glas an seinem vorbei. Ein Schwall Sekt gießt sich über Michis Sakkoärmel.

»Sag mal, spinnst du?« Er fasst sich an seinen Arm. »Kannst du nicht aufpassen? Das war mein bester Anzug.«

»Hier, nehmen Sie das!« Professor Reifenhäuser reicht ihm eine Serviette. »Ziehen Sie es aus, bevor das Hemd darunter auch noch durchweicht. Mir ist das letzten Monat auf einer Veranstaltung passiert. Ist sehr unangenehm, wenn man dann den ganzen Abend darin verbringen muss.«

»Entschuldige, Michi, das wollte ich nicht«, sage ich mit Unschuldsmiene. »Am besten fährst du gleich nach Hause und ziehst dir was anderes an, bevor du dich erkältest.«

»Ach ja?« Er ist sauer, das ist nicht zu übersehen. Missmutig zieht er das Sakko aus und wirft es über einen Stuhl. »Das hast du doch nur gemacht, weil ich mit Jenny gekommen bin.«

»Äh, Jenny?«

»Tu doch nicht so.«

Ich greife nach seinem Jackett. »Es tut mir wirklich leid, ich hänge es für dich auf.« Mit einem mädchenhaften Lächeln wende ich mich an den Professor. »Das Büffet ist jetzt eröffnet. Wenn Sie möchten, dann bringe ich Ihnen einen Teller.«

Professor Reifenhäuser lehnt höflich ab. »Das ist sehr freundlich, aber ich werde mich mit dem jungen Mann hier auf das Büffet stürzen. Wir haben noch etwas zu besprechen.«

Ungläubig starre ich die beiden an. Kann es sein, dass der Professor etwa gerne mit Michi redet? Über Fußball?

Er legt Michi den Arm um die Schultern. »Sie müssen mir noch erzählen, was sie von dem jungen Japaner halten, den wir von 1860 München bekommen haben. Diesem Osako, oder wie der heißt.« Die beiden verschwinden in Richtung des Essens. Und ich kann einfach nicht glauben, was ich da gerade erlebt habe.

Als Heidi endlich auftaucht, bin ich unheimlich erleichtert! Jetzt kann ich die Verantwortung abgeben. Das ist schließlich nicht mein Empfang, und Heidi hat wochenlang von nichts anderem gesprochen. Trotzdem sieht sie komisch aus. Sie hat sich nicht einmal besonders feingemacht. Anscheinend hat sie sich spontan überlegt, doch noch zu kommen, denn mit ihrem anthrazitfarbenen Kostüm sieht sie aus, als käme sie direkt aus der Kanzlei. Unter dem Arm hat sie sich sogar ganz businessmäßig eine Zeitung geklemmt.

Was mich aber noch mehr verwundert, ist der junge Mann an ihrer Seite. Der *sehr* junge Mann an ihrer Seite. Kann das ihr Armin sein? Ich schnappe überrascht nach Luft. Er sieht so unfassbar jugendlich aus. Darf der überhaupt schon wählen?

»Heidi!«

Ich falle ihr um den Hals, was sie nur widerwillig über sich ergehen lässt.

»Gibt es was zu essen?«, fragt sie. »Ich komme um vor Hunger. Hier!« Sie klatscht mir die Zeitung vor die Brust, die ich gerade noch festhalten kann, bevor sie zu Boden rutscht. »Du solltest übrigens aufpassen, was du für Zettel in deiner Handtasche verwahrst, Schwesterherz. Das war ebenfalls sehr aufschlussreich. Mindestens so sehr wie die, die Mama bei mir gefunden hat.«

Völlig perplex starre ich den beiden hinterher. Was für Zettel meint sie? Ich habe schätzungsweise eine Million Zettel in meiner Handtasche, die zu Hause liegt. Angefangen bei dem Wisch, den Erika mir jeden Morgen ausdruckt und auf dem meine Lieferungen verzeichnet sind, bis zu dem ganzen Papierkram, den ich zum Thema Golf ausgedruckt habe. Ob sie darauf anspielt? Ich wüsste allerdings nicht, was daran schlimm wäre. Oder hat sie die Notiz von Monika gefunden, auf der Dannenbergs Nummer vermerkt ist? Oder womöglich dieses kompromittierende Blatt, auf dem ich meine Unterschrift mit Dannenbergs Nachnamen geübt habe? (Emma Dannenberg, Nils und Emma Dannenberg) Oh, bitte, bitte nicht! Ich bin ziemlich verwirrt. Und wenn ich hungrig bin, kann ich sowieso nicht gut nachdenken. Das Dumme ist nur: Ich mag kein Sushi, und das Büffet besteht fast ausschließlich aus asiatischem Essen. Allein, wenn ich diese wabbeligen Pilze sehe …

Seufzend nehme ich die Zeitung hoch, die Heidi mir in den Arm gedrückt hat, und werfe einen Blick auf die Titelseite.

Razzia offenbart Hintermänner im Bauskandal.

Aha.

Ich lasse die Zeitung sinken. Einen Sekundenbruchteil später reiße ich sie wieder hoch. Wie wild fliegt mein Blick über den Artikel.

Köln. Gestern Nachmittag durchsuchten Steuerfahndung und Polizei das Haus eines Journalisten in Köln. Dabei wurden Computer, Datenträger und Aktenordner beschlagnahmt. Im Vorfeld waren Hinweise eingegangen, die auf eine Verbindung eines Redakteurs der Zeitschrift Solitary House mit der sogenannten »Baumafia« von Köln schließen lassen. Es wird vermutet, dass der Verdächtige, der durch seine berufliche Tätigkeit in engem Kontakt zu diversen Baufirmen gestanden hat, als Mittler zwischen Großbauunternehmen und Scheinfirmen fungiert haben könnte. Bereits im Fall der Mall of Cologne *hatten Baumängel und Scheinrechnungen für Schlagzeilen gesorgt. Nach Schätzungen entsteht dem Fiskus dadurch ein jährlicher Schaden in zweistelliger Millionenhöhe …*

Gestern Nachmittag? Fieberhaft lasse ich den vergangenen Tag Revue passieren. Das muss genau zu dem Zeitpunkt gewesen sein, als ich mit Judith im Rheinauhafen war. Oh Gott! Es war genau zu der Zeit, als Laurenz mit Dannenberg beim *Dîner en blanc* teilgenommen hat. Das heißt, dass Dannenberg mir doch geglaubt hat! Er muss die Polizei und die Steuerfahndung informiert haben. Und er muss gewusst haben, dass gerade in jenem Augenblick Laurenz' Unterlagen durchsucht werden. Entweder er hat ihn hingehalten oder – was ich von Dannenberg viel eher erwarte – ihm gegenüber zugegeben, dass er seine Machenschaften durchschaut hat. Bestimmt hat er sich mit ihm getroffen, um ihm ein Beisein bei dieser

Razzia zu ersparen und das alles aufzuklären. Und mich hat er nur abblitzen lassen, damit Laurenz nicht denkt, dass ich daran beteiligt war. Jetzt ist es glasklar! Bei meinem nächsten Gedanken macht mein Magen spontan einen Hüpfer:

Dannenberg hat mir vertraut!

Das Gefühl ist so überwältigend, dass mir die Knie weich werden. Ich, Emma Arend, habe etwas wirklich Abenteuerliches, geradezu Hanebüchenes herausgefunden, und trotzdem hat Dannenberg mir vertraut. Und das, obwohl ich das M-Wort benutzt habe, bei dem jeder normale Mensch sofort »Paranoia« ausruft. Jetzt, wo selbst die Zeitung von *Mafia* gesprochen hat, fühle ich mich gleich viel besser. Ich wünschte, ich könnte mit Dannenberg darüber reden. Ich meine, wie blöd ist das denn, dass der Mann nicht einmal ein Handy hat, auf dem man ihn erreichen kann? Saublöd!

Dazu kommt noch, dass ich mich hier nicht gerade amüsiere. Ganz im Gegensatz zu den anderen Gästen. Heidi und ihr Jüngling futtern sich durch das Büffet, und meine Mutter und Reinhard sehen zu tief ins Glas. (Ich habe Mama gerade laut lachen gehört. So laut, wie sie es normalerweise als *vulgär* bezeichnen würde. Ich bin sicher, sie hat einen im Tee.)

Michi unterhält sich immer noch mit Professor Reifenhäuser und wirft mir ständig Blicke zu, um zu sehen, ob ich noch alleine bin. Selbst seine Freundin Jenny amüsiert sich prächtig mit Heidis Kommilitonen. Das ist so ungerecht!

Mürrisch stopfe ich mein Handy in die schmale Clutch. Die Zeitung werfe ich auf einen der Tische und besorge mir zum Trost wenigstens ein frisches Glas Sekt. Ich nippe daran, als ich hinter mir die Anwesenheit eines anderen Körpers spüre. Dieser Duft! Ich kenne dieses Aftershave.

Sofort bekomme ich schweißnasse Hände.

Wie kann Dannenberg wissen, dass ich hier bin? Wie kann es sein, dass er genau in dem Augenblick kommt, in dem ich am liebsten laut »Dionysos« durch ganz Köln rufen möchte? Mein Herz pocht so heftig, dass ich befürchte, jeder im Raum könne es hören.

»Und«, sagt er warm an meinem Ohr, »amüsieren Sie sich?«

»Sehr.« Ich überspiele meine Überraschung und Unsicherheit, indem ich einen tiefen Schluck aus meinem Glas nehme, bevor ich ihn ansehe.

Oh wow!

Dannenberg in einem Smoking ist nichts, was man so völlig unvorbereitet verkraftet. Ich brauche etwas, woran ich mich festhalten kann. Leicht schwankend taste ich nach dem Stehtisch vor mir und stelle mein Glas ab. Er trägt eine Fliege! Oh Gott, ich bekomme Atemprobleme! Er sieht umwerfend elegant aus! Wie James Bond. Ich möchte spontan und sofort ein Bond-Girl sein! Ich muss etwas sagen. Irgendwas! Ich stehe total dämlich alleine hier rum. Es ist offensichtlich, dass ich keinen Spaß habe. Aber mir will partout nichts einfallen. Außerdem schaut Michi jetzt wieder so komisch rüber. Nicht, dass Dannenberg das noch bemerkt.

»Ich habe von Ihrer Schwester erfahren, dass Sie hier sind«, ergreift Dannenberg zuerst das Wort. »Sie hat mich eingeladen. Es gibt da nämlich etwas, das ich Ihnen unbedingt sagen muss.«

»Ach wirklich?«

Da beugt er sich vor und flüstert mir etwas ins Ohr.

26

»A plus b in Klammern zum Quadrat«, raunt Dannenberg mir zärtlich ins Ohr.

Im ersten Moment bin ich völlig perplex. Das ist einfach … unglaublich. Das … so etwas Schönes, Romantisches, total Verrücktes hat mir noch nie ein Mann gesagt. Dannenberg ist ein solcher Schatz! Dass er sich das behalten hat – ich kann gar nicht sagen, wie sehr mich das berührt. Überwältigt lehne ich mich an ihn und hauche die Antwort:

»Gleich a Quadrat plus zwei ab plus b Quadrat.«

Und dann fangen wir beide an zu lachen. Es ist so befreiend.

»Sie können die erste binomische Formel«, stelle ich bewundernd fest.

»Sie hatten recht. Wenn man sie singt, kann man sie sich ganz leicht merken.«

»Heißt das, dass Sie sie erst auf der Fahrt hierher auswendig gelernt haben?«

Dannenberg nickt. »Im Taxi. Vermutlich habe ich auf diese Art den kürzesten Weg vom Rheinauhafen bis zum Hyatt herausgefunden. Der Fahrer war unglaublich bemüht, mich wieder loszuwerden.«

Ich könnte in Dannenbergs Anblick baden. Wenn er nicht mit seinem Lächeln geizt, ist er geradezu unheimlich attraktiv. Die kleinen Fältchen lassen seine Augen strahlen wie Sterne.

»Sie sehen bezaubernd aus«, sagt er. Seine Hand streift meine Taille. »Dieses Kleid –« Er lässt den Satz unbeendet, und das ist das schönste Kompliment, das ich mir wünschen kann.

»Ach«, winke ich ab. »Der alte Fummel!«

Dannenbergs Lippen formen sich zu einem unwiderstehlichen Lächeln. »Soll ich uns etwas vom Büffet holen?«

»Ja, bitte.« Ich habe völlig vergessen, dass ich das Essen gar nicht mag. Mit Dannenberg zusammen würde ich alles essen. Sogar chinesische Pilze. Mit ihm würde ich sogar … in ein Fußballstadion gehen.

Als er sich am Büffet anstellt und etwas für uns auswählt, bin ich so nervös wie nie. Oh Gott, ich bin hoffnungslos verliebt in diesen Mann! Gleich wird er zurückkommen und mit mir essen. Wie soll ich nur einen Bissen runterkriegen, während er so dicht neben mir steht? Unmöglich. Oje, denke ich im selben Moment, hoffentlich ist mit meinem Make-up alles in Ordnung. Ich habe bereits Sekt getrunken, sicher ist mein Lippenstift schon weggewischt. Hektisch krame ich in meiner Handtasche nach Spiegel und Schminke. Schnell, bevor Dannenberg zurückkommt!

Ich klappe den Spiegel auf und betrachte mein Gesicht. So weit alles okay. Mit dem Zeigefinger drücke ich auf das Ende des Lippenstifts, und sofort gleitet er elegant aus der Hülse. Ich ziehe meine Lippen nach und lasse meine Utensilien wieder in der Tasche verschwinden.

Mist, Dannenberg hat es gesehen! Er kommt mit zwei halbleeren Tellern zurück.

»Ich bedauere, die Auswahl ist etwas einseitig.« Lediglich zwei kleine Frühlingsrollen sind auf den Tellern zu sehen. »Es gibt Sushi und leicht unappetitlich wirkendes

Fingerfood mit Pilzen. Ich war mir ziemlich sicher, dass Sie das ebenso wenig mögen wie ich.«

»Danke«, sage ich. Zu mehr bin ich einfach nicht fähig.

»Das sah übrigens unwiderstehlich aus.«

»W...as denn?«

»Diese feminine Art, wie Sie sich gerade die Lippen nachgezogen haben. Das müssen Sie mir bei Gelegenheit noch einmal vorführen.«

Danke, Chanel! Danke, danke! Ich wusste doch, dass mir das einmal nützlich sein würde! Das nächste Mal, wenn ich eine Kirche betrete, werde ich für Coco eine Kerze anzünden.

»Sehr gerne. Das kann ich den ganzen Tag machen.« Am liebsten würde ich jetzt die Fäuste zurückziehen und laut *Strike* rufen. Hoffentlich bemerkt Dannenberg auch noch mein umwerfendes Parfum.

»Wie kam es eigentlich, dass Sie mit meiner Mutter zusammen hier im Hyatt essen waren?«

»Ach, das hatte eigentlich keinen besonderen Grund«, flunkere ich ein bisschen, weil ich nicht weiß, was seine Mutter ihm erzählt hat. Nicht, dass ich etwas ausplaudere und sie mir das nachher übelnimmt. »Sie hat Blumen bei uns im Laden bestellt, und ich habe sie ihr gebracht. Und weil zufällig ohnehin gerade Mittagszeit war, haben wir ganz spontan beschlossen, dass wir eine Kleinigkeit essen könnten.«

»Tatsächlich?« Der Blick, den er mir bei dieser Frage zuwirft, ist skeptisch. »Und worüber haben Sie beide gesprochen?«

Der Mann ist ganz schön hartnäckig. Ich beschließe kurzerhand, nicht um den heißen Brei rumzureden, sondern ihm klipp und klar zu sagen, dass wir nur belangloses Zeug geredet haben. Was mein Mund aber daraus formuliert, ist Folgendes:

»Sie hat mich gefragt, ob wir beide eine Affäre haben.«

Bin ich verrückt geworden? Wieso erzähle ich ihm das? Ich werfe einen ungläubigen Blick auf mein Sektglas. War da irgendwas drin? Etwas, das willenlos macht, zum Beispiel? Oder ein Wahrheitsserum?

»Und was haben Sie ihr geantwortet?«

Was ist das denn für eine gemeine Frage? Was hätte ich denn schon antworten sollen? Er weiß doch genauso gut wie ich, dass wir keine Affäre haben! Und wieso guckt er mich so interessiert an? Hat seine Mutter ihm doch mehr verraten, als er zugeben will? Das Beste wird sein, ich wechsle unauffällig das Thema.

»Ach«, winke ich ab. »Was soll ich schon gesagt haben? Haben Sie übrigens schon einmal eine dieser Suiten hier von innen gesehen? Ich hatte neulich das Vergnügen, mir die Präsidenten-Suite anzusehen. Wussten Sie, dass Frank Sinatra schon dort übernachtet hat?«

»Das wusste ich tatsächlich. Ich habe übrigens die Schlüsselkarte dafür hier. Sie ist zufällig heute Morgen frei geworden, weil irgendein Musiker unerwartet abgereist ist.« Er deutet auf die Tasche seiner Smokingjacke.

»A…ach wirklich? Das ist ja toll. Sie wollen sicher nicht mehr so weit fahren, wenn das hier vorbei ist. Kann ich gut verstehen. Mir geht es auch immer so, dass ich …«

»Daisy«, unterbricht er mich sanft. »Sie haben mir meine Frage gar nicht beantwortet.«

In diesem Augenblick weiß ich ganz genau, dass Dannenberg nicht Daisy sagt, um mich zu ärgern. Ich weiß auch, dass er sehr genau weiß, wie mein richtiger Name lautet. Wenn er Daisy sagt, so wie er es gerade getan hat, mit diesem sanften Timbre in der Stimme, dann ist das nichts anderes als eine Liebkosung.

»Welche Frage war das noch gleich?«

»Was Sie meiner Mutter geantwortet haben, auf die Frage, ob wir eine Affäre haben.«

»Puh, also ich habe nein gesagt. Genau genommen –« Genau genommen ist das hier ganz großer Blödsinn, was ich erzähle. Aber ich fühle mich in diesem Moment, als stünde ich vor einem Abgrund und traute mich nicht zu springen.

Aber manchmal muss man springen. Man muss springen, auch wenn alles dagegen spricht: die Schwerkraft, das Gewicht (also nicht *mein* Gewicht, mein Gewicht ist völlig in Ordnung, ich meine das lediglich metaphorisch), der Abstand und der erschreckende Abgrund, der unter einem lauert, die Wahrscheinlichkeit, dass tatsächlich ein Wunder geschieht und man aufgefangen wird. Manchmal muss man einfach die Augen schließen und hoffen, dass es gutgeht. So wie jetzt zum Beispiel. Jetzt oder nie.

»Emma?«

Ich blinzle. »Ich habe ›Leider nein‹ gesagt.« Sofort werde ich rot. Mein Gesicht läuft so heiß an, als säße ich in einer finnischen Sauna.

»D…das freut mich.« Dannenberg fährt sich mit der Hand durchs Haar. »Ich wollte sagen … das wäre genau die Antwort gewesen, die ich auch gegeben hätte. Wenn man mich fragte.«

»Wenn man Sie fragte, mmh.«

Täusche ich mich, oder ist Dannenberg einen winzigen Moment unsicher gewesen? Tatsächlich. Ich sehe, wie seine Hand zu seinem Hemdkragen wandert und er unbewusst daran zieht, als würde er ihm zu eng.

»Ich wollte das nur sicherstellen«, gibt er zu. »Sie wissen doch, dass ich getrennt lebe.«

Ich nicke und beiße mir auf die Zunge, weil ich nun ganz dringend die Klappe halten sollte. Mir liegen nämlich eine Menge Fragen auf der Zunge, Viktoria betreffend. Aber ich wäre schön blöd, wenn ich diesen Augenblick damit zerstören würde.

»Ich bin etwas vorsichtig geworden«, sagt er.

»Wissen Sie eigentlich«, fange ich an und kann mir ein Schmunzeln kaum verbeißen, »dass es tatsächlich Gäste gibt, die anstelle eines Lattenrostes lieber Europaletten unter ihrer Matratze haben?«

»So was gibt es?«

Ich räuspere mich und nicke. »Sie sollten überprüfen, ob man in der Präsidenten-Suite das Bett wieder umgebaut hat, bevor Sie schlafen gehen.«

»Da haben Sie recht.« Er beugt sich zu mir und seine Lippen berühren sanft meinen Mundwinkel. »*Wir* sollten das dringend überprüfen.«

Mir werden die Knie weich. Oh Gott, ja, das sollten wir beide unbedingt!

»Ich habe ohnehin keinen Hunger«, sage ich schnell, obwohl das kein bisschen stimmt. Aber ich kann es kaum ertragen, ihn nicht sofort ausgiebig zu küssen. Und mal ehrlich, wie soll man in dieser Situation seelenruhig Frühlingsrollen verspeisen?

Dannenberg ergreift meine Hand.

Dummerweise entschließt sich in diesem Moment meine Mutter dazu, den fremden Gast zu begrüßen, und steuert zielstrebig auf uns zu.

»Ah«, macht sie viel zu laut und streckt ihm ihre Hand hin. »Sie sind ein Freund von Emma? Ich bin ihre Mutter, Sie können ruhig Barbara zu mir sagen.«

»Es ist mir ein Vergnügen.« Dannenberg ist wieder ganz Charme und Eloquenz. Wie macht er das bloß, dass er in Sekundenbruchteilen umschalten kann? Ich schaffe das überhaupt nicht und würde Mama und Reinhard am liebsten zur Seite stoßen und an ihnen vorbei zu den Aufzügen stürmen.

»Emma, ich glaube, du musst deiner Mutter helfen. Sie sollte dringend nach Hause«, sagt mein Stiefvater.

»I wo, Reinhard, Liebling. Wo es doch gerade so schön ist.«

Ausgerechnet jetzt kommt auch noch meine Schwester Heidi hinzu, weil ihr ein Missgeschick mit ihrer Strumpfhose passiert ist. Ihr linkes Bein ziert eine ellenlange Laufmasche. »Emma, kannst du mir bitte mal helfen? Du hast doch immer diesen hellen Nagellack in deiner Handtasche. Ich brauche ihn, um meine Strümpfe zu flicken.«

»Nagellack?«, mischt sich Michi ein. »Emma benutzt doch niemals Nagellack. Sie hat mir gesagt, dass ihre Fingernägel von Natur aus so aussehen.«

»Ähem«, mache ich und bin gerade ziemlich hilflos.

»Emma«, sagt mein Stiefvater. »Bitte hilf mir, deine Mutter ins Auto zu bringen. Sie will einfach nicht auf mich hören.«

Also mit dem Helfen ist das so eine Sache. Normalerweise bin ich dafür ja immer zu haben, aber gerade jetzt in diesem Augenblick ist das doch denkbar ungünstig. Ich überlege krampfhaft, wie ich dieses Unheil abwenden könnte, da ergreift Dannenberg für mich das Wort.

»Sie müssen uns leider entschuldigen. Ihre Tochter und ich haben einen wichtigen Termin, der keinen Aufschub duldet.« Er zieht mich einfach mit sich.

»Aber Emmaheidimaus, was für einen Termin denn?«

Mama hastet uns hinterher. Wir begeben uns zu den Aufzügen und Dannenberg betätigt den Rufknopf.

»Wer sind Sie überhaupt?«, will Michi wissen, der uns ebenfalls gefolgt ist. »Sind Sie etwa der Mann aus der Zeitung?«

»Das wollte ich auch gerade fragen«, erklärt meine Mutter. »Sie haben mir Ihren Namen gar nicht verraten.«

»Nils Dannenberg«, sagt Dannenberg und die Fahrstuhltür schiebt sich auf.

Mama gibt so schnell nicht auf. »Und woher kennen Sie beide sich?«

Dannenberg drängt mich in den Fahrstuhl. Als er mich berührt, bekomme ich eine Gänsehaut. Überall. Er lächelt entschuldigend in Richtung meiner Familie. »Von einer Beerdigung«, sagt er, bevor er sich ganz mir widmet und seine Hände neben meinem Kopf an der Fahrstuhlwand abstützt. Seine Lippen schmecken wunderbar nach Nils.

Epilog

Seit gestern Nacht gibt es eine ganze Reihe mehr von den Dingen, die ich hundertprozentig weiß:

1. Eine Aufzugfahrt in den 6. Stock ist definitiv zu kurz, wenn man frisch verliebt ist und die Finger nicht voneinander lassen kann.
2. Unter die Regenwaldbrause der Präsidenten-Suite passen bequem zwei Menschen.
3. Dannenberg kann Sachen mit meinen Brüsten anstellen, bei denen ich mich wie eine Göttin fühle.
4. Man kann mit Dannenberg wunderbar Schokolade schmelzen lassen. Bloß nicht im Mund.
5. Ich kann in einer Nacht sechsmal die Sache mit dem Lippenstift wiederholen, und Dannenberg ist davon immer noch hingerissen.

Was ich hingegen bis heute noch nicht herausgefunden habe:

1. Wurden in der Präsidenten-Suite die Europaletten unter der Matratze wieder gegen einen Lattenrost ausgetauscht?

Antwort: Ich habe keine Ahnung. Wir haben ganz vergessen, das zu kontrollieren.

Danksagung

Der größte Dank gebührt wie immer den vier Männern meines Lebens, weil sie in den akuten Schreibphasen ihre hausfraulichen Fähigkeiten kultiviert und mir jedes schlechte Gewissen genommen haben, das mich beim Anblick von Wollmäusen, überquellenden Mülleimern und Tütensuppen überkommen mochte. Danke für eure fußballmäßige Inspiration!

(Dass ausgerechnet einer der supernetten Fußballtrainer meiner Söhne Michi heißt, ist wirklich reiner Zufall. Lieber Michi, ich bitte hiermit feierlich um Entschuldigung, sollte Dich jemals jemand darauf ansprechen!)

Ich danke meiner Lektorin Frau Gabler dafür, dass sie ihren Zauberstab gezückt hat, um ihn mit Abrakadabra über das Manuskript zu schwenken. Es war eine wunderbare Arbeit mit Ihnen!

Ich danke von Herzen der souveränen und kompetenten Frau Habermeier, die eine Führung durchs Hotel so spannend gestalten kann, dass man am liebsten sofort den Beruf wechseln möchte. Hätte mir doch jemand vor zehn Jahren, als ich meine Berufswahl getroffen habe, erzählt, wie toll die Atmosphäre hinter den Kulissen eines Hotels ist! (Okay, vor fünfzehn Jahren. Achtzehn? Oh Gott!) Tausend Dank, dass Sie mir erlaubt haben, dieses Flair zu atmen.

Ich danke den weltbesten Autoren-Kolleginnen, die mich nun schon seit Jahren mit ihren sprühenden Ideen und herzlichen Umarmungen unterstützen. Ich bin so froh, dass es euch gibt! Danke, liebe Katrin, Marah, Ivonne, Kira, Emily, Eileen, Dana und Hannah. Ihr seid mein Büro, meine Cafeteria, meine Weiterbildungsstätte, mein Flurfunk. Ohne euch ist alles doof.

Ich danke meiner liebsten Nachbarin Tanja dafür, dass sie Dannenberg seinen Namen gegeben hat! Ich hoffe, du verliebst dich genauso in ihn wie ich.

Tausend Dank an Tom Gaebel für seinen Swing und lässiges Crooning! Monatelang war seine Stimme Ohrenschmeichelei, Schreibsoundtrack und Inspirationsquelle für mich. (*Well, here I go – I'm flying again down by the byway, gonna do it my way.*) Wenn Emma und Dannenbergs Geschichte swingt, dann ist das allein seinen Songs zu verdanken. Und ein bisschen natürlich auch Frank Sinatra. Und dem Bourbon, *hicks.*